Gered door de ranger

Eliteromantic-suspense vol actie en Special Forces-helden

Caitlyn Lynch

Shenanigans Press

INHOUDSOPGAVE

Locatie

Guàlize is een fictief land, afgesplitst van Zuid-Amerika en samengesteld uit delen van Venezuela en Colombia. De kaart hieronder geeft de globale ligging aan. De onderstreepte plaatsnamen zijn fictief.

Hoofdstuk Één

De omhelzing was zo stevig dat Ariana bijna stikte. 'Papi.' Ze klopte paniekerig op de rug van haar vader. 'Ik krijg geen lucht! Red me, Elliot!' riep ze lachend naar het hoofd van haar beveiligingsteam.

Elliot grijnsde alleen maar en kruiste zijn gespierde armen over zijn brede borst. 'Een vader ziet zijn dochter maar één keer afstuderen van de medische faculteit. En bovendien is het vijf maanden geleden dat hij je met Kerst heeft gezien.'

Ariana rolde met haar ogen naar Elliot over de schouder van haar vader.

De omhelzing verslapte; haar vader deinsde achteruit om kussen op haar voorhoofd te planten en maar te blijven ratelen over hoe trots hij op haar was. 'Mijn meisje, een dokter.' Raul Monterro depte zijn ogen met een zijden pochet dat hij uit de borstzak van zijn maatgemaakte Brioni pakte. 'Wat zou je moeder deze dag graag hebben meegemaakt.'

Door die herinnering schoten Ariana ook de tranen in de ogen, en Elliot reikte haar discreet nog een zakdoek aan. Haar vader trok haar weer tegen zich aan; dit keer verwelkomde ze het, leunde tegen hem aan terwijl ze samen een moment van nog altijd schrijnend verdriet deelden.

'Alsjeblieft, meneer,' zei Elliot na een paar momenten, zijn ogen nooit lang op één plek, 'het is hier erg open en bloot. Laten we u beiden naar de auto brengen.'

'Natuurlijk,' knikte haar vader, terwijl hij Ariana's hand in de zijne nam en er zacht in kneep terwijl ze samen liepen, omringd door een falanks bewakers. 'Mijn meisje, een dokter,' herhaalde hij trots.

Totdat Ariana lachte. 'Je weet dat het nog zeker vijf jaar duurt voordat ik mijn specialistenregistratie heb, Papi. Op dit moment ben ik alleen maar arts in opleiding.'

'Mag je je naam niet ondertekenen als *Dokter* Ariana Monterro?' vroeg haar vader eisend.

'Nou, ja,' gaf ze toe.

'Dan bén je een dokter,' verklaarde hij met een zweem van finaliteit.

Lachend om zijn vastberadenheid om volop trots te zijn op haar prestatie, en eerlijk gezegd zelf best trots op dat moment, schoof ze de achterbank van de auto in naast hem. Elliot reed, met haar vaders eigen senior agent, Ramón Gutierrez, naast hem, en de anderen in een kleine colonne auto's eromheen. Ze gingen natuurlijk naar de Guàlizeaanse ambassade. Hoewel Ariana in haar eigen, zeer comfortabele appartement in Georgetown woonde, met haar beveiligingsteam in de appartementen aan weerszijden, was haar vader bij haar laten logeren geen optie. De Minister van Justitie van Guàlize was een te hooggeplaatst doelwit om het risico te nemen op zo'n locatie met lage beveiliging.

'Vertel me hoe het thuis is, Papi,' vroeg Ariana terwijl de limousine zacht zoemend verder reed. 'Het is zo lang geleden. Achttien maanden.' Haar toon werd weemoedig. Ook al kwam haar vader drie of vier keer per jaar naar de States en zorgde hij er altijd voor dat hij tijd uit zijn drukke schema vrijmaakte om met haar door te brengen, hij hield vol dat Guàlize op dit moment te onrustig was voor haar om thuis te komen.

'Goed.' Hij knikte. 'Heb je gelezen dat we die idioot die een opstand probeerde aan te wakkeren eindelijk hebben opgepakt? Nou, de beweging stortte zonder Duarte in, en het platteland is weer rustig.'

'Dat is geweldig, Papi!' Ze sloeg blij haar armen om de zijne en zette toen haar beste hoopvolle blik op. 'Dus, aangezien mijn coschap bij Johns Hopkins pas over zes weken begint, kan ik misschien een tijdje thuiskomen?'

Hij aarzelde, schudde zijn hoofd met een spijtig getuite mond. 'Er zijn nog steeds dreigingen, Ari.'

'Er zullen altijd dreigingen zijn. Dáárom heb ik Elliot en mijn team toch?' Ze had al lang geleden de noodzaak aanvaard om onder hoge beveiliging en constante controle te leven. Na de dood van haar moeder verwelkomde ze de toegewijde bescherming van haar team, maar ze weigerde in angst te leven.

'Je moet de verhuizing naar je nieuwe appartement regelen...' Raul verloor het argument, en dat wist hij donders goed toen ze hem recht aankeek.

'Papi. Ik kom naar huis. Zodra mijn coschappen beginnen, werk ik weken van tachtig tot honderd uur, en vrije dagen zullen zeldzaam zijn. Ik wil nog wat tijd met je doorbrengen voordat dat begint. Ik ben al te lang niet thuis geweest.' Ze miste Guàlize vreselijk. Hoewel ze zich er al lang geleden bij had neergelegd dat ze haar studie en haar coschappen in de Verenigde Staten zou afronden, droomde ze er nog steeds van om ooit naar huis terug te keren en haar zwaarverdiende vaardigheden als arts in te zetten om het lot van haar eigen mensen te verbeteren.

Hij zuchtte. 'Laat je Elliot de regelingen treffen?'

Hij had in feite al toegegeven; ze had verwacht dat het nog een paar minuten soebatten zou kosten. Ariana glimlachte zegevierend, terwijl Elliot in de achteruitkijkspiegel keek en knikte, een verzekering aan haar vader dat hij altijd voor Ariana's veiligheid zou zorgen.

'Natuurlijk, Papi,' zei ze braafjes. 'Wat jij wilt.'

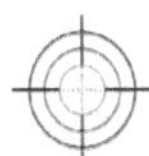

De reisregelingen omvatten een privéjet, zoals gebruikelijk. Een lijnvlucht was uitgesloten, en zeker wist niemand buiten een kleine kring van vertrouwde agenten dat Ariana überhaupt naar Guàlize ging. Raul had twee weken vrij geregeld van zijn regeringswerk, en ze waren van plan om naar het privélandgoed van de familie te reizen, op een uur vliegen met de helikopter van Guàlize City, zodra haar vliegtuig zou landen, om samen te genieten van een fijne vakantie.

Zichtbaar opgewonden trapte Ariana haar schoenen uit zodra ze het toestel instapten, en Elliot moest haar drie keer zeggen dat ze moest gaan zitten en haar gordel vastmaken.

'Ik zou denken dat je zestien was, niet zesentwintig, als ik niet had gezien hoeveel kennis je de afgelopen jaren in dat hoofd hebt gepropt. En nu zitten, zodat we kunnen opstijgen!' Hij legde een stevige hand op haar schouder en drukte haar in haar stoel.

Ze glimlachte naar hem op, haar bruine ogen glanzend van opwinding. 'Ik ben zó blij dat ik naar huis ga, Ell!'

'Ik weet het.' Hij zakte in de stoel tegenover haar en klikte zijn eigen gordel vast. 'Maar we hebben nog een vlucht van vijf uur naar Guàlize City en daarna nog een uur in de helikopter, dus doe nu even rustig, anders maak je me nog knettergek.'

Ze lachte en gehoorzaamde, althans tijdelijk, tot het vliegtuig was opgestegen en op kruishoogte kwam. Toen sprong ze weer op, vol ontembare energie die eruit moest. Ze liep met grote passen het gangpad op en neer en bleef staan om opgewonden te kletsen met Emma, het enige lid van haar beveiligingsteam dat nog nooit in Guàlize was geweest en bijna net zo enthousiast was over de reis als Ariana zelf.

Elliot zuchtte en liet zich dieper in zijn stoel zakken, zijn blik Ariana liefdevol volgend. Ze was als een jongere zus voor hem, en zijn vrouw, Mara, ontfermde zich onophoudelijk over haar, spoorde haar altijd aan beter te eten, meer te rusten. Denkend aan Mara glimlachte hij stilletjes in zichzelf. Ze had nu niet met hen mee kunnen gaan naar Guàlize, omdat ze geen vrije dagen op haar werk kon krijgen, maar ze zou over een week volgen met een lijnvlucht. Raul leende hen zelfs het strandhuis van de Monterro's voor een weekje ertussenuit, waar Elliot naar uitkeek, wetend dat hij op Raul's eigen hoogopgeleide beveiligingsteam kon vertrouwen om Ariana net zo vurig te beschermen als hijzelf zou doen.

'We móéten dit vieren met champagne!' riep Ariana toen. 'Tomàs, maak een fles open — of twee! Iedereen moet wat!'

Tomàs, een voormalig FBI-agent, keek naar Elliot voor bevestiging. Die wierp een blik op zijn horloge, glimlachte en knikte. 'Ja, neem allemaal een glas. Tegen de tijd dat we landen, is het allang uit ons bloed.'

Er klonk een bescheiden juichje van de anderen van de detailgroep, een klein maar fel toegewijd team van mannen en vrouwen dat Elliot persoonlijk had uitgekozen. Tomàs grijnsde en knikte, en liep naar achteren in het vliegtuig. Een paar minuten later kwam hij terug, balancerend met een blad vol champagneglazen als een professionele ober, die hij aan iedereen uitdeelde.

'Ik ben de mijne vergeten!' zei hij hoofdschuddend, ging terug naar de kombuis en kwam terug met nog één glas. 'Op Ariana's thuiskomst!' stelde hij voor, terwijl hij het glas naar zijn lippen bracht.

Ariana lachte vrolijk en nam een flinke slok champagne, terwijl de anderen Tomàs' toost herhaalden en vervolgens met hem meedronken.

Tomàs dronk zijn glas leeg en zette het op een tafeltje neer. Hij liet zich tegen de wand zakken en kruiste zijn armen, terwijl hij toekeek hoe de anderen nipten en praatten, en

Ariana's vrolijke lach opnieuw door de cabine klonk terwijl ze Emma's vragen over haar vaderland beantwoordde.

Je gaat heus wel naar huis, prinses, dacht hij bij zichzelf. *Alleen niet helemaal zoals jij het verwacht.*

Het kwam zo geleidelijk opzetten, een kruipend gevoel van loomheid, dat Elliot eerst dacht dat het gewoon zijn vermoeidheid was die hem inhaalde. Hij had een paar lange weken achter de rug, met het treffen van de beveiligingsregelingen voor de reis, het organiseren van Ariana's verhuizing naar haar nieuwe appartement, plus wat achtergrondchecks op haar toekomstige collega's bij Johns Hopkins. Toen hij zijn champagneglas op het tafeltje tussen zijn stoel en die van Ariana neerzette, schrok hij echter toen hij merkte dat hij geen gevoel meer in zijn hand leek te hebben. Hij keek met groeiende angst toe hoe het glas hard op het oppervlak kletterde, zijn hand niet langer goed onder controle.

Toen hij zijn hand naar zijn gezicht tilde, voelde het alsof hij loodzwaar was; het kostte een enorme krachtsinspanning. Nog meer kracht vergde het om zijn hoofd te draaien en naar de anderen te kijken, om te zien hoe Emma met gesloten ogen in haar stoel wegzakte, champagne die uit haar gevallen glas over haar schoot gutste. Ariana die, als een lappenpop, midden in het gangpad op de grond gleed, haar glas dat naast haar in scherven uiteenspatte.

'Gedrogeerd,' perste Elliot eruit met een tong die plotseling veel te groot leek voor zijn mond. Zijn ogen vielen op Tomàs, die nog overeind stond en toekeek met een spottende glimlach op zijn gezicht. *'Jij.'*

'Ik,' zei Tomàs, terwijl hij zijn armen losvouwde en met dodelijke souplesse naar voren stapte.

'Waarom?' bracht Elliot met zijn laatste krachten uit, terwijl Tomàs' sterke handen de zijkanten van zijn hoofd omvatten.

Er kwam geen antwoord. Alleen een misselijkmakende krak en toen duisternis.

HOOFDSTUK TWEE

Tomàs liet Elliots lichaam uit zijn handen glijden en keek toen om zich heen. De anderen hadden eerder bezweken aan de vergiftigde champagne; Elliot was een grote man en bij hem had het middel iets langer nodig gehad om in te werken. Systematisch bewoog Tomàs zich door de cabine, waarbij hij zijn moorddadige handelingen herhaalde bij elk bewusteloos lid van het bewakingsteam. Ariana tilde hij weg van de scherven gebroken glas naar een stoel, waar hij haar achterliet, voorovergezakt. Zij zou minstens nog een paar uur buiten bewustzijn blijven, ruim genoeg tijd om de rest van zijn plan uit te voeren. Eigenlijk had hij niet van plan geweest zo snel toe te slaan, maar iedereen die tegelijk een drankje nam, was een kans die hij niet kon laten schieten, zeker omdat Ariana hem toevallig had gevraagd de champagne te halen. De piloten zouden niet naar de cabine komen om hen te zoeken; het waren ingehuurde professionals met de opdracht in de cockpit te blijven, tenzij het noodzakelijk was. Toch nam Tomàs de tijd om iedereen zo neer te leggen dat het leek alsof ze slechts lagen te slapen, en hij schopte de glasscherven onder een stoel zodat ze niet meteen in het oog sprongen. Voor het geval dat. Hij was een minutieus man die niets aan het toeval overliet.

Hij zette zijn telefoon aan om de tijd te checken, schakelde de gps-functie in en haalde een kaart op om hun positie te controleren. Ruim de tijd om te wachten; ze vlogen nog steeds boven de Verenigde Staten — ze waren nog niet eens van Georgia naar het luchtruim van Florida overgestoken. Hij schonk zichzelf een vers glas onbezoedelde champagne in en ging op de stoel tegenover Ariana zitten om er langzaam van te nippen, terwijl hij in zijn hoofd de stappen doornam die hij moest zetten om zijn plannen te voltooien en elke mogelijkheid overwoog die zijn succes kon dwarsbomen.

Iets meer dan drie uur later pingde zijn telefoon zachtjes, als signaal dat het vliegtuig een bepaald punt in het zuidelijke Caribisch gebied was gepasseerd en het tijd was om de laatste fase van zijn plan voor te bereiden. Hij stond op en liep gestaag door het vliegtuig, terwijl hij verzamelde wat hij nodig zou hebben.

Hij tilde Ariana's bewusteloze lichaam op en kleedde haar methodisch uit. Haar schoenen had ze al uitgedaan, schoenen waarvan hij heel goed wist dat er volgapparatuur in was ingebouwd, aangezien hij zelf nieuwe paren naar de elektronicazaak had gebracht die ze installeerde. Voor zover hij wist, waren dezelfde voorzorgsmaatregelen niet met haar kleding genomen, maar ook nu wilde hij geen risico nemen. Alles ging uit, inclusief haar horloge en de kleine gouden knopjes in haar oren. Hij trok Emma's kleding uit en deed die Ariana aan. Ariana was een paar centimeter langer en Emma was forser gespierd, maar de eenvoudige outfit van een zwarte broek en blouse paste goed genoeg. Emma's schoenen waren echter te klein, dus liet hij Ariana op blote voeten. Schoenen zou hij wel voor haar regelen zodra ze aan de grond waren.

Met Ariana in zijn armen liep hij naar de achterdeur, legde haar slappe lijf op de vloer, opende een bagagebak en haalde er een harnas van riemen en een ingepakte parachute uit.

Het kostte hem een paar minuten om het harnas aan Ariana vast te maken. Hij liet de parachute op de vloer naast haar liggen, liep naar de cockpitdeur en klopte er stevig op.

De deur ging na een moment open. 'Señor Fuentes, *que pasa*?' zei de copiloot met een vrolijke glimlach toen hij hem zag, terwijl hij half overeind kwam uit beleefdheid.

'Ik kom even kijken waar we zijn, Esteban. Ga gerust zitten,' gebaarde Tomàs met een glimlach, en de copiloot knikte, draaide zich om en begon terug in zijn stoel te zakken.

De man had niet eens tijd om zijn aanstaande dood te beseffen toen Tomàs' mes zijn keel opensneed. Paulina, de piloot, wierp een blik op hen, haar mond ging open om het uit te gillen van afschuw — een gil die nooit klonk. Er klonk slechts een afschuwelijke rochel toen Tomàs ook haar keel opensneed; zijn zware, vlijmscherpe gevechtsmes scheurde door huid en spieren als door boter. De ogen van de piloot werden glazig terwijl haar levensbloed uit haar doorgesneden halsslagader spoot, dood nog voordat ze eraan kon denken terug te vechten.

De bloedspatten over de instrumentenpanelen negerend, schoof Tomàs zijn mes terug in de schede en boog zich voorover. Hij had een volle week training gevolgd voor precies dit moment, in de wetenschap dat hij een lange reeks complexe commando's uit zijn hoofd zou moeten uitvoeren. Hij haalde de al geactiveerde autopiloot naar voren en voerde coördinaten in, waarbij hij de automatische veiligheidswaarschuwingen die verschenen, negeren. De ingestudeerde stappen mompelde hij zachtjes mee tot hij er zeker van was dat alles correct was gebeurd. Op zijn hakken draaiend verliet hij snel de cockpit, liet de twee dode piloten voorovergezakt in hun stoelen achter terwijl het vliegtuig naar zijn eindkoers draaide.

Even later hees Tomàs zijn parachute om en klikte de riemen vast; hij tilde Ariana op en bevestigde haar harnas aan zijn borst, waarna hij nog eens de gps op zijn telefoon controleerde.

Nog een paar seconden... *Nu!* Hij stopte de telefoon in een zak en ritste die dicht, trok aan de noodhendel van de deur. Onmiddellijk trok de wind hard aan hem, dreigend om hem en Ariana de leegte in te sleuren, maar hij was een ervaren parachutist en had zich schrap gezet tegen het deurkozijn.

'Tijd om te gaan, prinses,' zei hij tegen het bewusteloze meisje dat slap voor hem bungelde, en hij stapte uit het vliegtuig.

Nog terwijl hij sprong, zag Tomàs de eerste fakkel oplichten in de jungle beneden; hij grijnsde in zichzelf. *Perfect.* Er stond vandaag niet eens veel wind. Ariana's slappe, dode gewicht maakte het lastig om hen te sturen tijdens de vrije val, maar daar had hij tijd genoeg voor zodra hij de chute had geopend.

De parachute klapte perfect boven hem open — natuurlijk deed die dat, hij had hem zelf gepakt en hij was een professional. Hij had jarenlang genoten van parachutespringen, nog voordat hij bij de FBI kwam en later bij het beveiligingsteam van Ariana Monterro.

Met zijn handen om de stuurlijnen stuurde hij vakkundig naar het smalle zwarte lint dat nauwelijks zichtbaar was tussen de bomen die in rap tempo op hem afkwamen. Verstrikt raken in het bladerdak van de jungle was niet bepaald de entree die hij wilde maken, dus stuurde hij zorgvuldig tussen de hoge takken door.

Het zwarte lint was een weg, dat wist hij. Als hij alleen was geweest, had hij een perfecte uitlooplanding gemaakt, maar met Ariana bewusteloos onder hem hangend kon dat niet. En hij wilde haar ook niet over het ruwe wegdek meesleuren. Hij werd er tenslotte voor betaald haar in zo ongeschonden mogelijke staat af te leveren. Daarom drukte hij de losmaakgespen van de parachute in op een paar voet boven de grond, greep Ariana vast en rolde zich om haar heen in een tuimelende val, die hen in een kluwen van armen en benen neer deed komen op de zachtere berm net aan de rand van de weg.

Het was toch nog de meest oncomfortabele landing die Tomàs ooit had meegemaakt, en hij bleef even liggen om een paar diepe teugen adem te halen en zijn ledematen voorzichtig te testen. Niets gebroken, alleen wat blauwe plekken. Ariana was nog steeds buiten westen en hij kon geen duidelijke verwondingen vinden terwijl hij over haar heen hurkte om haar snel na te kijken. Het geronk van een motor bereikte zijn oren; een oude bestelbus stopte op een paar meter afstand, maar hij wendde zijn blik niet van zijn taak. Zijn nieuwe werkgever was een veeleisende man, en Tomàs werd ervoor betaald Ariana Monterro in perfecte conditie af te leveren.

'*Hola*, Señor Fuentes,' klonk er een stem boven hem.

Hij keek op en glimlachte. 'Goedendag, meneer. Ik heb uw pakket.'

HOOFDSTUK DRIE

'Persoonlijke oproep voor u, meneer,' zei zijn secretaresse toen Captain Jack McAuley zijn buitenkantoor binnenkwam, nog bezweet van zijn ochtendtraining. Hij zou zich douchen en omkleden in de kleine badkamer grenzend aan zijn kantoor voordat hij begon aan de stapel papierwerk die onheilspellend op zijn bureau lag.

'Zeg dat ik terugbel.' Hij kon niemand uit zijn privéleven bedenken die hem nodig zou hebben voor iets wat geen vijftien minuten kon wachten terwijl hij onder de douche sprong.

'Meneer... het is de vrouw van meneer Savige. Ze zegt dat het dringend is.' Zijn secretaresse was een slimme, jonge onderofficier die wist wanneer ze hem moest storen.

'Mara?' Een rilling trok door Jack heen, een naar voorgevoel joeg de haartjes in zijn nek overeind. Halverwege naar zijn privékantoor stokte hij in zijn pas en knipperde, verrast. *Waarom zou de vrouw van mijn beste vriend me op mijn werk bellen?* 'Ik neem hem binnen aan.'

'Ja, meneer.'

De lijn klikte toen hij de hoorn opnam op het bureau in zijn kleine kantoor; een teken dat zijn secretaresse had opgehangen. 'Mara? Ben je daar? Met Jack.'

'Jack.' Haar stem was zwaar van de tranen. 'Oh, Jack...'

Hij wist het meteen; hij had die klank van rauwe rouw te vaak gehoord. 'Wat is er gebeurd?' vroeg hij scherp. 'Is Elliot in orde?' Hij aarzelde even voordat hij nog een naam eruit perste. 'Ariana?'

Het was zes jaar geleden dat hij *haar* voor het laatst had gezien. Hoewel Elliot en Mara heel erg deel uitmaakten van haar leven, had hij zorgvuldig elk evenement gemeden waar zij mogelijk kon zijn, niet zo moeilijk sinds zij naar D.C. waren verhuisd met Ariana en Jack nog altijd op de Rangerbasis bij Fort Benning woonde. Toch, bij de geringste hint van problemen gingen zijn gedachten naar de vrouw die zijn hart gevangen had en nooit meer had losgelaten.

'Het vliegtuig is neergestort, Jack...'

Hij kreeg geen lucht. *Ari*. De gedachte dat zij dood was, dat haar sprankelende levenslust was gedoofd, was ondraaglijk. Het kostte hem meerdere pogingen om één woord uit te brengen: 'Waar?'

'Ze gingen naar Guàlize, Ari zou een paar weken bij Raul doorbrengen na haar afstuderen... Ik was van plan over een paar dagen te vliegen, Raul had Elliot het strandhuis aangeboden; we zouden op vakantie gaan.' Mara huilde nog steeds, maar rustiger nu. 'De president van Guàlize heeft me persoonlijk gebeld en het me verteld. Jack, ik kan het niet aan. Ik kan... ik krijg Raul niet te pakken en ze willen dat ik kom overvliegen om Elliot te identificeren...'

'Nee.' Jack wist instinctief dat Mara dat niet zou aankunnen. Zelfs niet als Elliots lichaam intact genoeg was om te identificeren, wat na een vliegtuigcrash niet bepaald waarschijnlijk was. Zeker niet als het toestel in brand was gevlogen. De gedachte dat Mara geconfronteerd zou worden met Elliots verminkte lichaam ging hem te ver, dus zijn reactie was onmiddellijk, zonder nadenken. 'Ik ga, Mara. Ik breng hem naar huis.'

Ze snikte van opluchting. 'Dank je, Jack, oh God, dank je wel.'

'Ben je alleen? Dat zou je niet moeten zijn...'

'Nee. Nee, ik ben niet alleen. Mijn zus is hier bij me. Ik ga een tijdje met haar mee naar huis... je hebt mijn nummer.'

'Dat heb ik. Ik bel je zodra ik hem gevonden heb, Mara. Beloofd. Ik breng Elliot voor je naar huis.'

Hij staarde een volle minuut droogogig naar de muur nadat Mara had opgehangen, de hoorn nog in zijn hand, terwijl hij aan zijn vriend dacht. De afmattende dagen samen op Ranger School, toen ze gekscherend met elkaar wedijverden om de beste te zijn maar elkaar toch overeind hielpen wanneer ze het gevoel hadden geen stap meer te kunnen zetten. De nog zwaardere tochten door de woestijnen van het Midden-Oosten en de bergen van Afghanistan. De vuurgevechten. De haastige hechtingen die Elliot in een kogelgat in Jacks been had gezet tijdens een helse missie in Somalië, voordat ze elkaar half van het slagveld hadden gesleept.

De goede tijden. Naast Elliot staan terwijl zijn beste vriend met zijn jeugdliefde trouwde, een tikje jaloers op de overduidelijke liefde die het stel verbond. Met Elliot rouwen nadat zijn vriend hem op een avond dronken had toevertrouwd dat hij met losse flodders schoot, dat hij Mara geen kinderen kon geven. Lachen, maar pertinent weigeren toen Elliot hem om een spermadonatie vroeg.

'Mara houdt van je, Ell. Je hebt geen kinderen nodig om compleet te zijn. Al helemaal niet een groot koekoeksjong in het nest, wat elk kind van mij zou zijn. Als Mara het vraagt, zeg ik misschien ja; anders beslist niet.'

Mara had het nooit gevraagd, en daaraan wist Jack dat het Elliots idee was geweest en het zijne alleen. Mara had nooit meer nodig gehad dan Elliots liefde om gelukkig te zijn.

En nu had ze zelfs dat niet meer, de liefde van haar leven bruut van haar weggerukt door een tragisch ongeluk, zijn lichaam koud en vernield op een verre berghelling.

Samen met Ariana's.

Jacks gedachten deinsden terug voor die aanname. Hij drukte op een knop op zijn telefoon en zei tegen zijn secretaresse: 'Onderofficier Kowalski, verbind me alsjeblieft direct door met luitenant-kolonel Cullane.'

'Ik heb hem, meneer,' zei Kowalski een paar minuten later.

Er klonk een klik op de lijn, en de diepe stem van zijn commandant, Brody Cullane, zei: 'Kapitein McAuley; wat is er aan de hand? Uw secretaresse gaf aan dat het dringend was.'

'Ik ben net gebeld door Mara Savige, meneer. De vrouw van Elliot Savige? Er is een vliegtuig neergestort in Guàlize, en het lijkt zo goed als zeker dat Elliot dood is.'

Brody hapte hoorbaar naar adem. 'Oh *shit*, Jack, het spijt me.' Hij wist alles van de hechte vriendschap tussen de twee mannen. 'Werkt hij nog steeds voor de familie Monterro?'

'Ja, meneer.' Jacks eigen, ingetrokken ademhaling was een tikje onvast. 'Er is een grote kans dat ook Ariana Monterro om het leven is gekomen.'

Brody zweeg een moment, en vroeg toen in kalme, formele toon: 'Wat hebt u nodig, kapitein McAuley?'

Jack slaakte in stilte een zucht van opluchting en leunde achterover in zijn bureaustoel. 'Mara Savige heeft me gevraagd om naar beneden te gaan om Elliots lichaam te identificeren en hem te repatriëren. Ik zou daarvoor graag officieel verlof aanvragen.'

'Bij dezen,' kwam het onmiddellijke antwoord. 'Ik teken u nu meteen een week vrij; laat het me weten als u meer tijd nodig hebt. Wilt u een team meenemen?'

'Ik denk van niet, meneer,' zei Jack dankbaar. 'Tenzij,' een misselijkmakende gedachte drong zich op, 'tenzij het geen ongeluk was. In dat geval lijkt het me verstandig te wachten op een officieel verzoek om hulp van de Guàlizeanen, áls ze dat al willen doen.'

'Ik laat het aan uw oordeel over zodra u ter plaatse bent. Houd me op de hoogte van de situatie — en betuig alsjeblieft mijn diepste medeleven aan minister Raul Monterro.'

Als hij dat deed, was dat een erkenning dat Ari dood was. Jack sloot zijn ogen van verdriet. 'Ja, meneer,' was alles wat hij zei.

'Hebt u vervoer?' Brody's toon werd weer kordaat en efficiënt.

'Nog niet, meneer. Ik was van plan naar de luchthaven te gaan en de eerste vlucht te nemen die me naar Guàlize brengt.'

'Ik denk dat we het misschien beter kunnen regelen dan een lijnvlucht, Jack. Laat mij wat touwtjes trekken. Zo kunt u veel sneller bij de crashsite komen zonder u door kilometers aan bureaucratie te moeten worstelen. Met een beetje geluk krijg ik toestemming van de Guàlizeanen zodat u direct kunt parachuteren; dat betekent ook dat u in uniform en bewapend kunt gaan. U zou onze officiële vertegenwoordiger zijn.'

'Ik denk dat de ambassadeur daar misschien iets van vindt, meneer!'

'Niet de officiële vertegenwoordiger van de Verenigde Staten in het land, Jack.' Brody snoof van het lachen. 'De officiële vertegenwoordiger van de *Rangers* bij *Raul Monterro*, om onze hulp aan te bieden bij wat hij ook maar nodig heeft. Dat kan ik mooi langs de autoriteiten laten glippen, zeker als u het land in uniform binnenkomt maar niet via de luchthaven. We hebben genoeg verleden met Monterro, u in het bijzonder, dat ik de machthebbers hier vrij snel hun akkoord moet kunnen laten geven, en *dat* betekent dat ik bij de luchtmacht een paar gunsten kan innen om u een lift naar beneden te bezorgen.'

'Ik laat dat over aan uw superieure vermogen om hielen te likken, meneer,' zei Jack in uiterst beleefde toon.

Brody lachte. 'Wegwezen, Jack. Ga je spullen bij elkaar rapen. En houd me verdomme op de hoogte.' Hij werd weer somber. 'Ik stuur Selina langs bij Mara Savige. Stel haar gerust dat de Rangers er voor haar zijn, ook al is Elliot als burger gestorven. Jij brengt zijn lichaam thuis zodat we hem de uitvaart kunnen geven die hij verdient.'

'Ja, meneer,' was al wat Jack kon zeggen. 'Hartelijk dank, meneer,' voegde hij eraan toe, voordat hij de telefoon neerlegde en achteroverleunde in zijn stoel om de handpalmen stevig tegen zijn brandende ogen te drukken.

Brody belde twee uur later terug op zijn persoonlijke mobiel. Jack was thuis, trof voorbereidingen voor minstens een week afwezigheid, vroeg zijn buurman om zijn post op te halen en leegde zijn koelkast. Hij had zichzelf al

een parachute ingepakt en een lichte rugzak met een paar
extra sets gevechtskleding. Hij ging niet zwaarbewapend
naar binnen, maar hij was van plan zijn persoonlijke zijarm
en een paar magazijnen munitie mee te nemen, mits Brody
toestemming kon regelen om die mee Guàlize in te nemen.

'Alles is geregeld met de hoge piefen,' kwam Brody
direct ter zake. 'Ik wacht op een terugbelletje van mijn
tegenhanger bij de luchtmacht, die met de Guàlizeanen
afspreekt wanneer en waar u wordt gedropt. Ze praten
met niemand over de crash; het wordt voorlopig heel stil
gehouden.'

Dat rook niet fris, vond Jack, en hij zei het meteen.

'Mee eens,' reageerde Brody. 'Ariana Monterro is daar
een VIP in ieders ogen, zeker gezien het feit dat haar vader
vrijwel zeker de volgende president wordt, als ik mijn bron
bij Buitenlandse Zaken mag geloven. Een vliegtuigcrash
waarbij zij betrokken is, zou overal in het nieuws moeten
zijn, maar hier aan deze kant wist niemand ervan tot ik het
vertelde.'

'Ik wist niet dat Raul Monterro in de running was voor
het presidentschap,' zei Jack, verbijsterd.

'Ik ook niet, maar Buitenlandse Zaken lijkt er vrij zeker
van. De Guàlizeanen hebben een vergelijkbaar systeem als
wij; hun president kan maximaal twee termijnen van vier
jaar dienen. Het woord gaat dat Raul de gedoodverfde
opvolger is, en de verkiezing is over minder dan twee jaar.
Niets is officieel, maar zijn populariteit bij het grote pub-
liek, zijn goede relatie met de VS en zijn bereidheid om
hard op te treden tegen de drugsbaronnen maken hem bij
de kiezers bijna een zekerheidje.'

Jack wreef over zijn voorhoofd en vloekte binnensmonds. 'Dit maakt alles een stuk ingewikkelder.'

'Geen geintje, Sherlock. Ik laat je galatenue naar de Amerikaanse ambassade in Guàlize City sturen voor het geval je met Raul ergens publiekelijk moet verschijnen. Van Buitenlandse Zaken kreeg ik onomwonden mee dat ik héél duidelijk moest maken dat Monterro, president Garcia en het land Guàlize de volledige steun hebben van de Verenigde Staten van Amerika. Ze hebben een team van de National Transportation Safety Board stand-by om te komen helpen met het onderzoek, maar het verzoek zal van die kant moeten komen. Het is jouw oordeel ter plaatse of je Raul moet aansporen dat verzoek te doen, Jack, dus houd je ogen open en je kop erbij.'

'Ja, meneer,' was de enige mogelijke reactie die Jack op die instructie kon geven.

En dus was hij hier, enkele uren later, neerblikkend op de jungle die onder de buik van het vliegtuig voorbij suisde, wederom klaar om zijn verhouding tussen starts en landingen op te krikken.

'Klaar, kapitein?' schreeuwde de loadmaster hem in zijn oor, en hij knikte kort, terwijl hij zijn bril op zijn plek trok. Het was geen bijzonder hoge sprong; ze zaten maar op vijftienduizend voet. Hij kon de berg nu zien, de enorme snee die het gehavende toestel in het groen had gereten toen het door het dichte bladerdak van de jungle brak. 'Drie, twee, één, *springen*!'

Dat heeft niemand overleefd, was Jacks eerste gedachte terwijl hij naar de crashsite vrijviel. Het toestel was uit elkaar gebroken in een half dozijn grote stukken; hij was er enigszins door verrast dat er niet veel vuur leek te zijn geweest, maar het toestel was minder dan honderd mijl van zijn bestemming in Guàlize City — waarschijnlijk zat er niet veel brandstof meer in de tanks. Het regenwoud was hier dicht, met veel regelmatige neerslag. Misschien was het loof nat genoeg geweest dat het vuur geen tijd had gehad om echt vat te krijgen. Hij trok zijn parachute op precies het juiste moment open en bleef de crashsite vanuit de lucht opnemen terwijl zijn vrije val vertraagde tot een glijvlucht.

Daar, dacht hij, *die zwarte streep in de jungle wijst op een brand*. Een van de motoren misschien, losgerukt van een vleugel toen het vliegtuig door het bladerdak brak.

Een ontstoken lichtkogel trok zijn aandacht, en hij draaide zijn hoofd, beseffend dat iemand hem probeerde binnen te leiden voor de landing. Er stond een kruiswind, maar voor een ervaren parachutist als Jack was het geen probleem zijn aanvlieghoek bij te sturen en te landen waar hem werd aangegeven, in de vrijgemaakte snee op de aanloop naar het wrak.

'Kapitein McAuley?' De man die hem had binnengeloodst kwam haastig op hem af en vroeg in zwaar geaccentueerd Engels. 'Minister Monterro is onderweg.'

'Dank u.' Jack maakte zich los uit de riemen en tilde zijn rugzak op, die hij over zijn schouders schoof. 'Gaat u voor.' Misselijkheid roerde zich in zijn maag terwijl hij de gids volgde; het moment naderde onverbiddelijk waarop zijn nachtmerrie pijnlijk echt zou worden. Hij had afschuwelijke dingen gezien in de oorlog, maar dit was geen oorlog... en Ariana Monterro was nooit een soldaat geweest. Ze verdiende zoveel meer dan een schokkend plots einde op deze verlaten jungleheuvel.

Zich schrapzettend voor wat hij ging zien, herinnerde Jack zichzelf eraan dat de man die hij op het punt stond te ontmoeten alles had verloren. Ariana was niet alleen Raul Monterro's enige kind, ze was de enige familie die de man nog had. Jack was Raul elke greintje professionaliteit verschuldigd dat hij in zich kon oproepen. Instorten was onacceptabel, hoezeer verdriet hem vanbinnen ook aan stukken scheurde.

HOOFDSTUK VIER

Raul Monterro is ouder geworden, was Jacks onbeduidende eerste gedachte toen hij de man herkende die haastig op hem afkwam, omringd door een hele falanx lijfwachten. Bij zijn slapen zaten witte strepen in zijn zwarte haar, en de lijnen rond zijn ogen spraken van spanning. Maar goed, het was zes jaar geleden dat ze elkaar voor het laatst hadden gezien, en wat Monterro in de afgelopen uren had doorgemaakt, zou iedereen ouder hebben doen lijken.

'Meneer.' Hij groette formeel. 'Hebben ze haar gevonden?'

Raul schudde zijn hoofd. 'Nog niet. We hebben Elliots lichaam wel. Ik kan hem natuurlijk identificeren, maar omdat Mara wilde dat jij zou komen...'

'Ik heb beloofd dat ik hem thuis zou brengen,' zei Jack eenvoudig.

Raul knikte, volledig begripvol. 'Deze kant op.'

De romp van het vliegtuig is verrassend intact, besefte Jack terwijl hij Raul volgde, de falanx lijfwachten die hem wantrouwig opnamen. Het toestel was niet frontaal op de berg geknald, zoals hij eerst had gedacht, maar zijwaarts langs de flank geschraapt, waarbij een dikke strook begroeiing was weggeslagen. De vleugels waren als eersten losgekomen, met de motoren erbij; een klein brandje in het natte regenwoud doofde snel en bereikte de romp van het vliegtuig nooit, die in drie delen was gebroken: neus, midden en staart.

'Jack,' zei Raul zacht, 'officieel noemen ze het nog steeds een ongeluk, maar er is iets dat je moet zien.' Hij leidde Jack naar het neusgedeelte en de verbrijzelde cockpitdeur die los aan de scharnieren hing.

Toen hij Raul aankeek, wist Jack meteen dat er iets heel, heel erg mis was met het beeld dat hij zag. Hij duwde de gekreukte deur opzij, boog zich de cockpit in en zag de twee piloten nog vastgesnoerd in hun stoelen, voorovergezakt over hun instrumenten.

Het bloed dat hun witte hemden bevlekte, was bijna zwart.

Al lang gewend aan de geur van de dood, negeerde Jack die. Hij stak zijn hand uit om voorzichtig de kaak van een van de piloten op te tillen. Zijn lippen spanden zich bij wat hij zag. Zijn blik kruiste die van Ariana's vader en hij knikte om Raul te laten zien dat hij het begreep. Raul legde een hand op zijn arm en gaf aan dat ze weg moesten lopen van alle meeluisterende oren om hen heen.

'Hun kelen zijn doorgesneden,' zei Jack zacht terwijl Raul hem van de rampplek weg leidde en zijn lijfwachten wenkte dat ze hun wat ruimte moesten geven. 'Dit was geen ongeluk.'

'De anderen, Elliot inbegrepen, hadden allemaal een gebroken nek. Ik ben ervan overtuigd dat ze allemaal vóór de crash zijn gestorven — en dit is een uur geleden in de kombuis gevonden.' Raul haalde een doorzichtige plastic bewijszak uit zijn zak en hield hem omhoog om Jack de inhoud te laten zien: een gebroken glazen ampul met een etiket dat nog duidelijk zichtbaar was en een deel van de scherven bijeenhield.

KETAMINE.

Vlekken van woede dreven voor Jacks ogen. 'Ari. Dit is gedaan om Ari te ontvoeren. Wie?' Er moest nog iemand aan boord zijn geweest. Een verstekeling...

'Behalve Ari is het enige lichaam dat we niet hebben kunnen vinden dat van Tomàs Fuentes. Hij was voormalig FBI.' Rauls ogen glansden met dezelfde woede die Jack voelde. 'Hij heeft mijn dochter meegenomen, Jack. Ze hebben haar opnieuw ontvoerd.'

Jack ademde in. Uit. Richtte zich op het ritme, in een poging de instinctieve, brandende woede te kalmeren die in zijn keel opborrelde en hem de adem benam. 'Vertel me over Fuentes. Ik ken hem niet.'

'Hij was twee jaar bij ons.' Raul stopte de bewijszak terug in zijn zak en balde zijn vuisten. 'We vertrouwden hem volledig. Mijn mensen pluizen zijn dossier opnieuw met een fijne kam uit, maar Elliot had hem al doorgelicht. Er viel niets te vinden. Een voorbeeldige staat van dienst bij de FBI, een Guàlizeaanse grootvader die al in de jaren zestig naar de VS emigreerde, hij voldeed aan al onze eisen. Elliot wilde hem vanwege zijn profileringsvaardigheden, omdat Ari in haar werk met zoveel nieuwe mensen in aanraking kwam.'

'Meneer!' Een roep achter hen deed hen omkijken. Een van de zoekers hield iets omhoog in met handschoenen bedekte handen... iets feloranje. 'We hebben de andere zwarte doos, meneer!'

'Ik weet dat je hebt beloofd Elliot naar huis te brengen, naar Mara, Jack, en ik zal ervoor zorgen dat dat zo snel mogelijk gebeurt. Maar alsjeblieft, ik smeek je.' Raul legde zijn hand op Jacks arm. 'Iedereen aan wie ik het leven van mijn dochter toevertrouwde is nu dood, behalve één die ons — en jou — heeft verraden. Help me haar te vinden. Alsjeblieft.'

'Je moet weten dat je me dat niet eens hoeft te vragen, Raul. Ik zal haar vinden en ik zal haar terughalen,' zei Jack tussen opeengeklemde tanden door.

'Goed. Je krijgt natuurlijk alles wat je nodig hebt, alle middelen die Guàlize heeft staan tot je beschikking...'

'Nee,' zei Jack meteen.

'Wat?' Raul knipperde.

'Dit moet stilgehouden worden, Raul. Wie dit ook gedaan heeft, heeft veel moeite en geld geïnvesteerd. De vliegtuigcrash is een opvallende, aandachtstrekkende stunt; wie dit georganiseerd heeft, wil aandacht, wil weten dat hij onder je huid is gekropen. Als je het hele Guàlizeaanse leger mobiliseert, staat het overal in het nieuws. Dan geef je de ontvoerder precies wat hij wil.'

Raul keek peinzend omhoog naar Jack. 'We moeten hem geven wat hij wil om Ariana terug te krijgen.'

'Ik weet voor honderd procent zeker dat jij er niet mee zult kunnen leven om hem te geven wat hij zal eisen in ruil voor Ariana's leven.' Jack hield de oudere man standvastig staande met zijn blik.

Raul liet zijn blik zakken en vloekte toen binnensmonds. 'Je hebt gelijk. Verdomme, je hebt gelijk. En hoe meer we dit over het nieuws uitstrooien en er een hele vertoning van maken, hoe meer hij weet dat hij kan eisen, wie hij ook is. En hij heeft een door de FBI getrainde agent op de loonlijst, een man die de standaard tactieken van gijzelingsonderhandelingen kent, die precies weet wat de normale zetten zijn.'

'We moeten buiten de gebaande paden denken om Fuentes te slim af te zijn; we moeten zorgen dat de ontvoerders naar ons toekomen. Dus niets in het nieuws, Raul, geen rouwende vader die om genade smeekt. Geen erkenning dat deze vliegtuigcrash überhaupt heeft plaatsgevonden. Iedereen die je hier hebt moet weten dat, als ze ook maar een woord laten vallen over het neerstorten van dit vliegtuig, ze zich voor het leven een vijand in Raul Monterro op de hals halen.'

'We laten de ontvoerders naar ons toe komen,' herhaalde Raul bedachtzaam.

'Precies. Zo onderhandel je vanuit een positie van kracht, ook al hebben zij de troeven in handen. Of de koningin, in dit geval.'

'En jij?'

'Ik ben degene die die klootzakken opspoort en hun allemaal persoonlijk de nek omdraait met mijn blote handen omdat ze er zelfs maar aan dachten Ari te pakken,' zei Jack, zijn ogen vuursteenhard van ziedende woede.

Raul glimlachte, zijn tanden bloot. 'Ik kan je niet zeggen hoe blij ik ben dat je dat zei.' Hij stak zijn hand uit en sloot die stevig om die van Jack. 'Ik regel de onderhandelingen. Jij maakt die klootzakken af en brengt mijn dochter terug.'

Hoofdstuk Vijf

Ariana werd wakker met het gevoel alsof honderd woedende mannetjes achter haar ogen zaten te boren. Kreunend bracht ze haar handen omhoog om haar gezicht te beschermen tegen het felle licht dat erop scheen.

Er klopte iets niet. Heel veel dingen niet. Te veel dingen. *Concentreer!*

Het bed waarop ze lag voelde te zacht, en er zat iets merkwaardig harigs onder haar. Ze duwde zichzelf overeind tot zit en kneep haar pijnlijke ogen samen om rond te kijken.

'Wat in *hemelsnaam...*'

Ze was in een volstrekt onbekende kamer op een weelderig hemelbed met luchtige gordijnen langs de zijden. Aan de overliggende muur hing een foeilelijke vergulde spiegel, precies zo geplaatst dat hij het bed reflecteerde, wat haar met afkeer deed fronsen, nog meer toen ze besefte dat het pluizige oppervlak echt jaguarbont was. Met walging trok ze haar handen ervan weg. *Echt bont? Wie haalt het in zijn hoofd?*

Toen ze verder keek, zag ze open balkondeuren; de namiddagzon die daardoor schuin naar binnen viel, was het felle licht dat op haar gezicht was beland. Buiten het raam waren hoge bomen te zien en dat klopte al niet, *niets* aan deze kamer klopte. Inclusief de kleren die ze droeg: een zwarte broek en een blouse die ze niet herkende en die haar niet helemaal leek te passen. Op haar sokloze voeten waren een paar goedkope sportschoenen gepropt, waardoor ze oncomfortabel zweetten, maar in elk geval leken ze ongeveer de juiste maat.

Met een nieuwe pijnlijke grimas om haar bonkende hoofd duwde ze zichzelf overeind en liep naar het raam om naar buiten te kijken. Ze kwam er niet; het klikje van de deur achter haar deed haar omdraaien.

'Tomàs!' zei ze met een zucht van opluchting. 'Waar zijn we? Wat is er aan de hand?' Ze keek achter hem om naar Elliot, fronste toen ze zag dat Tomàs alleen was. 'Waar is Ell?'

'Elliot is dood, Ariana.' Zijn stem was vlak en behoorlijk vast, zijn uitdrukking afstandelijk.

Ze hapte geschokt naar adem en deed een stap achteruit. 'Nee. Nee, dat kan niet.' *Wat is er in godsnaam gebeurd? Het laatste wat ik me herinner is... dat ik naar het vliegveld reed, eigenlijk.* Met een blik naar het raam vroeg ze: 'Waar zijn we? Is er een ongeluk gebeurd?'

Tomàs knikte. 'We zijn in Guàlize. Jij bent te gast bij mijn nieuwe baas. En het spijt me van Elliot en de anderen, Ariana, maar hun dood was noodzakelijk.'

'*Jij* hebt ze vermoord,' zei Ariana verbijsterd, nu ze de kille onverschilligheid op zijn gezicht zag.

Langzaam knikte hij opnieuw. 'Ik wel.'

Ze staarde vol ongeloof naar Tomàs omhoog. Hij had nog net het fatsoen om schuldbewust te kijken en haar blik te ontwijken.

'Waarom?' was het enige wat ze uiteindelijk kon uitbrengen.

Hij liet een kort, hard lachje horen. 'Geld, waarom anders?'

Ari knipperde en schudde haar hoofd. 'Tomàs, mijn vader zal je meer betalen voor mijn veilige terugkeer, dat weet je best...'

'Zelfs jouw vader is niet rijk genoeg om *El Lobo Negro* te overbieden, Ariana.'

Die naam benam haar de adem. *El Lobo Negro*. De Zwarte Wolf. Volgens geruchten was hij een Colombiaan die de kartels van zijn eigen land had verlaten en hun meedogenloze methoden tien jaar geleden naar Guàlize had gebracht, maar als iemand zijn echte naam kende, sprak die hem niet uit. Zijn alias en een wazige foto prijkten bovenaan haar vaders lijst van de Tien Meest Gezochten.

Als Tomàs voor de Zwarte Wolf werkte, als ze werkelijk in de macht van dat monster was, zou ze niet levend naar haar vader terugkeren. Met een soort fatalisme aanvaardde Ariana de onontkoombare waarheid. Na de dood van haar moeder had ze haar vader laten beloven dat hij, wat haar ook overkwam, haar veiligheid nooit boven de noden van het Guàlizeaanse volk zou stellen. Hij zou nooit, maar dan ook nooit, met *El Lobo Negro* onderhandelen, zelfs niet omwille van haar.

'Breng me naar hem,' zei ze met opgeheven hoofd, al huilde er diep vanbinnen een deel van haar om het besef dat ze haar vader nooit meer zou zien.

'Je kunt eerst douchen en je omkleden; daar is een bad-kamer,' gebaarde Tomàs. 'En een garderobe vol kleren, allemaal in jouw maat.'

'Die jij aan dat moordzuchtige tuig hebt doorgegeven zodat hij de kleren kon regelen. Hoelang ben je hier al mee bezig, Tomàs? Je wist tot een paar dagen geleden niet eens dat ik terug naar Guàlize zou komen.'

'We wisten dat je ooit terug zou komen,' zei Tomàs met een schouderophaling. 'En dit was niet het enige plan om je hierheen te krijgen, Ariana. Gewoon de kans die zich het snelst aandiende. Ga jij nou maar douchen.'

Haar huid kroop bij de gedachte alleen al, want ze had net beseft dat er een camera in deze kamer moest zijn, dat Tomàs en misschien anderen haar hadden zitten bekijken terwijl ze sliep. Hoe anders had hij geweten binnen te komen zodra zij uit bed was gestapt? En als er hier een camera was, zat er waarschijnlijk ook een in de badkamer.

'Dat zou je wel willen, hè?' beet ze hem toe, terwijl woede en verdriet naar boven borrelden en uit haar mond stroomden. 'Wil je terug naar je scherm om je een ruk te geven terwijl je toekijkt hoe ik me uitkleed en ga douchen? Geen sprake van, jij moorddadige klootzak. Ik rol nog liev-er in varkensstront dan dat ik jou dat genoegen gun.'

Hij deed een kleine stap achteruit, blijkbaar over-rompeld door haar felheid. 'Er hangt geen camera in jouw badkamer.'

Ze geloofde hem niet. 'Misschien niet eentje die *jij* kunt zien, idioot. Misschien is die voor het privévermaak van je baas. Nou, voor hem ga ik al helemáál geen show opvo-eren.' Ariana plantte haar handen in haar zij en boorde haar blik in die van Tomàs. 'Breng me naar hem. Nu.'

'Jij hebt hier niets te zeggen, prinsesje!' snauwde hij terug, zijn gezicht vertrokken van woede. 'Ik word niet meer betaald om aan elk verdomd wissewasje van jou gehoor te geven. Ik werk nu voor *El Lobo Negro*, en als hij beveelt dat je uitgekleed en gegeseld wordt omdat je je gedraagt als het verwende, verwaande rijkeluiskindje dat je bent, dan hanteer ik met genoegen de zweep!'

Ze weigerde angst te tonen, ook al was Tomàs een grote vent en kwam hij met gebalde vuisten op haar af. Met geheven kin keek Ariana hem recht aan. 'En wat gebeurt er als je me nu slaat, Tomàs? Want mijn gok is dat de Zwarte Wolf heeft bevolen dat ik in perfecte staat word afgeleverd. Raak me aan zonder directe orders, en dan ben jíj degene met de striemen op je rug — als hij je niet gewoon een kogel door je kop jaagt. Ik ben zijn onderhandelingsmunt, tenslotte. Jij bent slechts de huurling die al heeft laten zien dat hij zijn werkgever verraadt voor genoeg geld.'

'Tomàs' uitdrukking betrok nog verder en even dacht ze dat hij haar echt zou slaan. Toch bleef ze roerloos staan, haar gezicht uitdagend omhoog gericht. Deze walgelijke smeerlap had Elliot, Emma en haar andere vrienden vermoord. Als hij stom genoeg was om haar te slaan en zichzelf daarvoor te laten neerschieten, dan was dat tenminste weer één probleem minder. Tomàs *kende* haar tenslotte, hij wist hoe haar geest werkte. Ze gokte erop dat niemand anders hier dat deed, en dat kon, heel misschien, in haar voordeel werken als ze een manier wist te vinden om te ontsnappen.

Tomàs Fuentes was echter een voormalig FBI-agent en geen dwaas, ondanks de woede en wrok die zijn daden voedden. Hij stopte met naar voren komen, staarde Ariana nog een moment woedend aan en haalde toen zijn schouders op. 'Prima. Wil je nu naar hem toe, dan ga je nu naar hem toe. We zullen wel zien hoe *hij* met jouw ongehoorzaamheid omgaat.' Hij wees naar de deur. 'En nu lopen, of ik gooi je over m'n schouder en sleur je godverdomme de trap af als een zak meel.'

Ariana wist wanneer ze hem een punt moest gunnen. *Ik sta mentaal nog steeds voor,* suste ze zichzelf terwijl ze met een trage, beheerste tred naar de deur liep, haar kin hoog. Ze weigerde zelfs maar in de spiegel te kijken om te zien hoe verward haar haar zat. Ze ging zich niet optutten voor een kidnappende, moordzuchtige brutale drugsbaron.

Dat Tomàs haar voorop liet gaan, was eigenlijk een zegen, want zo kon hij niet zien hoe haar ogen schoten, kon hij niet merken hoe ze alles in zich opnam, elk vertrek en elke gang noteerde die ze moest verkennen om een mogelijke ontsnappingsroute te vinden. Ze zaten duidelijk op de bovenverdieping van wat Ariana inschatte als een zeer duur — en *uitgestrekt* — huis. Bovenaan een monumentale trap aangekomen, die in een elegante boog afdaalde naar een vloer van zwart-witte marmeren ruiten, hield ze stil en keek even naar Tomàs om.

'Naar beneden,' beval hij met een nonchalant zwiepje van zijn pols. Ze knikte en wendde zich weer naar voren, legde haar hand op de leuning en daalde langzaam af met geheven hoofd, terwijl ze zich voorstelde dat ze in het Presidentieel Paleis was voor een grootse plechtigheid, gekleed in een schitterende jurk. Die gedachte gaf haar kracht, en toen ze beneden kwam, klemde haar kaak zich van woede op elkaar. De dochter van Raul en Luisa Monterro ging vandaag niet kruipen en smeken om haar leven.

Nooit.

Beneden aan de trap bleef ze staan en liet haar blik rondgaan, ogenschijnlijk achteloos, maar in werkelijkheid nam ze elk detail van de grootse hal in zich op.

Naast grote, getraliede dubbele deuren stond de eerste andere persoon die ze in het huis zag: een pezig magere man met snor, die haar aanstaarde terwijl zijn ogen wellustig over haar lichaam gleden. Ariana staarde terug, met geheven hoofd en ogen die vonken spuwden, tot de man zijn blik afwendde.

Ik laat me niet intimideren. Ik zal elk wapen gebruiken dat ik tot mijn beschikking heb om deze varkens te verslaan.

'Daarheen,' tikte Tomàs haar aan op haar schouder, haar lichtjes duwend naar een deur achter in de hal. Ze wierp hem een vernietigende blik toe, en hij liet zijn hand vallen alsof ze hem had gebrand.

Ze liet hem even wachten voor ze weer bewoog, maar toen ze het deed, marcheerde ze vlot bij Tomàs vandaan, greep de deurklink en duwde de aangewezen deur open zonder de moeite te nemen te kloppen. Ze hoorde zowel Tomàs als de andere man achter haar naar adem happen en glimlachte heel even in zichzelf. Weer een kleine over-winning; ze gokte dat niemand ooit bij de Zwarte Wolf binnenwandelde zonder te kloppen.

De kamer achter de deur was donker; zware gordijnen waren zelfs midden op de dag voor de ramen getrokken. Haar ogen hadden een moment nodig om te wennen, maar toen liep ze recht op het midden van de kamer af om de man te confronteren die uit een stoel was opgestaan om haar tegemoet te treden.

'De Zwarte Wolf, neem ik aan?' zei ze koel.

Hoofdstuk Zes

Jack en Raul luisterden met donkere gezichten naar de opnames van de zwarte dozen. De cockpitopname had perfecte helderheid; geen technische toverkunst nodig om die op te schonen. Alles leek normaal tot zo'n dertig minuten voor de verwachte landingstijd, wat precies aansloot bij de locatie van de crashsite.

De piloten waren net overgedragen van het Dominicaanse naar het Guàlizeaanse luchtverkeer toen er een kloppend geluid klonk, en: 'Señor Fuentes, *que pasa?*', vroeg de copiloot vragend, vóór er een borrelend geluid klonk en vervolgens een afgesneden kreet.

Het enige geluid daarna in de cockpit was dat van iemand die toetsen aansloeg; het herprogrammeren van de autopiloot, wisten ze al, waarbij de veiligheidsparameters werden omzeild. Fuentes had volgens zijn dossiers geen formele pilotenopleiding. Iemand had hem heel zorgvuldig gecoacht in wat hij moest doen om de jet te overreden zichzelf neer te laten storten.

De cockpitdeur klikte dicht. Iets meer dan negen minuten later stopte de opname abrupt, wat het tijdstip van de crash aangaf.

'Dat komt overeen met dit punt in de elektronische signalen naar de cockpit, meneer,' merkte de luchtvaartveiligheidsonderzoeker die hen assisteerde op tegen Raul. 'Ziet u hier?' Hij legde een vel papier neer met tijdstempels aan de linkerkant en allerlei codes naast de tijdnotities die Jack niets zeiden. De onderzoeker wees naar twee tijdstempels in het midden van het vel. 'Dit tijdstip hier is wanneer de cockpitdeur sluit. Achtenveertig seconden later, hier,' hij tikte op het papier, 'is er een elektronisch alarmsignaal dat een van de achterdeuren van het toestel werd geopend.'

'Dat is Fuentes die de deur opent om de parachutesprong te maken. Dat moet wel,' zei Raul. 'En hij zou op die hoogte geen seconde langer in een open deuropening blijven hangen dan strikt nodig, niet in zijn eentje en vermoedelijk met Ariana bewusteloos en aan hem vastgesjord. Ik durf te wedden dat hij vrij snel daarna gesprongen is.'

'Dat geeft ons een tijdstempel,' mompelde Jack, terwijl hij zich naar de kaart op de tafel boog. De bekende vliegroute van de jet was er met een dikke rode lijn overheen getekend, met de tijden en locaties waarop hij door de radar was opgepikt zorgvuldig genoteerd. De uiteindelijke locatie van de crashsite was gemarkeerd met een grote rode X, waar hij liever niet naar keek.

'Ergens halverwege hier en hier.' Jack pakte een blauwe pen en cirkelde twee radarstempels. Hij keek naar de gemarkeerde tijdlijn van de onderzoeker, greep een liniaal en zette met een X het benaderende punt waar de achterdeur was geopend. 'Geef het, zeg, maximaal twintig seconden voordat hij sprong.'

Hij markeerde een tweede punt en tekende een langgerekte ovale vorm tussen de twee. 'Ze zaten nog behoorlijk hoog. Ongeveer twaalfduizend voet. Dat betekent dat de parachutedrop ergens binnen dit gebied was.' Vijftig tot zestig mijl van de crashsite, schatte hij. Ver genoeg weg dat Fuentes zich geen zorgen hoefde te maken dat hij hulpdiensten die naar de plek snelden voor de voeten liep of onderzoekers die het gebied uitkamden, terwijl hij zijn ontsnapping maakte naar waar hij ook heen ging. Want als er één ding was waar Jack héél zeker van was, dan was het dat Fuentes niet naar zijn uiteindelijke bestemming was geparachuteerd. Een door de FBI getrainde agent was veel te slim om iets te doen dat zo eenvoudig te traceren was. Nee, de dropzone was slechts een tussenpunt dat Jack moest controleren op het pad naar Ariana.

De onderzoeker knikte. 'U hebt waarschijnlijk gelijk, meneer.' Hij controleerde de coördinaten en haalde een kaart met een grotere schaal tevoorschijn. Hij tekende de ovaal erop over, waarna de drie mannen zich eroverheen bogen.

'Hier is niets,' schudde Jack zijn hoofd. 'Alleen jungle.'

'We hebben satellietbeelden nodig. Ik zou het verzoek kunnen indienen, maar... het gaat misschien sneller als jij het doet.' Raul wierp Jack een blik toe. 'De CIA of NASA hebben het waarschijnlijkst beelden in de kwaliteit die we nodig hebben. Ik moet via overheidskanalen en dat kan even duren.'

'Laat mij wat telefoontjes plegen. Ik moet toch inchecken bij kolonel Cullane. Hij heeft al aan wat touwtjes getrokken om me zo snel hier te krijgen; misschien kan hij er nog een paar trekken.'

Raul gaf hem een prepaid mobieltje. 'Ontraceerbaar. Beloofd.'

'Dank je, Raul.' Jack nam de telefoon aan en liep naar de andere kant van de kamer om te bellen, terwijl Raul en de onderzoeker nog steeds over de kaart gebogen stonden, de ruwe berekeningen die Jack had gemaakt controlerend en dubbelcheckend.

'Cullane,' nam Brody de telefoon op met zijn gebruikelijke korte snauw.

'Het was geen ongeluk. Ariana Monterro is ontvoerd, en een van haar lijfwachten, Tomàs Fuentes, zat er vrijwel zeker in,' kwam Jack meteen ter zake.

'Klootzak!' gromde Brody woedend. 'Ik ken de naam niet; was hij een van ons?'

'Voormalig FBI. Raul laat zijn mensen Fuentes' dossiers op dit moment met een vergrootglas uitpluizen, maar ik durf te wedden dat het neerkomt op het gebruikelijke motief.'

'Geld,' zuchtte Brody. 'Goed. Elliot Savige?'

'Zijn lichaam is geborgen.' Jacks keel trok dicht, maar hij kon zich de luxe niet permitteren om te rouwen. Niet nu. Niet wanneer iedere minuut betekende dat Ariana weer een minuut in handen was van mensen die zes onschuldigen vermoordden en een vliegtuig lieten neerstorten om haar in handen te krijgen. Jack moest zich focussen. Er zou later tijd zijn om te rouwen, hoopte hij. 'En twee andere voormalige Rangers. Raul's mensen regelen het, en ik begeleid hen terug naar de VS zodra ik Ariana heb gevonden.'

'Goed. Wat heb je nodig, Jack?'

Goddank voor Brody's kalme directheid, dacht Jack terwijl hij de coördinaten doorgaf voor de satellietfotto's die ze nodig hadden. Brody zei dat hij zou terugbellen zodra hij ze had, en Jack hing op, geen moment twijfelend dat zijn meerdere de klus zou klaren.

Twee uur later hing Jack alleen wat rond in een park in Guàlize City op een parkbank, in burgerkleding die in allerijl door Raul's secretaresse was geregeld. Nippend van een ijskoud vruchtendrankje dat hij bij een verkoper in de buurt had gekocht, leek hij alsof hij geen zorgen ter wereld had en gewoon naar de felgekleurde tropische vogels keek die tussen de knikkende palmen fladderden in de warme namiddagbries.

Ongeveer vijf minuten nadat hij was gaan zitten, ging er een gebruinde, lokaal ogende man naast hem zitten, die een opgevouwen krant tussen hen in op de bank legde.

'Deze komen niet van ons,' zei de man zacht in Spaans met een lokaal accent, zijn lippen nauwelijks bewegend.

'*Muchas gracias*,' zei Jack even zacht terug, terwijl hij de krant oppakte en op zijn gemak wegliep. Hij voelde de stijve envelop tussen de zachtere krantenpagina's, maar hij was niet naïef genoeg om die hier en nu eruit te halen. Dat kon wachten tot hij terug was op Raul's kantoor, weg van nieuwsgierige ogen.

De foto's waren niet de ongelooflijk hoge-resolutiebeelden die Jack had gezien bij het plannen van veldoperaties in Afghanistan en andere brandhaarden, maar goed, het Amerikaanse leger deed nog steeds graag alsof ze niet zó capabel waren, althans tegenover buitenlandse regeringsfunctionarissen. De beelden waren nog ruim voldoende voor zijn doel. Een ongetekend briefje in de envelop verontschuldigde zich dat er op het tijdstip van de crash geen satellieten gepositioneerd waren, maar ze hadden er wel van een pass ongeveer twee uur later bijgedaan.

'Dit is een *weg*,' mompelde Raul verbaasd, terwijl hij met zijn vinger de dunne donkere lijn volgde die tussen de bomen door slingerde. Die zou op de standaardresolutie niet zichtbaar zijn geweest; ze hadden hem in elk geval niet gezien toen ze de beschikbare beelden op internet bekeken. 'En een geasfalteerde ook nog, behalve hier en hier, aan de uiteinden, zie je?' Hij wees twee plekken op de kaart aan, terwijl zijn ogen wijder werden. '*Madre de Dios*, die klootzakken hebben hier een *geasfalteerde weg* aangelegd om hun bewegingen te vergemakkelijken, en de overheid wist van niets! Hij scheelt — misschien dertig mijl op een rit tussen San Cristobàl en Tierra Verdes, dertig mijl slechte weg die minstens een uur kost!' Hij draaide zich van de kaart weg en ijsbeerde door het kantoor, terwijl hij met zijn vuist in zijn hand sloeg. 'Geen *wonder* dat we ze nooit konden inhalen, nooit konden achterhalen hoe ze hun smerige waar van het hoogland naar de oceaan kregen!'

Jack liet hem een minuutje ijsberen en vloeken voordat hij zijn aandacht terugriep naar de foto's. 'Raul. Raul, *kijk*.' Zorgvuldig vergeleek hij de satellietfoto's met de kaart, zette coördinaten over en schetste met potlood de weg op de kaart. 'Kijk, de weg loopt precies door de geprojecteerde landingszone.'

'Het was allemaal voorgekookt,' spuwde Raul woedend. 'Fuentes wist precies wanneer en waar hij moest springen. Ongetwijfeld zijn ze opgepikt en al onderweg geweest nog vóór het vliegtuig neerstortte.'

Jack knikte; dat had hij al geconcludeerd. 'En allang weg vóór deze satellietpass. Maar de vraag is: welke kant zijn ze opgegaan?'

Er stonden geen voertuigen op de geheime weg op de foto's die ze hadden, maar op de grotere wegen waar hij uiteindelijk op aansloot reden er in beide richtingen meerdere.

'Naar de kust, of terug de bergen in,' peinsde Raul. 'Dat hangt er helemaal van af wie haar heeft meegenomen, nietwaar?' Hij wisselde een donkere blik met Jack. Hoe langer het duurde zonder een eis tot losgeld, hoe ongeruster ze allebei werden.

'Meneer,' Gutierrez, Raul's hoofdbeveiliger en de enige andere man die Raul op dit moment bij hen in de kamer vertrouwde, stond op van het bureau, zijn bebaarde gezicht bleek. 'Meneer — er is net een e-mail binnengekomen!'

Hoofdstuk Zeven

Hij is jonger dan ik had verwacht, was Ariana's eerste gedachte toen ze de man ontmoette waarvan ze zeker wist dat hij haar zou doden. Hij kon niet veel ouder zijn dan Ariana zelf, midden dertig misschien, en lang en knap. Maar toen hij opstond om naar haar te glimlachen, zag ze dat de glimlach zijn ogen niet bereikte: vlak en doods als die van een haai.

'Mevrouw Monterro. Mag ik u Ariana noemen?' zei hij beleefd in het Spaans, terwijl hij om zijn bureau heen naar haar toe liep en zijn hand uitstak. Zijn accent was niet Gualizees, merkte ze meteen; beslist meer Colombiaans, wat de geruchten over zijn herkomst geloofwaardigheid gaf — behalve dat hij er ook niet Colombiaans uitzag. Want De Zwarte Wolf was *wit*. Blond haar en blauwe ogen, sproeten over zijn bleke huid. Een tatoeage die boven zijn overhemdkraag uit piepte, ze kon niet goed zien wat het was, spits en hoekig.

Wat is dit in godsnaam?

'Nee.' Haar toon was vlak en kil, haar uitdrukking minachtend terwijl ze de uitgestoken hand negeerde. Ze was niet van plan beleefdheid te veinzen, mee te werken aan welke plannen hij ook had, of het hem gemakkelijk te maken door inschikkelijk en makkelijk te manipuleren te zijn. Als ze moest sterven, dan zou ze trots sterven, op haar eigen voorwaarden, ongebroken.

The Black Wolf knipperde. 'Ik begrijp het,' mompelde hij. Hij bestudeerde haar lang, maar ze weigerde zich ongemakkelijk te voelen. In plaats daarvan keek ze de kamer rond, haar hoofd hoog geheven, minachting in haar blik terwijl ze de dure kunstwerken opmerkte die bij elkaar gepropt waren, de vergulde versieringen, het smakeloos barokke meubilair. *Geld maar geen klasse,* dacht ze. *Zoals zovelen van zijn soort verlangt hij naar legitimiteit. Nou, die krijgt hij niet van mij.*

'Je mag me El Lobo noemen,' doorbrak hij als eerste de stilte, wat zij als een kleine overwinning telde.

'Ik dacht het niet,' antwoordde ze in dezelfde ijzige toon als daarvoor, terwijl ze hem negeerde en een klein schilderij bestudeerde dat volgens haar wel eens een echte Renoir kon zijn... en waarvan ze zeker wist dat ze het had gezien op een lijst met beroemde gestolen meesterwerken.

Hij lachte, stapte snel achter haar en greep haar bij haar elleboog. Met een ruk trok Ariana die uit zijn greep; ze draaide zich naar hem om, haar ogen fonkelend. 'Waag het niet me aan te raken!'

'Je bent werkelijk schitterend, nog mooier dan op je foto's,' zei El Lobo bewonderend. 'Misschien noem je me dan Gustav.'

'Misschien noem ik je wel klootzak. Ontvoerder. Moordenaar. Monster!' beet ze hem toe, met afschuw bij de gedachte hem bij zijn voornaam te noemen, de man die het bevel had gegeven om haar vrienden te vermoorden.

'Je zou er verstandig aan doen mij niet te provoceren, Ariana,' zei hij waarschuwend. 'Vooralsnog ben je hier een eregast. Dat kan elk moment veranderen.'

'Rot op!' snauwde ze. 'Mijn vader zal nooit meewerken. *Nooit*. En ik ook niet!'

Hij vertrok zijn gezicht. 'Oh, ik denk dat je vader precies zal doen wat hem gezegd wordt, tenzij hij je liever stukje bij beetje terugkrijgt.'

'Dan zul je dat moeten doen. Hé. Waarom begin je niet met deze?' En, opzettelijk uitdagend, stak ze haar rechterhand uit — en gaf hem de middelvinger.

The Black Wolf sperde ongelovig zijn ogen open voordat hij plotseling in een bulderlach uitbarstte. Ze bleef staan, hand uitgestoken, vinger omhoog, tot hij die in een angstaanjagend sterke greep pakte en haar arm pijnlijk achter haar rug wrong, te snel om een van de zelfverdedigingsgrepen toe te passen die Elliot haar zo zorgvuldig had ingeprent.

'Oh,' fluisterde hij in haar oor terwijl ze spartelde en hem uitschold, 'je bent echt een fel type. Zonde om iets zo moois al blijvend te beschadigen, zolang we niet eens weten of je vader zo sterk is als jij hoopt. Laten we in plaats daarvan iets nemen dat terug groeit.'

In haar ooghoek zag ze iets glinsteren en probeerde haar hoofd weg te trekken, maar zijn greep om haar pols was te strak, te pijnlijk. Ze kon zich nauwelijks bewegen. Machteloos keek ze toe, wanhopig, hoe de scherpe schaar dichtklapte en een dikke lok van haar haar aan de linkerkant van haar hoofd afschoor.

'Perfect.' Hij liet haar los en zij sprong weg, haar pijnlijke pols en dove schouder koesterend. Hij grijnsde naar haar, boog zich om de afgehakte haarlok op te rapen. 'Tomàs, de camera. Lach eens lief voor papa, Ariana.'

Natuurlijk deed ze dat niet; ze draaide en spartelde om aan hem te ontsnappen, probeerde haar gezicht van de lens af te houden. Uiteindelijk klemde zijn sterke hand zich om haar keel, dwong haar op haar tenen met haar gezicht naar de camera terwijl hij haar vers afgeknipte haar naast haar gezicht omhoog hield. Tomàs schoot een half dozijn foto's voordat The Black Wolf haar losliet. Ariana wist zeker dat er blauwe plekken op haar keel zouden opkomen die pasten bij die welke ze al op haar pols zag ontstaan.

'Breng haar terug naar haar kamer terwijl ik de bezorging regel,' beval hij, zich van haar af kerend.

Onbezonnen, in een razende frustratie, haalde Ari uit en mikte met haar ongeschonden linkerhand een harde stoot op zijn nieren. Elliot zou trots op haar zijn geweest, dacht ze, toen The Black Wolf met een kreet onderuitging. Ze volgde op met een trap die zijn kaak had gebroken als ze volledig had geraakt. Maar Tomàs was al in actie geschoten, sloeg haar opzij en haalde met een snelle veeg haar benen onder haar vandaan, waardoor ze wankelde voordat ze haar evenwicht herwon.

The Black Wolf sprong bijna meteen weer overeind, met ontblote tanden, trok een verguld pistool van onder zijn colbert en richtte het op Ariana.

Ze keek hem trotserend aan en schreeuwde: 'Doe het! Toe dan, monster, maak me af!'

Langzaam liet hij het pistool zakken, waarna hij smalend glimlachte en het wegstopte. 'Nee. Nee, mooie, het is veel beter je je lesje langzaam te leren. Ik heb het mijne geleerd; ik zal me niet nog eens omdraaien met jou in de buurt. Niet, in elk geval, tot je geest gebroken is. Neem haar mee,' knikte hij naar Tomàs, wiens hand zwaar op Ariana's schouder viel.

Ze schudde die af met een woedende sis en een flits in haar ogen. 'Waag het niet me aan te raken, jij moordende stuk *stront*.'

Tomàs' gezicht betrok, zijn vuisten balden zich.

'Miss Monterro heeft gelijk; je raakt haar niet aan tenzij op mijn bevel,' zei The Black Wolf onverwacht. 'Niemand raakt haar aan, tenzij ik het zeg. Is dat duidelijk?'

'Ja, meneer,' zei Tomàs eerbiedig na een korte aarzeling. 'Moeten wij u dan roepen als ze een bevel weigert, meneer?'

'Ja, vanzelfsprekend.' Hij glimlachte, een ijzige, triomfantelijke glimlach, en liet zijn blik langzaam over Ariana heen en weer gaan. 'Ik zie ernaar uit je de prijs van ongehoorzaamheid te leren, Ariana.'

Ze kon een rilling van walging bij de geile blik op zijn gezicht niet onderdrukken. Hij zag het en glimlachte breder, al bereikte de glimlach zijn kille ogen nog steeds niet.

Bliksemsnel draaide Ariana zich om en liep naar de deur. Laat ze maar denken dat ze bang was en de nabijheid van The Black Wolf ontvluchtte; ze was vastbesloten de paar seconden voorsprong die ze nu kocht te gebruiken om een beetje rond te neuzen.

Ze sprintte de trap op voordat Tomàs zelfs maar het studeervertrek uit was. Opzettelijk sloeg ze de verkeerde weg in in plaats van terug naar haar kamer te gaan, die volgens haar aan de voorkant van het huis lag; ze rende de gang in die de andere kant op ging. Ariana kon later nog wel aan de voorkant naar buiten kijken. Nu wilde ze rondkijken en de ligging zo goed mogelijk in zich opnemen voordat Tomàs haar inhaalde.

Ariana siste van de pijn toen ze haastig de eerste deurklink greep die ze tegenkwam; haar rechterpols deed verdomd zeer, hij zwol nu al op. Voorzichtig, onbeholpen, probeerde ze het opnieuw met haar linkerhand, maar de deur was op slot. Ze ging zo snel als ze kon door naar de volgende; ook op slot.

'*Godverdomme*,' siste ze tussen haar tanden. Wat voor paranoïde klootzak deed alle deuren in zijn huis op slot?

'Je kamer is deze kant op,' klonk Tomàs' stem droog als stof achter haar. 'Het heeft geen zin, Ariana. *El Lobo* weet dat je niet dom bent. Er is nergens om naartoe te vluchten.'

'Dan vind je het vast niet erg als ik gewoon door blijf kijken, toch?' Ze gunde hem geen blik, marcheerde door naar de volgende deur en probeerde die ook. Tot haar verrassing ging die open.

'Ik ben er zeker van dat *El Lobo* het niet erg vindt als je op hem wacht in zijn slaapkamer, maar ik dacht juist dat dat iets was wat jij wilde vermijden.' Er klonk een gemene, wetende lach in Tomàs' stem.

Ariana haalde langzaam adem, telde in gedachten tot vijf en deed een stap achteruit, waarna ze de deur weer sloot. Ze draaide zich naar hem toe en zei koel: 'Ben je altijd al zó'n eikel geweest?'

Hij heeft zijn temperament in elk geval niet onder controle, dacht Ariana terwijl Tomàs' gezicht opnieuw betrok. *Misschien was hij altijd al zo boos, en doet hij nu niet eens meer moeite het te verbergen...* een deprimerende gedachte die ze hard probeerde weg te duwen terwijl ze weer langs hem terugliep in de richting waarvan ze heel goed wist dat haar kamer daar lag.

'Ik heb ijs en verband nodig voor mijn pols,' riep ze over haar schouder. 'Ook ontstekingsremmers, als je die hebt.'

'Heeft hij je pijn gedaan?' Tomàs volgde haar.

'Begin niet te doen alsof het je iets kan schelen,' snauwde Ariana, 'aangezien jij hem de komende dagen zult moeten helpen veel meer dan alleen mijn haar af te knippen. We weten allebei dat mijn vader *El Lobo* nooit gaat geven wat hij wil.'

'Jij zult degene zijn die de prijs betaalt,' merkte Tomàs op.

'Ik heb mijn moeder de hoogste prijs zien betalen om niet meer reden dan mij een paar minuten extra tijd te kopen, eikel.' Ze duwde de deur van haar kamer open, draaide zich om en wierp hem een vernietigende blik toe. 'Ik ben niet bang. Of denk je soms dat alleen mannen marteling en de dood met moed kunnen trotseren? Ga ijs en verband voor me halen.'

De deur in zijn gezicht dichtslaan gaf haar een enorme voldoening. Ze bleef een paar momenten staan met haar hand tegen het hout, ademend snel maar stil, tot ze zijn voetstappen in de gang hoorde wegsterven.

Vijf minuten. Ik heb zojuist vijf minuten gekocht... van de deur omdraaiend strompelde Ariana naar het bed en liet zich erop vallen, zich opkrullend tot een klein bolletje. *Als ik geluk heb, kijkt er nu niemand mee...*

Haar hart bonsde tegen haar ribbenkast, zweet parelde op haar huid toen de eerste flashback haar trof.

HOOFDSTUK ACHT

'Meneer — er is net een e-mail binnengekomen!' Gutierrez had onmiddellijk de volle aandacht van Raul en Jack.

'Welke e-mail?' eiste Raul.

Gutierrez duwde zichzelf overeind van zijn stoel aan het bureau en trok de laptop met zich mee. 'Hij zou van de ontvoerders zijn, meneer. Er zit een foto bij.'

'Niet kijken, Raul, laat mij...' Jack stak een hand uit om Raul tegen te houden.

'Ze leeft, meneer, en ze lijkt ongedeerd,' zei Gutierrez gehaast.

'Laat zien,' beval Raul, met een knikje naar Jack om opzij te gaan. Ze keken allebei naar het scherm terwijl Gutierrez de afbeelding opende.

Ariana keek woedend in de camera, lippen van elkaar zodat haar opeengeklemde tanden zichtbaar waren. Een krachtige hand klemde om haar keel en dwong haar kin omhoog zodat ze recht in de camera keek; een andere hand hield een bungelende lok afgeknipt haar naast haar gezicht.

De rafelige lijn waar het haar was afgesneden was pijnlijk duidelijk.

Rauls kaak spande zich van woede, maar er klonk trots in zijn stem toen hij zei: 'Ze laat zich niet klein krijgen, mijn Ari. Ze zullen haar niet breken.'

'Dan ben je een dwaas als je dat gelooft,' Jacks stem brak terwijl hij naar het scherm staarde. 'Iedereen kan gebroken worden, Raul. Iedereen.'

Gutierrez wierp hem een afkeurende blik toe, maar Raul hief een hand om hem tot zwijgen te manen. 'Dit zijn niet de Rangers, Jack. Ari is voor hen alleen waardevol als gijzelaar zolang ze haar in leven houden en in goede conditie.'

'Je snapt het niet, hè?' Jack draaide zich fel naar hem om; de pijn legde geen rem meer op zijn tong. 'Die pluk haar gaat hier morgen op z'n laatst in een envelop binnenkomen, met een lijst eisen. Elke dag dat jij er niet aan voldoet, duikt er weer een stukje van Ari op in een pakketje. En het is niet *haar* die ze proberen te breken, Raul. Het ben *jij*.'

Hij wendde zich af; hij kon noch naar Raul, noch naar dat beeld van Ariana kijken. De vaste, zekere wetenschap dat hij haar nooit meer levend zou zien, dat haar ontvoerders op dit moment al aan het bedenken waren welk lichaamsdeel ze het eerst van haar zouden afsnijden, vrat als zuur aan zijn binnenste. Met grote passen stak hij het kantoor over naar Rauls privébadkamer, rukte de deur open en smeet die achter zich dicht, boog zich over de wc en kotste zijn ziel uit zijn lijf.

Raul was alleen in het kantoor toen Jack weer naar buiten kwam.

'Waar is Gutierrez?' vroeg Jack.

'Die zoekt wat informatie voor me uit. Dus, je bent verliefd op mijn dochter.'

Jack verstarde halverwege zijn pas en vroeg zich af wat hij in hemelsnaam had gedaan waardoor hij zich verraden had — en besefte toen dat zelfs als de oudere man net nog aan het vissen was geweest, zijn reactie Rauls vermoedens had bevestigd.

Raul knikte. 'Ik vroeg het me zes jaar geleden al af. Aangezien je haar, voor zover ik weet, sinds die dag tot nu niet meer gezien hebt — en ik weet dat *heel* goed, dankzij Elliot — kan ik alleen maar concluderen dat je je uiterste best hebt gedaan om eervol te blijven.'

Jack had geen idee wat hij moest zeggen. *Ik heb haar nooit aangeraakt* zou een regelrechte leugen zijn, en Raul had hem compleet met de broek op de enkels betrapt, dus bleef hij staan en haalde uiteindelijk zijn schouders op. 'Ze was nooit voor iemand als ik bedoeld. Ik ben alleen maar een soldaat.'

Rauls wenkbrauwen gingen omhoog; vervolgens snoof hij minachtend. 'Je hebt mijn vrouw nooit ontmoet. Luisa had je een mep verkocht voor zo'n domme opmerking, maar zij hield er dan ook van om overal een drama van te maken. Ze was actrice, weet je.'

Jack knipperde, verrast. 'Dat wist ik niet, nee. Was ze hier in Guàlize een grote ster?'

'Nee. Ze was figurant. Huurden haar vaak in om op de achtergrond te staan. Ach, ze had natuurlijk dromen, wilde doorbreken. Toen wij elkaar leerden kennen, was ik nog advocaat, plaatsvervangend officier van justitie met een felle drang om mijn land schoon te vegen. Zij was getuige geweest van een door de staat gedoogde drugsmoord op een feest. Een executie, met andere woorden.' Rauls ogen werden glazig terwijl hij mijmerde over de liefde van zijn leven.

Jack zweeg en luisterde, zich afvragend wat Raul hem probeerde duidelijk te maken.

'Luisa was bang om te getuigen. Iedereen was toen in Guàlize bang voor de kartels, nog meer dan vandaag. Ik kon haar niet beloven dat ik haar kon beschermen; ze wist dat het een belachelijke leugen zou zijn als ik het had geprobeerd.' Raul schudde zichzelf uit zijn mijmering en keek Jack recht aan. 'Ik werd verliefd op haar op het eerste gezicht, Jack. Ik deed iets wat ik daarvoor en daarna nooit meer heb gedaan: ik zei tegen een getuige dat ze moest liegen op de stand. Ik zei tegen Luisa dat ze moest verklaren dat ze zich niet herinnerde wat ze had gezien, of de moordenaar verkeerd moest aanwijzen, wat dan ook om te voorkomen dat het kartel achter haar aan zou komen. De gedachte dat zij dood zou zijn, kruisigde me, en ik had nog maar een paar minuten in haar gezelschap doorgebracht.'

Jack kreeg geen woord meer over zijn lippen terwijl Rauls ogen hem vastpinden.

'Luisa vertelde me later dat ze research naar me ging doen, in de hele buurt rondvroeg wat voor man ik was. Ze hoorde alleen verhalen over een rechtvaardig man die als de duivel vocht om schuldigen achter slot en grendel te krijgen, maar niet vervolgde als er onvoldoende bewijs was, een man die geen steekpenningen aannam, die niet te koop was.'

'Dan moet ze zich afgevraagd hebben waarom je in hemelsnaam tegen haar zei dat ze moest liegen,' concludeerde Jack.

'Ze ging naar haar kerk en bad tot God om haar te zeggen wat ze moest doen. En toen het proces kwam, keek ze de huurmoordenaar recht in de ogen en identificeerde hem als de man die ze de trekker had zien overhalen.'

Jack schudde ongelovig zijn hoofd. 'Ze vertrouwde erop dat jij haar toch zou beschermen.'

'Nee, Jack, dat deed ze niet. Ze zei tegen me dat ik de oorlog die ik vocht nooit kon winnen als niemand naast me de wapens opnam. 'Ik ben een dochter van Guàlize,' zei ze, 'en als ik sterf om haar te beschermen, noem ik dat een goed besteed leven.' ' Raul draaide zich om, liep naar zijn bureau en pakte de zilveren fotolijst met de foto van zijn vrouw die er altijd stond waar hij haar kon zien. 'Luisa zocht in de maanden daarna meerdere malen bewust het gevaar op; ze maakte zichzelf een verleidelijk lokaas terwijl ze samenwerkte met de politie en mijn kantoor, in de wetenschap dat het kartel niet zou stoppen met achter haar aan te zitten totdat het gebroken was, totdat ze op de vlucht waren met veel grotere zorgen dan één getuige die haar mond niet hield.'

'Ze moet een ongelooflijke vrouw geweest zijn,' zei Jack met diep respect in zijn stem.

'O, dat was ze. Dat was ze.' Raul glimlachte liefdevol naar de foto voordat hij hem terugzette. 'Maar toen ik met haar trouwde, nadat ik was gepromoveerd tot officier van justitie omdat zij me had geholpen te bewijzen dat mijn baas geld van het kartel aannam, zei de pers nog steeds dat ze 'maar een actrice' was.'

Jack begreep eindelijk waar het verhaal naartoe ging. Hij deed zijn mond open, niet eens zeker wat hij wilde zeggen, maar Raul praatte dwars door hem heen.

'Dus waag het nooit meer tegen mij te zeggen dat je 'maar een soldaat' bent. Ik zou er erg trots op zijn als mijn dochter met een man als jij zou trouwen, Jack McAuley. Er is niemand, en ik bedoel *niemand*, aan wie ik het liever zou toevertrouwen om haar voor me terug te halen. Dat had ik zelfs gezegd vóór ik zeker wist wat je voor haar voelt, overigens.'

'Ik kan niet beloven dat ik haar terughaal,' vond Jack eindelijk zijn stem. 'Dat zou net zo'n leugen zijn als wanneer jij Luisa had verteld dat je haar tegen de kartels zou beschermen. Maar ik *kan* je beloven dat ik desnoods verdomme dood neerval terwijl ik het probeer, als het moet.'

'Ik weet dat je dat zult doen,' zei Raul eenvoudig, voordat hij zich weer naar zijn bureau draaide. 'Je hebt nog niet alles gehoord wat de e-mail ons gaf. Hij is ondertekend met de naam *El Lobo Negro*.'

Jack had de naam eerder gehoord. *El Lobo Negro* was een schimmige figuur, maar hij had het toch voor elkaar gekregen om op tal van Most Wanted-lijsten te belanden. Verbaasd liep hij met Raul mee naar het bureau en boog zich voorover om naar de computer te kijken. 'Heb je een manier om dat te verifiëren?'

'Nee, maar ik kan niemand anders bedenken die in Guàlize de middelen heeft — en de pure *branie* — om dit te flikken. Ik heb Gutierrez alles laten opzoeken wat we hebben over de activiteiten van de Zwarte Wolf binnen honderdvijftig kilometer van de landingsplaats.'

'Wil je dat ik dezelfde vraag aan de Amerikaanse inlichtingendiensten stel?' vroeg Jack.

'Ik leg dit onderzoek in jouw handen, Jack,' zei Raul rustig. 'Jij weet beter dan ik of jouw land informatie heeft die ons kan helpen. Het kan me niet schelen wat je moet doen, wie je moet vragen, welke gunsten je moet beloven; ik steun je in elke stap. De middelen van Guàlize staan tot je beschikking. Breng mijn dochter gewoon naar huis.'

'Dat is een heel groot vertrouwen dat je in me stelt, Raul,' zei Jack toen hij weer op adem kwam.

'Wie kan ik meer vertrouwen om Ariana thuis te brengen dan de man die van haar houdt?' was Rauls slotakkoord terwijl de telefoon op zijn bureau rinkelde en hij opnam. *'Buenas tardes,'* zei hij, terwijl hij naar Jack gebaarde dat hij de laptop moest pakken en naar de tafel en stoel aan de andere kant van de kamer moest gaan.

Raul voerde een vlug gesprek in het Spaans met iemand die Carlos heette; Jack deed zijn best het te negeren, ging met de laptop zitten en las de e-mail grondig door. De foto van Ariana was gesloten, wat een opluchting was; hij wist niet of hij er op dit moment opnieuw naar had kunnen kijken zonder in te storten.

De bijgevoegde e-mail was uiteraard in het Spaans, maar hij had genoeg van de taal gestudeerd om hem te kunnen ontcijferen.

'Ik ben er zeker van dat u inmiddels heeft begrepen dat uw dochter niet dood is, minister Monterro; zij is te gast in mijn huis en zal goed worden behandeld zolang u aan mijn verzoeken voldoet. Het eerste verzoek wordt morgen bezorgd, samen met het bewijs dat uw dochter leeft.'

Hij was, zoals Raul al zei, ondertekend met *El Lobo Negro.*

Jack wist zeker dat Raul Gutierrez had opgedragen om mensen op de bron te zetten; hij was er evenzeer van overtuigd dat de NSA hetzelfde sneller kon. Snel stuurde hij de e-mail door naar luitenant-kolonel Cullane, met een notitie erbij. *Ik hoop dat iemand bij de NSA jou ook nog wat verschuldigd is, Brody. We moeten deze kerel zo snel mogelijk vinden. Jack.'*

Het klikken van Rauls telefoonhoorn deed hem opkijken. Raul keek hem aan met een halve glimlach. 'Het lijkt erop dat je niet veel Guàlizeaanse hulp nodig zult hebben, Jack.'

'Wat bedoel je?'

'Je hebt bezoek.' Raul liep naar de deur en opende die, en gebaarde. 'Kom binnen.'

Drie mannen in burger liepen naar binnen, allemaal grijnzend toen ze Jack zagen. In uniform zouden ze salueren, nu knikten ze slechts respectvol voordat een van hen zei: 'Goed je te zien, kapitein.'

'Wat doen jullie in godsnaam hier, Hunter?' zei Jack verbaasd, terwijl hij overeind kwam.

'We zijn op vakantie, meneer,' zei Hunter gelijkmatig.

'Op vakantie — *hier*. Precies nu Ariana Monterro ontvoerd is,' zei Jack ongelovig.

'Toevallig wel, hè? Hoorden dat je misschien wat hulp kon gebruiken.' Hunter haalde zijn schouders op. 'Dachten dat we even langs zouden komen.'

'Kolonel Cullane heeft jullie gestuurd, durf ik te wedden,' zei Raul droog.

Alle drie trokken ze onschuldige gezichten. 'Geen idee waar u het over heeft, meneer. We zijn op vakantie,' herhaalde Hunter, duidelijk vastbesloten om zich aan zijn volstrekt ongeloofwaardige verhaal te houden.

'Dit zijn luitenant Hunter, sergeant Mostyn en sergeant Diaz, meneer,' gaf Jack het op en stelde ze voor.

'Aangenaam, heren,' zei Raul. 'En ik ben blij dat kapitein McAuley de ervaren ondersteuning krijgt die hij nodig heeft. Gutierrez regelt alles wat je nodig hebt, Jack,' voegde hij eraan toe. 'Zeg het maar en het is gebeurd.'

'Waar gaat u heen, meneer?' vroeg Jack terwijl Raul al op de deur afliep.

'Ik moet de president bijpraten over de situatie. Ik ben over een uur terug. En ja, ik ben in het presidentieel paleis *heel* veilig, hartelijk dank, heren,' voegde hij eraan toe toen Hunter en Diaz allebei even naar Jack keken voordat ze een stap in Rauls richting zetten. Ze keken allebei overdreven onschuldig rond, absoluut niet alsof ze hem van plan waren te volgen om zijn veiligheid te waarborgen. Raul rolde met zijn ogen en glimlachte klein voordat hij de kamer verliet.

'Dus,' zei Hunter toen de deur dicht klikte, 'wat is het plan, meneer?'

'We gaan Ariana Monterro terughalen en werkelijk ieder godverdomd persoon die bij haar ontvoering betrokken is omleggen,' zei Jack vlak. 'Officieel, voor de Amerikaanse regering, zijn we hier nadrukkelijk alleen om te overleggen en de locals in louter adviserende hoedanigheid te ondersteunen. Officieus trekt de kolonel aan alle touwtjes om ons intel te bezorgen.'

'En de locals?' vroeg Mostyn voorzichtig. 'Monterro lijkt behoorlijk welwillend.'

'Hij heeft mij de leiding gegeven over het onderzoek en over de redding van mejuffrouw Monterro. De Guàlizeanen zorgen dat we alles aan uitrusting hebben wat we nodig kunnen hebben, en extra mankracht als het moet.'

De drie nieuwkomers keken elkaar aan, met opgetrokken wenkbrauwen, maar ze waren te goed getraind om Jacks verklaring in twijfel te trekken. 'Dus we zijn in feite voor de duur gedoogde huurlingen, meneer?' checkte Hunter.

'Correct. Als iemand daar problemen mee heeft, weet je vast ook hoe je net zo terug naar de States komt als je hier bent gekomen.'

Drie schouderophalingen waren zijn antwoord, en Jack glimlachte. Hij kende deze mannen. Hunter kon brutaal en eigenwijs overkomen, maar hij lag op koers voor promotie, een uitstekend officier zelfs binnen de rangen van de Rangers, en Mostyn en Diaz waren twee van de beste onderofficieren van het regiment. Hij kon amper geloven dat luitenant-kolonel Cullane hem alle drie had gestuurd, maar het was mogelijk dat Cullane had besloten dat hij maar drie man kon sturen en toen om vrijwilligers had gevraagd.

'Hoe dan ook, ik ben blij dat jullie er zijn,' zei hij oprecht. 'We hebben nog geen doelwit, maar ik hoop dat dat niet lang meer duurt. Monterro zorgt dat we goed bewapend zijn, en indien nodig is er steun van het Guàlizeaanse leger.'

'Dachten dat *wij* de backup waren, meneer.' Hunter trok een ondeugende grijns. 'We dachten dat we alleen je jas hoefden vast te houden.'

De man was onuitroeibaar; ondanks zijn verdriet en zorgen betrapte Jack zichzelf erop dat hij terugglimlachte. 'Ik hoop het, luitenant. Dat hoop ik echt.'

Gutierrez vond kamers voor hen in een naburig hotel en zette hen daar af om te eten en wat rust te pakken. Jack wist dat hij niet zou slapen, maar hij wist ook dat hij het moest proberen, want hij had geen idee wanneer ze in actie zouden moeten komen. Terwijl hij met de anderen in het restaurant ging zitten, staarde hij wezenloos naar de menukaart, niet in staat te stoppen met zich af te vragen wat Ariana aan het doen was. At ze? Werd ze door The Black Wolf mishandeld?

'McAuley!'

Een stevige hand op zijn pols rukte hem terug naar het hier en nu, en hij knipperde, zich realiserend dat Hunter een vraag had gesteld. 'Sorry, ik was even ergens anders.'

'Dat zag ik. Wat wil je?' Hunter gebaarde naar de ober, die naast de tafel stond met zijn blocnote in de hand.

'Oh.' Hij had eigenlijk niet eens naar de kaart gekeken. 'Een steak graag. Medium rare, met een gemengde salade?'

Gelukkig stond dat blijkbaar op de kaart, want de ober knikte alleen maar vriendelijk en nam zijn menu mee, samen met dat van de anderen.

'Drinken?' vroeg de ober nog, zichtbaar verbaasd toen ze alle vier water bestelden. Met de mogelijkheid dat er elk moment een reddingsoperatie op touw gezet moest worden, nam geen van hen het risico om alcohol te drinken voordat alles voorbij was.

'Dus,' zei Hunter opgewekt nadat de ober hun water en een mandje broodjes had gebracht, 'vertel eens over je meisje, kapitein.'

Jack snoof zijn net genomen slok water bijna weer door zijn neus naar buiten en wierp de ander een boze blik toe. Hunter grijnsde schaamteloos terug.

'Die grote mond gaat je nog eens in de problemen brengen, luitenant,' gromde Jack uiteindelijk, terwijl hij een broodje pakte. Hij zag in zijn ooghoeken de twee sergeanten grijnzen en besloot zich niet aan hun goedmoedige plaagstootjes te storen. De aanwezigheid van de drie ervaren Rangers, die hij alle drie goed kende en op wie hij absoluut kon bouwen, vergrootte de kans op succes van de missie om Ariana terug te halen aanzienlijk. Als ze tenminste ergens een plek zouden vinden om haar überhaupt *vandaan* te halen. Somber verkruimelde hij het broodje tussen zijn vingers.

'Zitten we ernaast, meneer?' vroeg Hunter na een paar momenten stilte. 'Is ze niet jouw meisje?'

Zuchtend liet Jack de restanten van het broodje op zijn bord vallen. 'Ze is niet van mij, nee.' Hij keek op en ving Hunters blik. 'Maar als we haar niet terughalen, weet ik niet of er nog veel is waarvoor ik wil leven.'

'Begrepen, meneer,' zei Hunter met een knik, en Mostyn en Diaz echoden het gebaar. 'We halen haar terug, veilig en wel... en dan kun jij gaan werken aan het overtuigen van mevrouw Monterro dat ze *wél* jouw meisje wil zijn.'

'Hou op voordat je te ver gaat, Hunter.' Jack wierp hem een quasi-dreigende blik toe, die Hunters veelbetekenende grijns geenszins onderdrukte, maar zijn getreiter wel tot zwijgen bracht.

Hun maaltijden werden even later gebracht en de vier mannen vielen aan. Jack had geen honger, ondanks de uitstekende kwaliteit van de maaltijd voor hem, maar hij dwong zichzelf zoveel mogelijk naar binnen te werken. Hij duwde het laatste stukje steak met zijn vork over het bord, zich afvragend of hij het kon wegkrijgen, toen de telefoon in zijn zak trilde. Hij scheurde de stof bijna kapot terwijl hij hem eruit trok, maar het bericht op het scherm luidde slechts: *no news. rust wat uit.*

Jacks kaak spande zich. Hij schoof zijn bord van zich af, stopte de telefoon terug in zijn zak en beantwoordde Hunters vragende blik met een kortaf hoofdschudden.

'Haast maken om te wachten,' zei Hunter, zijn stoel op twee poten achterover kantelend. 'Het verhaal van mijn leven.'

Het was het verhaal van het leven van elke soldaat. Het wachten was dit keer echter erger dan alles wat Jack ooit had doorstaan, omdat zijn hoofd niet stil wilde worden, niet ophield met zich voor te stellen wat Ariana misschien te verduren had van *El Lobo Negro* en zijn meedogenloze handlangers.

Jack kende het ergste dat er kon gebeuren. Hij had het met eigen ogen gezien, en Ariana ook, zes jaar geleden bij hun eerste ontmoeting. Hij zou het beeld van Luisa Monterro's bebloede, toegetakelde lichaam nooit meer vergeten, terwijl hij Ariana die plek uit droeg en probeerde haar tegen dat zicht te beschermen.

HOOFDSTUK NEGEN

OPGEROLD OP HET BED, armen om haar knieën geslagen, terwijl ze probeerde zichzelf terug te trekken van de rand van een volledige paniekaanval, kon Ariana niet voorkomen dat haar gedachten afdwaalden naar de laatste keer dat ze ontvoerd was. Het had een heerlijke gezinsvakantie op Anguilla moeten worden, een ontspannen week weg van de druk die voortkwam uit haar vaders nieuwe benoeming bij het ministerie van Justitie.

Ze hadden gelogeerd in een privévilla van een vriend, genoten van het strand en het warme, glasheldere water van de Caraïben. Raul was een paar keer gaan vissen op de luxejacht van zijn vriend, en juist terwijl hij op zo'n middagtochtje weg was, werd de vredige idylle van de villa ruw verstoord. Guàlizeaanse rebellen, guerrillastrijders die de regering omver wilden werpen, overvielen de villa en namen Luisa en Ariana Monterro in gijzeling.

Ariana herinnerde zich te veel van die afschuwelijke middag. Ze was ervan overtuigd geweest dat er geen hulp zou komen; Anguilla was een toeristenparadijs met een nauwelijks noemenswaardige politie, laat staan paramilitaire eenheden met expertise in gijzelingsacties. Een deel van het personeel van de villa was ontsnapt en zou alarm slaan, maar wat zou dat helpen? Wanhopig had ze geluisterd terwijl de leider van de guerrilla's telefoontjes pleegde naar de Guàlizeaanse president, en eiste dat veroordeelde terroristen uit de gevangenis werden vrijgelaten—eisen die hoe dan ook nooit ingewilligd zouden worden, ongeacht wat de guerrilla's hun gijzelaars zouden aandoen.

Luisa had haar dochter stevig vastgehouden, haar in het oor fluisterend dat alles goed zou komen, terwijl Ari dondersgoed wist dat dat niet zo was. De harde, berekenende ogen van de guerrilla's die haar in de gaten hielden, hun triomfantelijke grijnzen; de manier waarop hun leider haar lichaam had opgenomen met zijn blik, had haar helder gemaakt dat het allesbehalve goed zou komen.

Ze kneep haar ogen dicht toen de flashback insloeg. Haar moeder, die opstond en Ari terugduwde toen een van de guerrilla's naar Ariana's arm greep. Zichzelf aanbieden in plaats van haar dochter, opzettelijk haar blouse openscheurend om haar nog altijd prachtige figuur te tonen, en de guerrilla's vertellen dat ze zich niet zou verzetten zolang ze Ariana maar met rust lieten.

'Nee,' fluisterde Ari, wenste dat ze kon ontkennen wat er gebeurd was. Het feit dat ze te bang was geweest, te laf om te bewegen, terwijl haar moeder de mannen haar liet gebruiken, een voor een, terwijl Ariana ineengedoken in de hoek zat, de ogen stijf dichtgeknepen, hopend dat ze de kreunen en hijgen kon wegdrukken.

Tot het geweervuur buiten begon, het kenmerkende ratelen van militaire automatische wapens.

'De teef heeft ons expres opgehouden!' schreeuwde een van de guerrilla's, en de eerste van een dozijn messen doorboorde het vlees van Luisa Monterro; haar pijnlijke kreten galmden nog altijd in de oren van haar dochter, zes jaar later.

Ari haalde trillend adem. Ze liet haar handen van haar oren zakken. Geen schoten. Geen kreten. Geen bebloed, dood lichaam van haar moeder, zielloze bruine ogen die haar smeekten. Ze was alleen. En dit keer zou Jack de deur niet uit de scharnieren trappen en een flashbanggranaat de kamer in gooien.

Verblind en doof, was Ari weer bij zinnen gekomen terwijl ze door een enorme soldaat naar buiten werd gedragen. Instinctief was ze zwakjes begonnen te spartelen.

'Het is goed,' zei de man met een diepe, gruizige stem. 'U bent veilig, Miss Monterro. Uw vader heeft ons gestuurd.'

Ze had haar ogen samengeknepen en gezien dat ze omringd waren door zwaarbewapende soldaten in gevechtstenue en zandkleurige baretten. 'Wie bent u?' bracht ze hees uit.

'Luitenant James McAuley, Vierde Bataljon, Zesentwintigste Army Rangers,' antwoordde hij gelijkmatig, wierp een blik op haar en glimlachte. 'Maar u mag me Jack noemen. Luitenant McAuley is een hele mond vol.'

Was het een jeugdig liefdesdroompje geweest, of een vleugje heldenverering? vroeg Ari zich nu af. Hoe dan ook, ze had zich aan Jack vastgeklampt, zelfs toen de Rangers haar terugbrachten naar haar dankbare, rouwende vader. Ze waren per helikopter ingevlogen vanaf Puerto Rico, waar ze een trainingsoefening hielden, nadat de autoriteiten van Anguilla een wanhopig beroep op de Amerikaanse regering hadden gedaan om hulp.

En Jack was bij haar gebleven; er waren wat touwtjes getrokken om hem tijdelijk van zijn dienst te ontheffen, en hij had Ari plichtsgetrouw bewaakt, elk wakkere moment aan haar zijde, slapend—wanneer, geen idee—want meer dan eens, wanneer ze 's nachts gillend wakker werd, was hij er vrijwel direct; kwam binnen en zei met zijn gruizige stem dat ze veilig was, dat hij niemand haar zou laten pijn doen, terwijl zij zich aan hem vastklampte als aan een reddingslijn, haar tranen zijn uniform natmakend.

Raul had Jack gesmeekt de Rangers te verlaten en Ari's lijfwachten permanent te gaan leiden, en zij was er vrij zeker van dat hij het overwoog. Zijn huidige diensttijd liep bijna af; nog geen jaar, als ze het zich goed herinnerde. Maar natuurlijk hadden haar daden op de avond van haar moeders begrafenis daar een einde aan gemaakt.

Ze had de dag alleen doorstaan voor haar vaders bestwil. Raul zag er uitgeput uit, murw door verdriet. Ze had standvastig naast hem gestaan, met tranen op haar wangen maar haar slanke lichaam ongebroken, kracht puttend uit Jacks stille, solide aanwezigheid achter haar—gekleed in een burgerpak maar nog net zo afschrikwekkend als in vol gevechtstenue, zijn donkere frons die iedereen op afstand hield die te opdringerig werd.

En daarna, nadat mama te ruste was gelegd in de familiekelder van de Monterro's, nadat Raul was meegevoerd door de president, zijn gezicht zelf getekend door verdriet, had Ari alleen en verloren staan wankelen, tot Jacks sterke arm om haar heen sloeg.

'Kom, Miss Monterro. Ik breng u naar huis.'

Thuis, waar alles aan mama herinnerde. Thuis, waar ze alleen maar wilde huilen en schreeuwen en tieren tegen een oneerlijke wereld, waar vrouwen leden en stierven om de oorlogen van mannen. Op de een of andere manier was haar verdriet omgeslagen in woede en had ze zich tegen Jack gekeerd, haar kleine vuisten bonkend op zijn brede borst terwijl ze onsamenhangend schreeuwde, tranen die over haar wangen stroomden. Hij deelde één blik met haar andere bewakers en tilde haar zonder omhaal over zijn schouder, bracht haar naar haar privévertrekken terwijl zij trapte en schreeuwde. Hij liet haar op de bank vallen en ging boven haar staan, naar haar neer kijkend.

'Zo. Nu kun je doen wat je wilt en maak je jezelf niet belachelijk. Ik zal het nooit doorvertellen, Ari. Schreeuw maar, sla me als het moet, haal het maar uit op mij. Ik vind het niet erg.'

Zijn stoïcijnse berusting brak iets in haar, iets wilds, en ze sprong overeind, ging op de bank staan om op gelijke hoogte met hem te komen, eindelijk in staat om hem goed in zijn groene ogen te kijken.

'En als wat ik wil dit is?' vroeg ze, terwijl ze haar handen op zijn brede schouders legde, vooroverboog en hem kuste.

Overrompeld trok Jack zich terug. 'Ari...' was alles wat hij eruit kreeg voordat zij haar armen stevig om zijn nek sloeg en haar lippen opnieuw op de zijne drukte.

Daarna had hij haar niet meer weerstaan, niet toen ze aan zijn stropdas begon te trekken, de knopen van zijn overhemd lostrok, wanhopig vechtend om hem uit zijn kleren te krijgen. Zijn sterke vingers duwden de hare teder opzij voordat hij de kledingstukken verwijderde die zij zo wanhopig kwijt wilde, en liet haar zien wat ze wilde zien: de dikke spieren van zijn bovenlijf, de kracht van een elitegevechtssoldaat die gewend was dagenlang te marcheren met een zware rugzak vol wapens en munitie.

'Weet je het zeker?' vroeg hij haar nog één keer. Ari knikte, rukte aan de rits van haar jurk en vloekte binnensmonds toen die vastzat, totdat hij het weer van haar overnam, achter haar ging staan en de rits voorzichtig omlaag trok. Langzaam drukte hij een kus op haar schouder terwijl hij haar mouwen van haar armen liet glijden. Ariana's ogen fladderden dicht toen hij haar bh losmaakte, zijn handen naar voren gleden om haar borsten licht te omvatten.

Jack verbaasde zich over hoe zacht Ariana's huid aanvoelde onder zijn ruige, eeltige handen; haar borsten waren zijdezacht, behalve haar tepels, kleine harde besjes tussen zijn vingertoppen, terwijl hij ze lichtjes rolde en trok, testte hoe gevoelig ze was, hoe stevig ze het graag had. Haar zachte kreun vertelde hem dat hij duidelijk op het juiste spoor zat, en hij verloor zijn hoofd volledig toen ze zijn naam fluisterde en trilde, haar hoofd achterover vallend tegen zijn schouder.

'Ari,' fluisterde hij schor, terwijl hij zijn handen van haar borsten liet zakken—om haar vervolgens in zijn armen op te tillen, ook al piepte ze protesterend. Hij droeg haar moeiteloos naar het bed, legde haar neer op de zijden lakens en keek vol verwondering op haar neer terwijl zij haar handen naar hem uitstak.

'Kom bij me, Jack...'

Op dat moment had hij haar niets kunnen weigeren. Hij knielde naast haar op het bed, reikte naar haar schoenen om ze uit te doen en liet zijn handen zachtjes langs haar slanke kuiten glijden. Ze sloot haar ogen en glimlachte, hief haar heupen zodat hij gemakkelijker haar jurk kon uittrekken, haar slipje, de jarretelles die haar doorzichtige kousen ophielden.

'Je bent zo mooi...' teer en breekbaar was ze het volmaaktste wat Jack ooit had gezien. Bang om haar pijn te doen aarzelde hij, tot ze zijn hand pakte en die terug naar haar borsten bracht met een gefluisterde:

'Alsjeblieft, Jack.'

Alle aarzeling verdwenen, trapte hij zijn schoenen uit, ging naast haar op het bed liggen en trok haar in zijn armen. Een stemmetje achter in zijn hoofd wees hem erop hoe dom hij bezig was, maar Jack was niet van plan naar zijn geweten te luisteren. Niet nu Ariana warm en gewillig in zijn armen lag, haar slanke handen gretig zijn borst en schouders verkenden, kleine geluidjes van genot die uit haar keel kwamen terwijl hij haar borsten streelde. Ze boog zich naar hem toe; vastbesloten haar te verwennen schoof hij omlaag op het bed, nam een gespannen tepel in zijn mond en streek er eerst plagerig met zijn tong overheen, voordat hij zijn lippen sloot en begon te zuigen.

Ariana kreet op, haar vingers gleden door zijn kortgeknipte haar, haar nagels drukten licht in zijn hoofdhuid, een woordeloze aansporing dat ze meer wilde, dat hij door moest gaan. Een grote hand gleed zachtjes over haar buik, opende het dichte bosje zijdezwarte haartjes aan de top van haar dijen en daalde plagerig af. Haar knieën spreidden zich, haar heupen kantelden, en Jack kreunde toen zijn tastende vingers haar al nat vonden, haar vocht glibberig op zijn vingers.

Haar hoofd viel achterover toen hij met de top van zijn wijsvinger haar knopje vond, wrijvend in een snelle, strakke cirkel die haar in rap tempo omhoog deed spiralen, haar nagels klauwend in zijn schouders. Hij bleef haar borsten likken en zuigen terwijl die onverbiddelijke vinger haar voortdreef, haar prikkelend totdat ze gedachteloos uitriep, wanhopig om meer smeekte, hem dichter naar zich toe probeerde te trekken.

Eén lange, slanke beenhaak om zijn heup, Ariana die wanhopig aan Jack trok. 'Alsjeblieft, Jack, alsjeblieft,' snikte ze, 'ik heb je nodig, alsjeblieft...'

In elk geval kon hij er zeker van zijn dat ze hem niet voor iemand anders aanzag, dacht Jack vaag, terwijl hij een beetje terugweek.

'Rustig,' suste hij, 'ik ga je geven wat je wilt, liefje. Maar ik ga dit niet overhaasten; jij verdient meer dan dat, verdient al het goede dat ik je kan geven.'

'Alsjeblieft, ik heb...'

'Ik weet wat je nodig hebt, liefje,' hij kuste langzaam langs haar buik omlaag, proefde haar, trok met zijn tong plagerige patronen over haar huid. Zijn handen vouwden zich om haar knieën terwijl hij lager schoof, ze over zijn schouders tilde om zijn hoofd te omlijsten. 'Dat ga ik je ook geven,' fluisterde Jack, terwijl hij zachtjes knabbelde aan de tere plooi waar haar binnendij haar lichaam ontmoette, voordat hij verderging en zijn tong langzaam over haar plooitjes liet glijden.

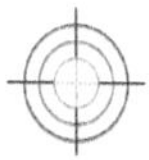

Ariana dreef weg op een zachte waas van herinnerd genot terwijl haar geest zich losmaakte van de onaangename toekomst die haar wachtte, en haar terugbracht naar die lang vervlogen nacht van zaligheid in Jacks armen. Ze was eindeloos blij dat ze hem nooit de waarheid had verteld, dat hij haar eerste was, want ze wist zeker dat hij dan gestopt zou zijn. Dat hij haar niet had laten zien welk extase er tussen geliefden te vinden was, welke hartstocht *zij* in zich droeg.

Jack was volkomen onzelfzuchtig geweest, vastbesloten haar genot te schenken, en wat voor genot! Zijn kundige handen en mond hadden haar keer op keer tot aan de rand gebracht, voordat hij haar eindelijk liet vallen; en toen ze ging, was hij daar om haar op te vangen in sterke, steunende armen. Uiteindelijk trok hij zijn pantalon uit, vond een condoom in zijn portefeuille en gebruikte het, beschermde haar toen zij allang nergens meer aan kon denken.

Zo onvoorstelbaar opgewonden had hij haar gemaakt, dat ze geen pijn voelde toen hij voorzichtig, behoedzaam in haar gleed, ook al was het voor haar de eerste keer. Hij moedigde haar aan haar benen om zijn heupen te slaan om hem diep in zich te nemen; zijn sterke handen hielden haar heupen stil terwijl ze zich tegen hem aan kronkelde.

'Rustig, liefje,' fluisterde hij opnieuw, zweet dat op zijn voorhoofd uitbrak, tot ook hij niet langer weerstand kon bieden aan de extase die hem dreigde te overspoelen. '*Ariana*,' het klonk op zijn lippen bijna als een gebed toen hij begon te stoten, haar opnieuw omhoog joeg naar dat niveau van extase waar alles wegzweefde en er niets meer was dan het plezier dat diep in haar lichaam opwelde, de ruigheid van zijn borsthaar die over haar tepels schuurde, zijn hete huid die langs de hare gleed, haar naam op zijn lippen terwijl hij het uitkreunde en zich tegen haar aanspande.

Misschien denkt een meisje altijd met genegenheid terug aan haar eerste minnaar, dacht Ariana met een vleugje weemoed; maar Jack was zoveel meer dan dat geweest.

Hij was degene die haar ontglipte.

HOOFDSTUK TIEN

LIGGEND IN HET DONKER leek de slaap voor Jack eindeloos ver weg. Met wijd opengesperde ogen volgde hij op
het plafond de weerkaatsingen van koplampen van auto's
die buiten over straat reden.

Na het diner waren de vier Rangers naar hun hotelka-
mers gegaan, zich er allemaal van bewust dat ze zoveel mogelijk rust moesten pakken zolang het kon. Als beroeps-
militairen waren ze het gewend om kattendutjes te doen; ze
hadden allang geleerd om op elk moment in slaap te vallen,
zelfs in ongemakkelijke houdingen.

Dus begreep Jack niet waarom de slaap hem nu ontglipte. Hij kneep zijn ogen dicht en telde schaapjes, deed
ademhalingsoefeningen en stapte uiteindelijk uit bed om
zo snel mogelijk honderd push-ups te doen.

Daarna bleef hij bij het raam staan en keek naar het
verkeer beneden. Hij ademde rustig, voelde zijn hartslag
terugzakken naar het vertrouwde, gelijkmatige ritme. Hij
probeerde zijn hoofd leeg te maken, zich klaar te maken

om te rusten, maar een knagend gedachteflard wurmde zich steeds weer naar de voorgrond van zijn bewustzijn.

De laatste keer dat ik in deze stad was, was ik met Ariana.

Hij had nooit gedacht dat hij ooit in Guàlize zou komen. Net als de meeste Zuid-Amerikaanse landen had Guàlize een behoedzame relatie met de VS. De legers van beide landen hadden in het verleden gezamenlijke oefeningen gedaan, al nooit op Guàlizeaanse bodem, en hoewel Guàlize een contingent troepen naar zowel Irak als Afghanistan had gestuurd en tal van VN-operaties had gesteund, kon Jack niet zeggen dat hij ooit rechtstreeks met hun troepen had samengewerkt.

Toen kapitein Brody Cullane destijds een telefoontje van hogerhand kreeg dat zijn Ranger-eenheid, midden in een jungle-oefening op Puerto Rico, de dichtstbijzijnde potentiële reactiemacht was voor een groot incident op Anguilla, was Jack verbijsterd geweest, maar hij sprong in de eerste helikopter zoals het een professional betaamt.

Het laatste wat hij had verwacht in de villa die ze bestormd hadden, was een doodsbang, getraumatiseerd meisje dat snikkend over het bebloede lichaam van haar moeder hing. Ariana had niet eens door gehad hoe dichtbij de dood ze zelf was geweest; Jack had twee kogels in het hoofd van de guerrillastrijder gejaagd die op het punt stond zijn gevechtsmes in Ariana's rug te steken.

Ze was beduusd door de flashbang-granaat die hij de kamer in had gegooid om het verrassingseffect te pakken; haar bruine ogen groot, pupillen onscherp, haar oren ongetwijfeld suizend van de schok. Hij wist niet eens zeker of ze hem kon zien. Zo laag als ze op de vloer gehurkt zat, moest hij, als ze hem al zag, als een reus boven haar torenen.

Daarom slingerde hij zijn geweer op zijn rug, spreidde zijn handen en hurkte, zo onbedreigend mogelijk.

'Mevrouw Monterro?' Hij wist niet eens of ze Engels sprak, maar zijn Spaans was van middelbareschoolniveau en zó slecht dat ze hem toch niet zou begrijpen. 'Mijn naam is Jack. Ik ben hier om u eruit te halen.'

De tactische chatter in zijn oor meldde dat de villa nu veilig was, dus pakte hij haar bij haar arm om haar overeind te helpen, maar ze leek niet op eigen kracht te kunnen staan. In de hoop dat ze niet gewond was, tilde Jack haar op in zijn armen, verrast toen ze tegen hem ontspande en haar hoofd op zijn schouder legde.

'Ik heb mevrouw Monterro,' zei hij terwijl hij naar de deur liep. 'Ze is veiliggesteld. Medische beoordeling vereist.'

'Mevrouw Monterro?' vroeg Cullane.

'Negatief,' zei Jack kort. 'Ze is overleden.' Hij zorgde ervoor dat het meisje haar gezicht van de aanblik van de lichamen in de gang afwendde terwijl hij haar naar buiten droeg. Ze leek het bloed dat van de gerichte schoten tegen de muren was gespat niet op te merken; hij hoopte dat ze nog beduusd was van de flashbang.

Pas toen hij haar naar buiten droeg, de schaduwrijke binnenplaats van de villa op waar het team zich her-groepeerde, leek Ariana enig besef terug te krijgen. Ze begon zwakjes in zijn armen te spartelen. Hij stelde haar zachtjes gerust, hield zijn stem laag en kalm terwijl hij haar zijn naam vertelde, en tot zijn verbazing ontspande ze niet alleen in zijn armen, maar sloeg ook een arm om zijn nek en hield hem stevig vast.

'Laat niet los, Jack,' fluisterde ze, haar stem dik van de tranen.

'Ik laat niet los,' beloofde hij, en hij hield haar vast tot de medici arriveerden. Ze wilden haar in een ambulance leggen en meteen naar het ziekenhuis brengen, maar ze klampte zich in paniek aan Jack vast.

'Laat me niet alleen!'

'Ik ben bij u,' stelde hij haar gerust, nadat kapitein Cullane knikkend toestemming had gegeven. 'Ga hier op de brancard liggen, dan rijd ik met u mee in de ambulance, goed?'

'Haar vader ontmoet jullie daar,' gaf Cullane via zijn radio door terwijl de ambulance wegreed. 'Ik regel dat je later weer bij ons aansluit. Blijf bij haar; beschouw uzelf als haar lijfwacht totdat Monterro er zijn eigen mensen op heeft gezet.'

'Begrepen, meneer,' bevestigde Jack, waarna hij zijn radio uitzette.

Ariana kneep zo hard in zijn hand dat zijn vingers wit werden. Met zijn vrije hand drukte hij zacht op de hare. 'Het is goed, mevrouw Monterro. Ik ben hier.'

Ze bestudeerde zijn gezicht met grote, bruine ogen; wat ze zag, moet haar gerustgesteld hebben, al kon hij zich niet voorstellen hoe, zo besmeurd als hij was met jungle-groene camouflageschmink, zweet en kruitresten. Misschien zag hij er gewoon gevaarlijk genoeg uit om haar het vertrouwen te geven dat niemand haar nog zou aanvallen, maar haar greep verslapte iets.

De ambulanceverpleegkundige achter in de ambulance boog zich naar voren en vroeg, in het zwaar aangezette Engels van de eilanden, of Ariana gewond was. Ze schudde zwijgend haar hoofd.

'Weet u het zeker?' vroeg Jack. Hij had soldaten in diepe shock zien sterven aan verwondingen waarvan ze niet eens wisten dat ze die hadden; Ariana verkeerde zeker in shock. Het enige bloed dat hij op haar zag, zat op haar handen, en hij was er vrij zeker van dat dat van haar moeders lichaam kwam.

'Ze hebben me niet aangeraakt,' fluisterde ze; hij moest zich over de loeiende sirene heen inspannen om haar te horen. 'Mama hield ze bij me weg.'

'Oké.' Hij voelde de pijn achter die woorden, de manier waarop haar gezicht vertrok. 'U bent heel dapper geweest. Houd vol nu. We zijn zo in het ziekenhuis en uw vader zal daar zijn.'

Ze nam die instructie letterlijk en klemde haar vingers met knokkels wit van de druk om de zijne, zelfs toen ze bij het ziekenhuis aankwamen en ze naar een privéruimte werd gebracht die blijkbaar voor VIP's was gereserveerd. Overal stonden lokale agenten, en ze trokken wit weg bij het zien van hem in zijn gevechtsuitrusting, zijn aanvals-geweer nog aan de riem op zijn rug bungelend, pistool op de heup en allerlei andere wapens duidelijk zichtbaar.

Een van de politieagenten, senior of misschien gewoon moediger dan de rest, stapte naar voren om Jack de pas af te snijden. 'U kunt daar niet naar binnen,' begon hij, en Ariana gilde.

'Nee! Nee! Niet loslaten!' Ze schoot overeind op de brancard en greep met haar vrije hand naar Jack. 'Laat me niet alleen!'

'Ik laat u niet alleen,' zei Jack sussend terwijl hij de agent strak bleef aankijken. 'U bent veilig, mevrouw Monterro. Ik ga niet bij u weg. Ik ben luitenant McAuley van de US Army Rangers,' hij ratelde ook zijn stamnummer op, en de agent knikte uiteindelijk en ging aan de kant.

Raul Monterro stond te wachten, met wat Jack vermoedde dat zo ongeveer de volledige artsenstaf van het kleine ziekenhuis was; de uitdrukking op zijn gezicht toen hij Ariana zag, was huiveringwekkend, een mengeling van opluchting en pijn die Jack hoopte nooit meer te hoeven zien. Hij stapte naar voren om zijn dochter te omhelzen, en zij liet Jack eindelijk los om zich in de armen van haar vader te werpen.

Misschien had hij zich terug kunnen trekken, stilletjes de kamer kunnen verlaten en haar aan de zorg van haar vader kunnen overlaten, maar het kwam niet eens bij Jack op. Hij had een belofte gedaan en die was hij van plan na te komen.

En zo zat hij die nacht in een privéjet op weg naar Guàlize City, met tijdelijk verlof van de Rangers totdat de familie Monterro hem vrijgaf. Raul Monterro had hem vurig bedankt, en toen Jack het probeerde weg te wuiven met de opmerking dat elke Ranger degene had kunnen zijn die Ariana vond, had Raul hem recht in de ogen aangekeken en hem ook bedankt omdat hij bij haar was gebleven.

In die eerste dagen raakte Ari in paniek zodra Jack uit haar zicht was. De Guàlizeanen die Raul had ingeschakeld om haar beveiliging te versterken, waren eerst op hun hoede en hielden Jack scherp in de gaten, maar zijn bereidheid om alles aan de kant te schuiven om voor Ariana te zorgen, leverde hem uiteindelijk hun respect op. Hij sliep op een veldbedje voor haar slaapkamerdeur, klaar om bij het minste geluid op te springen.

Jack had zijn onmiddellijke toewijding aan Ariana nooit in twijfel getrokken. Ze had hem nodig, dus was hij er. Hij praatte met haar, troostte haar, leidde haar zo goed mogelijk af door haar kaartspelletjes te leren, vroeg naar haar hoop en dromen. Ze hoopte in de Verenigde Staten geneeskunde te gaan studeren en had eindeloos veel vragen voor hem; Jack had alleen gewild dat hij meer had gereisd zodat hij haar beter had kunnen antwoorden. Hij was opgegroeid in Atlanta, had met een footballbeurs aan Georgia State gestudeerd en was na zijn afstuderen het leger in gegaan toen duidelijk werd dat hij niet goed genoeg was om van football zijn brood te maken. Taai, atletisch en slim als hij was, duurde het niet lang voordat hij werd aangemoedigd om bij de Rangers te solliciteren.

Op uitzending had hij meer landen bezocht dan Amerikaanse staten; daar was de afgelopen zes jaar geen verandering in gekomen. Nog steeds naar de straat beneden kijkend, die nu, in de vroege uurtjes, stil was, wreef Jack met zijn handen door zijn kortgeknipte haar, zuchtte en draaide zich terug naar het bed.

Het had geen zin om in het verleden te blijven hangen. Hij moest uitgeslapen en helder zijn in de ochtend, want er stond waarschijnlijk meteen extreem handelen op het programma.

Jack hoopte alleen maar dat Ariana ditmaal nog in leven was om gered te worden.

HOOFDSTUK ELF

Ariana werd ruw uit haar gepeins gerukt, haar gedachten aan een nacht zes jaar geleden die ze nooit had kunnen vergeten, toen de deur opnieuw zonder waarschuwing openvloog. Ze wierp Tomàs een vernietigende blik toe; hij staarde hooghartig terug met een arrogante grijns op zijn lippen.

'Etenstijd, Ariana.'

'Rot op.'

'Ik heb *El Lobo* al gezegd dat je dat zou zeggen. Hij droeg me op je te vertellen dat je óf een van de mooie jurken aantrekt die hij voor je heeft uitgekozen, óf dat ik alles wat je draagt aan flarden moet knippen en je naakt naar beneden moet slepen. Hoe dan ook ga je naar beneden voor het diner.' Ostentatief trok hij een vlijmscherp jachtmes uit een schede om zijn dij en begon er zijn vingernagels mee schoon te maken.

Woede snoerde Ariana even de keel, voordat ze uitspuugde: 'Wegwezen.'

Tomàs trok spottend een wenkbrauw op.

'Weg. *Weg*. Hij heeft je niet gezegd hier te blijven om erop toe te zien dat ik me omkleed. Dus wegwezen. En waag het verdomme niet nog eens die deur open te doen zonder eerst te kloppen en te wachten tot ik zeg dat je naar binnen mag.'

Een moment lang dacht ze dat ze de krachtmeting zou verliezen, maar duidelijk maakte Tomàs zich zorgen over wat *El Lobo* kon doen als Ariana hem vertelde dat Tomàs haar dat greintje fatsoen had geweigerd. Hij liet als eerste zijn blik zakken en liep de kamer uit, waarna de deur met een dreun dichtviel.

Ariana haalde diep en beheerst adem voordat ze van het bed opstond. Eén blik in de kast bevestigde haar vermoedens; *El Lobo* had totaal geen smaak. Met een misprijzende krul van haar lip bladerde ze door de kitscherige jurken, koos uiteindelijk de minst aanstootgevende en liep naar de badkamer. Ze was nog altijd niet van plan daar te douchen, maar ze zou het toilet moeten gebruiken en in elk geval haar gezicht en handen wassen. Dat doen zonder verborgen camera's zicht te geven op enig deel van haar lichaam dat ze niet getoond wilde hebben, was een soort gymnastiek in bochten, maar het lukte haar.

In die afzichtelijke jurk stappen was nog iets lastiger, maar uiteindelijk besloot ze de kast in te kruipen. Het was een krappe, donkere bedoening, maar in elk geval wist ze zeker dat ze Tomàs, Gustav of wie dan ook geen vrij uitzicht gaf.

Toen ze de slaapkamerdeur opendeed, keek ze op naar Tomàs. 'Vooruit, gaan we.'

'Je hebt je haar of make-up niet gedaan,' zei Tomàs afkeurend, terwijl hij haar van top tot teen opnam.

'Hij eiste dat ik een van zijn weerzinwekkend lelijke jurken droeg, niet dat ik me opmaakte als een hoer,' beet ze terug.

'En je hebt geen van de schoenen aan...'

'Omdat jij de verkeerde schoenmaat hebt doorgegeven. Ik ga mijn enkel verdomme niet breken omdat jij te dom bent om te weten dat al mijn schoenen op maat gemaakt zijn voor mijn voeten,' loog ze, terwijl ze haar ogen naar hem rolde. Ze had geen van de afschuwelijke naaldhakken ook maar gepast. Ze konden in het nauw misschien als wapen dienen, maar er was geen manier waarop ze er sneller dan in een trippelgang op kon lopen, en Ariana was niet van plan zichzelf zo te kreupelen.

'Verwend rijk kutwijf,' hoorde ze Tomàs achter haar mompelen terwijl ze hem negeerde en voor hem uit naar de trap liep, het zwierige stof dat om haar benen zwiepte negerend.

'Ik ben inderdaad beter gewend dan wat ik hier krijg, en ik ben vast van plan dat aan Gustav duidelijk te maken,' wierp Ariana over haar schouder terug, en het was haar tot genoegen om Tomàs te zien verbleken. Het was natuurlijk zijn taak geweest om niet alleen haar kleding- en schoenmaten door te geven, maar ook haar voedselvoorkeuren. Ze vond een kwaadaardig genoegen in het voornemen om walging te veinzen bij wat haar ook maar werd voorgezet.

Niet dat ze walging hoefde te veinzen, realiseerde Ariana een paar minuten later, terwijl ze met afkeer haar neus optrok. Tomàs had blijkbaar inderdaad haar voedselvoorkeuren doorgestuurd, *allemaal* — en Gustav had, in een belachelijk extravagant poging haar te imponeren, blijkbaar elk afzonderlijk gerecht laten bereiden. Er stond genoeg eten uitgestald op een lange, glanzende mahoniehouten eettafel om een leger te voeden, niet slechts hen tweeën. De aanblik van zoveel eten, waarvan het meeste ongetwijfeld verspild zou worden, maakte haar misselijk.

'Je ziet er prachtig uit, Ariana,' Gustav schoof een stoel voor haar naar achteren. Ze staarde hem een moment aan, slaakte toen een zucht vol tegenzin en liet zich ongenadig neerploffen.

'Champagne?' Gustav hief de fles zodat ze hem kon zien.

'Ik drink niet. Heeft Tomàs je dat niet verteld?' zei Ariana kil.

Gustav wierp Tomàs een woedende blik toe; die haalde zijn schouders op in een verontschuldigend gebaar.

'Mijn excuses, meneer, ik had niet door dat het relevant kon zijn.'

Gustav ging in zijn eigen stoel zitten, schonk zichzelf een groot glas in en nam een ferme slok voordat hij vroeg: 'Waarom drink je niet, liefje?'

'Ik drink niet, rook niet en gebruik geen drugs,' zei ze, met een veelbetekenende blik op de spiegel op een bijzettafel die ze bij binnenkomst al had opgemerkt, waar lijnen cocaïne op waren uitgestrooid en een weggeworpen rietje naast lag. 'Ik heb net mijn artsenopleiding afgerond; ik heb gezien welke schade alle drie kunnen aanrichten.'

'Je mist wat. De roes die cocaïne geeft, er is niets mee te vergelijken.' Gustav grijnsde breed. Hij had al gebruikt, besefte Ariana. Zijn pupillen waren verwijd, zijn spraak gejaagd, woorden die over elkaar heen tuimelden. Ze zei niets terug. Het had geen zin.

'Water, Tomàs,' wees ze gebiedend naar een paar verzegelde flessen op het dressoir. Tomàs fronste, en schrok toen Gustav overeind schoot.

'Waarom aarzel je? Haal het voor haar, onmiddellijk!'

Tomàs struikelde haast over zijn eigen voeten in zijn haast om Ariana de waterfles te brengen. Ze nam hem met een koninklijk knikje aan, draaide de dop eraf en nam een slok.

'Wat wil je eten, Ariana? Alsjeblieft, deze gerechten zijn speciaal voor jou bereid...'

Ze werd al misselijk bij de gedachte eraan, aan waar het geld vandaan kwam om dit alles te betalen, aan de pure verspilling terwijl zoveel mensen leden door de smerige handel van *El Lobo*. Maar ze moest wel eten, dus reikte ze zwijgend naar een schotel met *pabellón a criollo*, de lokale specialiteit van rund en bonen op rijst met een gebakken ei erop, en schepte wat op haar bord. Tenminste, ze kon het met alleen een vork eten in haar ene goede hand.

Gustav at niet — geen verrassing, wist ze, aangezien cocaïne de eetlust onderdrukt — en hij bleef praten terwijl zij at. Hij deed bijna manisch, maakte grootse armgebaren, vertelde haar alles over het geld dat hij had uitgegeven om het huis te bouwen, de architect die hij uit Spanje had inge- huurd en hierheen had laten overvliegen speciaal voor dit doel. De achtergrond waarover ze zich had afgevraagd toen ze zag dat hij blank was; zijn grootouders waren in de jaren veertig uit Duitsland vertrokken, zijn vader in Argentinië geboren, zijn moeder een Russin.

Ariana at alleen maar zwijgend en luisterde. Gustav hield regelmatig in, en ze besefte dat hij wachtte tot zij iets zou zeggen, maar ze had eerlijk gezegd niets te melden. Verwachtte hij lof, omdat hij had geprofiteerd van het bloed en de tranen van haar volk? Vreugde, omdat hij afs- tamde van een man die overduidelijk een nazi was geweest die zich aan het recht had onttrokken? Na de vierde keer dat hij pauzeerde en haar verwachtingsvol aanstaarde en zij hem slechts ijzige stilte teruggaf, hoorde ze Tomàs zachtjes achter haar grinniken, vanaf zijn plek bij de deur.

'Je durft te lachen om *El Lobo Negro!*' Gustav sprong weer overeind, maar dit keer trok hij zijn pistool, richtte het recht op Tomàs. 'Je hebt me teleurgesteld!' schreeuwde hij, speeksel zich ophopend in zijn mondhoeken. 'Ze drinkt mijn champagne niet, ze draagt de schoenen die ik heb uitgekozen niet, ze eet dit eten niet!'

'Ze is een opstandige snotaap die haar ware situatie niet begrijpt,' zei Tomàs, zijn stem kalm en vast, ondanks het pistool op hem gericht. 'Ze zal snel genoeg leren dat het in haar beste belang is om u te behagen.'

'Fuck jou, klootzak,' beet Ariana hem toe. 'Twee verdomde jaar heb je me in de gaten gehouden en nog weet je geen zak van wie ik echt ben.'

'Ik weet dat je een verwend klein kreng bent!' schreeuwde Tomàs terug.

De knal van *El Lobo*'s vergulde pistool was oorverdovend hard in de besloten ruimte. Een rode ster bloeide plots op Tomàs' voorhoofd, zijn ogen glazig, en hij stortte in als een marionet waarvan de touwtjes zijn doorgesneden.

Het was instinctief dat Ariana op deed veren en naar Tomàs' zijde deed rennen, maar nog voor ze neerknielde om zijn pols te voelen, wist ze dat het te laat was. Hij was dood nog voor hij de grond raakte.

'Je hebt hem vermoord,' zei ze verstomd. Ze had tijdens haar opleiding natuurlijk de dood gezien; maar mensen zien sterven en iemand achteloos voor je ogen zien vermoorden waren twee totaal verschillende dingen. 'Je hébt hem vermoord!'

'Jouw schuld!' schreeuwde Gustav terug. 'Kijk wat je me hebt laten doen!'

'Ík? Ik heb jou niet in zijn hoofd laten schieten, jij monster!' Geschokt en woedend schreeuwde ze terug zonder erbij na te denken. Hij richtte het pistool op haar gezicht.

'Denk niet dat ik jou ook niet zal neerschieten!'

Geknield naast Tomàs' lichaam had ze onder die dreiging moeten ineenkrimpen, maar alles in haar verzette zich daartegen. In plaats daarvan hield ze Gustav strak in de ogen terwijl haar hand langzaam, stiekem, naar het mes kroop dat nog in de schede op Tomàs' dij zat.

'Kuttin,' mompelde Gustav, waarna hij zich omdraaide en terugliep naar de spiegel met de gesneden lijnen cocaïne.

Nu, dacht Ariana. Niemand was op het schot af komen rennen, ongetwijfeld zou ook niemand komen als ze geschreeuw hoorden. Ze greep het mes in haar onbeschadigde linkerhand en sprong, met de volle intentie Gustav ermee de keel door te snijden.

Hij hoorde haar aankomen toen haar schoenen over de gepolijste marmeren vloer gleden; met onnatuurlijke snelheid draaide hij zich om. Het mes zat echter in haar linkerhand, niet in haar rechter, en zijn pistool had hij aan die kant; hij aarzelde net lang genoeg voor Ariana om hem zo hard ze kon tegen zijn knieschijf te schoppen. Haar linkerpols schoot omhoog, niet langer om te steken maar om het pistool te blokkeren, het van haar gezicht af te duwen, terwijl ze in stilte haar bijna waardeloze rechterpols vervloekte.

Het pistool ging af met een nog doordringender knal dit keer, omdat het zo dicht bij haar gezicht was. Ariana knipperde van de schok. Er viel een korte, verbijsterde stilte terwijl ze elkaar aanstaarden.

Gustav duwde en Ariana werd achteruit gesmeten, niet opgewassen tegen zijn door drugs gevoede kracht. Het pistool knikte omlaag en richtte weer op haar gezicht, en ze verstijfde, zich afvragend of hij haar gewoon zou doodschieten.

Hij moet toch beseffen dat ik alleen waarde heb als gijzelaar als ik leef...

'*Patrón?*' Er werd hard op de deur geklopt.

'Binnen,' riep Gustav na een moment, zijn kaken gespannen.

Twee mannen kwamen haastig binnen, moesten Tomàs' lichaam opzij duwen om door de deur te kunnen. Ze keken er nauwelijks naar en richtten hun aandacht alleen op hun baas.

'We hoorden een schot, *patrón*. Is alles in orde?'

Deze mannen waren een stuk onderdaniger dan Tomàs was geweest, besefte Ariana. Dat was zijn fatale fout geweest: niet genoeg onderdanigheid tonen om *El Lobo* te behagen. Gustav verwachtte niets minder dan devotie van zijn mannen; hij duldde geen tegenspraak.

Wat in haar voordeel kon werken. Als ze hem op de een of andere manier zou kunnen uitschakelen, was er waarschijnlijk geen sterke tweede man; misschien kon ze de mannen dan overhalen haar te laten gaan. Maar eerst moest ze een manier bedenken om Gustav te doden.

'Alles is in orde,' zei Gustav, al liet hij Ariana geen moment uit het oog. 'Fuentes irriteerde me.'

Ze weigerde te rouwen om de verrader die haar aan *El Lobo* had verkocht, maar dat weerhield de schok van het getuige zijn van zijn moord voor haar ogen er niet van haar te raken. Haar hand begon te trillen, maar ze weigerde het mes te laten zakken, weigerde te wijken, zelfs met een pistool op haar gezicht gericht.

'Breng haar terug naar haar kamer,' zei Gustav uiteindelijk. 'Ze heeft tijd nodig om na te denken over haar situatie en te begrijpen dat het in haar eigen belang is om mee te werken.'

Geen denken aan, dacht Ariana, terwijl ze haar tanden ontblootte in een geluidloze snauw. Beide *sicarios* keken haar, nog steeds met het mes in de hand, behoedzaam aan. Ze klemde het steviger vast. Gustav snoof.

'Wat is dit, zijn jullie lafaards? Voor wie zijn jullie banger, voor haar of voor mij?' Het pistool in zijn hand zwaaide naar de dichtstbijzijnde man, en beide mannen schoten in beweging, op Ariana af in een tangbeweging. Ze wist dat het zou gebeuren en bewoog ook, hopend er in elk geval één uit te schakelen, maar ze nam haar ogen van Gustav af om dat te doen, en zijn hand sloeg neer op haar pols. Het was de hand die het pistool vasthield, en het zware metaal kwam pijnlijk neer op de tere botten, waardoor ze het uitschreeuwde van pijn. Het mes kletterde uit haar hand en de twee *sicarios* grepen haar bij de armen en sleurden haar richting deur.

Ariana vloekte en worstelde de hele weg terug naar haar kamer, terwijl tranen van woede en pijn over haar wangen stroomden en beide zere polsen pijnlijk werden gestoten. Ze had het nare vermoeden dat de klap op haar linkerpols haar spaakbeen had doen breken; het deed zelfs nog meer pijn dan de zeurende pijn van de verstuikte rechter.

'Naar binnen, Monterro-teef!' Ze werd haar kamer in geduwd, de deur werd achter haar dichtgesmeten en ze hoorde duidelijk het klikje van een sleutel die in het slot werd omgedraaid.

Terugzakkend zodat ze tegen de deur leunde, trillend van de reactie, haalde Ariana diep adem, vastbesloten een paniekaanval voor te blijven. De beproeving van de nacht kon nog niet voorbij zijn; Tomàs had eerder laten doorschemeren dat *El Lobo* van plan was met haar naar bed te gaan. Er was waarschijnlijk weinig wat ze kon doen om de drugsbaron tegen te houden als hij kwam om haar te verkrachten, zeker nu beide armen gewond waren, maar ze kon hem misschien in elk geval vertragen. Ze griste een paar schoenen uit de kast, klemde de puntneuzen zo goed mogelijk onder de deur, duwde de naaldhakken diep in het tapijt, en duwde en schoof vervolgens een zware, sierlijke stoel naar de deur om de bovenkant ervan onder de deurklink te klemmen.

Uitgeput na die inspanning, met een linkerpols die van de pijn gilde, zat ze lange tijd ineengedoken op het tapijt, met haar ogen op de deur. Ze koesterde geen illusies dat Gustav de deur niet kon forceren, of zijn mannen daartoe kon bevelen, maar in elk geval had ze alles gedaan wat ze kon om zichzelf te beschermen.

Eindelijk, denkend dat ze moest proberen wat rust te pakken en dat haar voorzorgsmaatregelen met de deur haar in elk geval zouden waarschuwen als iemand probeerde binnen te komen, duwde ze zichzelf langzaam overeind en ging naar de badkamer. Tomàs had eerder meer dan één verband meegebracht en ze kon haar linkerarm verbinden, ook al wist ze nu vrijwel zeker dat die gebroken was. Voorzichtig tasten rond de paarse zwelling op haar onderarm bracht tranen in haar ogen en deed haar een gepijnigde ademhaling inzuigen, maar ze voelde geen botten die echt uit positie stonden. *Een stabiele, gesloten breuk*, probeerde ze zichzelf te sussen. *Niet zo erg.*

'Kom op, herpak je,' zei Ariana tegen haar spiegelbeeld in de badkamerspiegel. Ze zag er vreselijk uit, lijkbleek en bezweet; niet dat het haar erom ging hoe ze eruitzag op dit moment, maar als ze diep in de shock zou raken, zou dat haar kunnen uitschakelen precies wanneer ze haar hoofd erbij moest houden.

Wat zou Elliot zeggen?

'Triage,' kon ze zijn norse, vaste stem bijna horen. 'Dat kun je.'

Juist. 'Triage,' zei Ariana hardop, en draaide zich om op zoek naar het extra verband waarvan ze zich herinnerde dat Tomàs het haast naar haar had gegooid. Ze had het op de ladekast in de slaapkamer gelegd, wist ze nu weer.

Haar arm verbinden bezorgde haar kokhalsneigingen, en met haar rechterarm stijf en zeurend van de pijn kreeg ze het lang niet zo strak als nodig, maar ze ging heus niet op de deur kloppen om om hulp te vragen. Zwakte tonen was letterlijk om moeilijkheden vragen.

Volgende stap: uit die afgrijselijke jurk. Goddank had ze er een gekozen zonder rits, al werkte de glibberige stof haar tegen toen ze hem over haar hoofd probeerde uit te trekken.

'Godverdomme dan,' snauwde Ariana uiteindelijk, terwijl ze aan de hals uitscheurde. Het flinterdunne materiaal scheurde moeiteloos, recht omlaag tot haar middel, en eindelijk worstelde ze zich eruit en smeet het ding op de grond.

Pas toen bedacht ze zich om zich zorgen te maken over camera's. *Wat dan nog*, dacht ze, te moe om het iets te kunnen schelen. Ze had haar ondergoed nog aan. Er hing een donzige badjas aan de achterkant van de badkamerdeur; die trok ze loom aan, waarna ze een washandje vond naast de wastafel en het natmaakte om haar bezwete gezicht te wassen.

Ongefilterd kraanwater drinken was niet ideaal, maar het zag er vrij helder uit toen ze het liet lopen, en het was niet alsof ze veel andere opties had. Uitdroging was nu een groter gevaar, oordeelde ze, dus schepte ze met haar handpalmen een paar slokken en dronk die op.

Uiteindelijk, tot op het bot moe, strompelde ze half terug de slaapkamer in, duwde de weerzinwekkende jaguarbontplaid van het bed en liet zich op de zijden lakens vallen, er ondanks haar uitputting op lettend dat ze op haar rug lag en beide gewonde armen over haar buik legde. Met een beetje geluk zou *El Lobo* 's nachts niets proberen en zou ze zich 's ochtends iets beter voelen. Haar ogen vielen dicht en ze gleed snel weg in een onrustige, rusteloze slaap.

HOOFDSTUK TWAALF

Het was het geluid van zijn telefoon die overging dat Jack eindelijk wekte uit een lichte slaap; hij schoot uit bed en greep hem.

'McAuley,' snauwde hij.

'Er is nog een e-mail binnengekomen met instructies waar ik een bericht van *El Lobo Negro* kon ophalen,' zei Raul kort.

'Jij gaat het *niet* halen!'

'Ga je oma maar leren breien, McAuley.' Raul lachte zonder humor. 'Gutierrez breekt m'n benen als ik er zelfs maar aan denk. Ik heb een van mijn mannen gestuurd. Hij is over een uurtje terug; ik dacht dat je hier waarschijnlijk bij wilde zijn.'

'U hebt gelijk, natuurlijk.' Jack wreef met zijn vrije hand over zijn ogen en liep naar het raam om naar buiten te kijken. Het was nog vroeg, de stad verzonken in ochtendsluier die alles waste in rookgrijze tinten. 'Wilt u dat ik de anderen meeneem?'

'Het is het beste jullie allemaal op één plek uit het publieke oog te houden, denk ik. Ik laat een auto sturen en laat hier ontbijt komen. Dertig minuten,' voegde Raul eraan toe als afscheid, voor hij ophing.

De andere Rangers hadden kamers op dezelfde verdieping; een paar snelle kloppen op elke deur van Jack zette ze allemaal snel in beweging, en tegen de tijd dat de auto voorreed waren ze gedoucht, aangekleed en alert.

'Met alle respect, sir, je ziet er niet uit,' mompelde Hunter zacht tegen Jack terwijl ze in een hoek van de lobby wachtten. 'Niet veel geslapen?'

'Je hebt helemaal geen respect, Hunter,' kaatste Jack terug, de vraag negerend. 'Ik ben er klaar voor. Maak je om mij geen zorgen.'

'De enige reden dat wij hier zijn, is om ons om jou zorgen te maken, sir,' wierp Diaz in, duidelijk meeluisterend. 'Toen de kolonel om vrijwilligers vroeg, had hij bijna een rel toen hij zei dat hij er maar drie kon sturen. De halve eenheid wilde mee, maar hij zei dat dat waarschijnlijk als een invasie zou gelden en dat we dat beter niet konden doen.'

'Hoe kom ik dan bij jullie drie idioten uit?' mopperde Jack zonder venijn, goed wetend dat Brody Cullane hem geen drie capabelere soldaten had kunnen sturen. Hunter lachte hem uit, net toen een grote zwarte SUV onder het portiek van het hotel stopte.

'Gewoon mazzel gehad, sir.'

Schuddend van het hoofd verborg Jack zijn glimlach terwijl hij op de passagiersstoel van de SUV klom, de drie Rangers grinnikend achter hem aan. Een vrouw in het uniform van de Guàlizeaanse Federale Politie knikte hem toe vanaf de bestuurdersstoel, haar bruine ogen kalm en standvastig.

'Goedemorgen, kapitein,' zei de vrouw in licht geaccentueerd Engels. 'Ik heb instructies u naar het Presidentieel Paleis te brengen. Deze zijn voor u en uw mannen.' Ze overhandigde gelamineerde veiligheidsbadges.

'Bedankt.' Jack deelde de badges uit en nam een moment om de zijne aan zijn borstzak te klemmen. Hij wist beter dan de chauffeur om details te vragen over wat er 's nachts gebeurd was. Al vermoedde hij dat de vrouw waarschijnlijk een van Rauls eigen, vertrouwde bodyguards was, de informatie zo besloten mogelijk houden was wijs nu ze geen idee hadden wie er mogelijk op *El Lobo's* loonlijst stond.

Het was geen lange rit naar het Presidentieel Paleis. Jack had de dag ervoor de schoonheid en grandeur van het gebouw niet echt op waarde geschat, en hij was er tijdens zijn vorige bezoek aan Guàlize niet geweest. Nu keek hij, onder de indruk, terwijl ze over een lange laan reden, geflankeerd door bougainvillea's in volle bloei, een explosie van kleur die de statige schoonheid van het witte marmeren paleis alleen maar benadrukte.

'Zit hier de hele regering in?' vroeg Hunter vanaf de achterbank. 'Het lijkt groot genoeg!'

'Alleen het kabinet en de kamers van het Congres,' deelde de chauffeur mee. 'Andere politici hebben hun kantoren in het Nieuwe Regeringsgebouw, dat direct achter het paleis ligt.'

'Hoe dan ook bloedstollend indrukwekkend,' mompelde Hunter, en Jack knikte in stilzwijgende instemming.

Ze moesten allemaal hun passen laten zien bij de beveiligingspoort, terwijl twee federale agenten met spiegels de onderkant van de auto controleerden en een explosievenhond om de wagen heen liep.

Het was een ontnuchterende herinnering dat Guàlize zichzelf in een burgeroorlog waande, met de huidige regering die een harde lijn voer tegen de drugshandel. Raul Monterro was niet de eerste politicus die een hoge prijs betaalde voor zijn loyaliteit. Jack hoopte alleen maar dat hij en zijn team konden helpen om *El Lobo* te stoppen en te zorgen dat Ariana niet het nieuwste slachtoffer werd in Guàlize's strijd tegen de narcos.

Raul liep heen en weer in zijn kantoor toen de Rangers werden binnengeleid. Gutierrez knikte naar hun chauffeur, die hen had begeleid, en de vrouw groette militair voor ze vertrok en de deur stevig achter zich sloot.

'Is uw man al terug?' vroeg Jack.

'Hij is terug op het paleis, maar het pakket dat hij heeft opgehaald moet door de veiligheidscontrole voordat het naar binnen mag.' Raul vertrok zijn gezicht en bleef ijsberen.

'Omdat dit een schitterende kans zou zijn om een pakketbom of een contactgif rechtstreeks in uw handen te bezorgen,' zei Gutierrez bijna bedaard. Het was duidelijk een argument dat hij al eerder had gehouden, en hij had volkomen gelijk, besefte Jack. *El Lobo Negro* moest er op zijn minst enig vermoeden van hebben dat zijn ontvoering van Ariana niet de gewenste resultaten zou opleveren. Het moest verleidelijk zijn om van de gelegenheid gebruik te maken om Raul Monterro uit te schakelen, de Minister van Justitie, een man die zijn loopbaan had gewijd aan de oorlog tegen drugs en in de afgelopen jaren opmerkelijke overwinningen had behaald. De kartels die Guàlize ooit zo goed als in bezit hadden, leden in hoge ambten hadden en met volledige straffeloosheid opereerden, waren zo goed als uitgestorven.

Terwijl Jack daarover nadacht, stond Gutierrez op. 'We hebben eten laten komen,' zei hij, 'er is hiernaast een eetkamer.'

De andere drie Rangers volgden gretig, en Jack aarzelde slechts even voordat hij ook meeging. Hij moest zijn energiereserves op peil houden, en samen met Raul op en neer lopen hielp niemand. Het zou de duidelijk efficiënte en grondige veiligheidsdiensten van het paleis in elk geval niet sneller laten werken.

De kamer naast Rauls kantoor was duidelijk bedoeld om de minister kleine gezelschappen te laten ontvangen voor vergaderingen, maar met de lange mahoniehouten tafel en antieke, gestoffeerde stoelen vormde het een heel elegant eetvertrek. Een brede keuze aan fruit, vleeswaren, kaas en verschillende soorten brood verleidde de Rangers om te gaan zitten en flink toe te tasten, al kon Jack, terwijl hij zijn bord vulde, niet nalaten zich af te vragen wat Ariana at, of ze überhaupt te eten kreeg.

Ariana schrok wakker toen ze een geluid in haar kamer hoorde. Ze had het lampje naast het bed laten branden omdat ze niet in volledige duisternis wakker wilde worden, en in het zwakke licht zag ze de deurklink bewegen, iemand die van buitenaf de deur probeerde te openen.

Het was buiten nog stikdonker. In stilte vervloekte ze haar gewoonte om zonder horloge rond te lopen — ze was ermee gestopt tijdens haar co-schappen toen ze merkte dat opererende handschoenen er steeds achter bleven haken, maar nu had het goed van pas gekomen, want ze had geen idee hoe laat het was.

De klink draaide opnieuw, de deur rammelde. Geschrokken greep Ariana naar het dichtstbijzijnde wat op een wapen leek dat ze in de kamer had kunnen vinden: een van de meest puntige hakken uit de kast. Sissend van pijn toen haar gekneusde polsen protesteerden, worstelde ze toch uit bed en ging naast de deur staan, wachtend. Als degene buiten het voor elkaar kreeg binnen te komen, was ze vastbesloten hem bij binnenkomst met de naaldhak in zijn oog te rammen.

Nu ze zo dicht bij de deur stond, kon ze het gedempte gesprek aan de andere kant opvangen.

'Kom op, maak 'm open,' spoorde een stem aan.

'Ik probeer het! Hij zit op de een of andere manier vast.'

'Die trut zal hem van binnenuit hebben geblokkeerd. Dan moeten we hem intrappen.'

Er viel een korte stilte.

'Nee, dat maakt te veel herrie. *El patrón* maakt ons af als hij ons betrapt. Laat maar. Ze zit er morgenavond ook nog. We kunnen wachten.'

Rauwe lach bereikte Ariana's oren toen ze wegliepen. Ze haalde diep adem en zakte tegen de muur. Ze twijfelde er geen seconde aan dat ze op het nippertje aan een gewelddadige verkrachting was ontsnapt, en dat ze die hooguit een paar uur had uitgesteld.

'Ik hoop dat u een plan hebt, papi,' fluisterde ze, terwijl ze de opwellende tranen wegduwde. 'En ik hoop echt dat het een goed plan is.'

Voorzichtig terugkruipend in bed, kroop ze onder de dekens, ook al was de kamer warm, en klemde de schoen met de naaldhak tegen zich aan tot het eindelijk ochtend werd.

De Rangers hadden klaar met eten en dronken koffie; er klonk geen gepraat in de kamer terwijl ze wachtten tot Rauls man met het pakket van *El Lobo* zou arriveren. Eindelijk deed een klop op de deur van het buitenkantoor hen allemaal overeindschieten.

Gutierrez rolde met zijn ogen, wenkte dat ze gingen zitten en stak een vermanende vinger onder Rauls neus toen die zelf op de deur afliep. Jack glimlachte toen Raul terugdeinsde, zichtbaar berispt; Gutierrez was duidelijk een bodyguard van de bovenste plank. Hij had zijn principal uitstekend in de hand.

Het pakket werd binnengebracht door een onopvallende Guàlizeaan met de vaste blik van een ervaren operative. Hij toonde geen verrassing toen hij het kantoor van zijn baas vol Amerikaanse soldaten in burger aantrof, maar liet zijn blik slechts gestaag over hen glijden voor hij een klein plastic doosje ter grootte van een schoenendoos aan Gutierrez overhandigde.

'De oorspronkelijke verpakking is opgestuurd voor vingerafdrukken en een DNA-test,' zei hij in rap Spaans, 'samen met een paar haren, om te controleren of ze inderdaad van Señorita Monterro zijn.'

Gutierrez knikte en zette het doosje voorzichtig op het bureau. Terwijl hij het deksel verwijderde, fronste hij toen hij en Raul in de doos keken. 'Zat er een brief bij?'

'Nee.' De nieuwkomer schudde zijn hoofd. 'Geen brief. Het was een kartonnen doos, in bruin papier gewikkeld, met Minister Monterro's naam erop. Ik was erbij toen de beveiliging hem opende; het enige in de doos was een plastic zak met dát erin.'

Raul stak zijn hand in het doosje en haalde de inhoud eruit; Jack zag nu dat het een lok haar was, zo'n vijfentwintig centimeter lang, aan beide uiteinden bijeengebonden met een stukje goedkoop bruin touw. Ergens diep in hem kromp er iets ineen bij de gedachte dat iets zó grofs zelfs maar een afgeknipte streng van Ariana's haar aanraakte. Zij verdiende niets minder dan de fijnste zijden linten. Dat goedkope touw was gewoon weer een extra belediging.

Jack luisterde zwijgend terwijl Gutierrez de andere agent uitvroeg over de details van de pickup, maar er viel eigenlijk niets te vertellen. Ze hadden net na zonsopgang een e-mail ontvangen om de pickup te doen in een klein park aan de andere kant van de stad; de agent had de doos onder een parkbank gevonden, opgepakt en was rechtstreeks teruggekomen. Niemand anders was zelfs maar in zicht geweest.

'Dank je,' zei Gutierrez ten slotte, terwijl hij de andere man op de schouder klopte. 'Goed werk vandaag.'

Een kalme hoofdknik van de agent met de vaste blik, die zijn verdiende lof accepteerde, en toen was hij weg, de deur sloot zachtjes achter hem.

Raul was in zijn stoel gezakt en liet Ariana's haar door zijn vingers glijden, zijn ogen gesloten. Hij leek een man in verschrikkelijke pijn.

Er viel een lange, afschuwelijke stilte, en toen sprak, achter Jack, sergeant Diaz zachtjes.

'Waarom zat er geen brief bij het haar, sir? Ik dacht dat in de eerste e-mail stond dat er een lijst met eisen bij zou zitten?'

'Ongetwijfeld komt die in een nieuwe e-mail,' zei Jack, terwijl hij Gutierrez aankeek. De Guàlizeaan knikte, opende de laptop en typte snel. 'Een brief, handgeschreven of getypt, is tenslotte nog een extra stuk bewijsmateriaal.'

'Er is een nieuwe e-mail,' zei Gutierrez grimmig. 'Een paar minuten geleden binnengekomen.'

'Lees voor,' zei Raul moe, zonder de moeite te nemen zijn ogen te openen. 'Vertel me wat hij wil, wat ik ongetwijfeld moet weigeren. Zeg me wat de prijs van Ariana's leven zou zijn.' Hij klonk berustend, uitgeput. Jack had sterk het gevoel dat Raul al een aardig idee had wat *El Lobo Negro* ging vragen.

'Ik ga ervan uit dat u inmiddels het teken hebt ontvangen dat uw dochter u stuurde,' las Gutierrez van de computer, eerst in het Spaans en daarna, voor de Rangers, vertaald in het Engels, hoewel ze allemaal ten minste redelijk Spaans spraken. 'Om haar nog een dag te kopen met al haar lichaamsdelen nog bevestigd, hebt u tot middernacht vanavond om de vrijlating te regelen uit de Santa Luisa-gevangenis van Juan Gabriel Alvarez.'

Raul lachte wrang. 'Alvarez. Natuurlijk. Die klootzak.'

'En wie is Alvarez?' vroeg Jack, al meende hij het antwoord wel te kunnen raden.

'Moordenaar, handlanger, noem hem wat je wilt. We wisten dat hij betrokken was bij *El Lobo's* organisatie toen hij een week of drie geleden werd opgepakt bij een controle aan de Colombiaanse grens,' zei Raul, terwijl hij eindelijk zijn ogen opende. 'Het lijkt erop dat hij belangrijker is dan we dachten. Geef bevel om hem over te plaatsen naar eenzame opsluiting en opnieuw te verhoren, Ramón. Blijkbaar weet hij meer dan hij ons heeft verteld.'

'Hij heeft ons niets verteld, sir!'

'Precies.' Rauls uitdrukking was meedogenloos. 'Als Ariana de prijs moet betalen, dan Alvarez ook. Knijp hem uit.'

De Rangers wisselden blikken. Niemand zei iets terwijl Gutierrez zijn wangen bol blies, maar niet reageerde op Rauls bevel. In plaats daarvan haalde hij een telefoon uit zijn zak, toetste een nummer in en liep de naastgelegen kamer in, waar hij in rap Spaans sprak met degene die opnam.

Jack bekeek Raul een minuut of wat, en zei uiteindelijk: 'Vindt u het goed als ik de e-mail doorstuur naar luitenant-kolonel Cullane, sir? Ik heb de eerste doorgestuurd naar de NSA om misschien een backtrace te doen.'

Starend in de ruimte maakte Raul een nonchalant handgebaar. 'Doe ermee wat je wilt.'

Jack hoorde geschuifel achter zich, keek over zijn schouder en zag dat Hunter hem een bezorgde blik toewierp. Hij schudde heel licht zijn hoofd om zijn luitenant te laten weten dat hij zich geen zorgen maakte. Ja, Raul deed wat vreemd, maar hij moest nieuwe informatie verwerken. De briljante geest die van Raul Monterro de beste officier van justitie van Guàlize had gemaakt voordat hij naar het ministerie van Justitie werd gehaald, zou snel genoeg weer op volle toeren draaien.

Tegen de tijd dat Jack de e-mail had doorgestuurd naar Brody Cullane met het verzoek om een update over de traceerpogingen op de vorige e-mail, had Raul zijn bureaulade geopend en een klein fluwelen doosje tevoorschijn gehaald. Hij zette het op het bureau, opende het, en legde de lok van Ariana's haar op het gepolijste hout naast het doosje.

Jack keek toe hoe Rauls netjes gemanicuurde nagels de knopen in het ruwe touw binnen de kortste keren lospulkten, waarna hij de restjes in een asbak legde die hij uit dezelfde bureaulade haalde. Hij nam de tijd om Ariana's haar zorgvuldig in het fluwelen doosje te rollen, eromheen iets wikkelend dat goud glansde op het donkere fluweel.

'De trouwring van mijn vrouw,' zei Raul zonder op te kijken van zijn zelfopgelegde taak. Uiteindelijk sloot hij het doosje en legde het terug in de bureaulade, die hij geruisloos dichtdeed. 'Heeft iemand vuur?' vroeg hij, terwijl hij eindelijk zijn hoofd ophief.

Jack overwoog op te merken dat het touw ook bewijsmateriaal was, maar hield zijn mond toen Diaz in zijn zak tastte, een aansteker tevoorschijn haalde en die aanbood.

'Dank u, sergeant,' zei Raul beleefd, en klikte de aansteker aan. Ze keken allemaal zwijgend toe hoe het touw tot zwarte as verschroeide, een lichte, prikkelende geur die even opsteeg voor de airco die wegzoog.

Het schrapen van Rauls stoel klonk luid in de stille kamer toen hij die naar achteren schoof. 'Goed, heren,' zei hij, en zijn stem klonk weer scherp en helder. 'Aan het werk.'

Gutierrez kwam terug uit de andere kamer en klapte zijn telefoon dicht. Hij bleef even staan om de lucht op te snuiven, kneep zijn ogen samen, en schudde toen zijn hoofd toen hij de rookpluimpjes uit de asbak zag kringelen.

'Probeert u niet nog meer bewijsmateriaal in de fik te steken, sir?' vroeg hij droogjes.

'*El Lobo* kan het niets schelen welk bewijs we vinden,' antwoordde Raul met een hoofdschudden. 'Het hele punt is dat hij eindelijk uit de schaduw treedt, brutaal en uitdagend. Waarom zou het hem iets kunnen schelen als we zijn DNA vinden in spoor van speeksel op een envelop?'

'Omdat we dan zouden weten wie die klootzak eigenlijk *is*!' Gutierrez' gezicht trok in een grauw, en Jack besefte dat de ogenschijnlijk beheerste, professionele bodyguard emotioneel veel meer geraakt was dan hij tot nu toe had laten zien. 'We zouden zijn *naam* weten, zijn vroegere handlangers, de mensen om wie *hij* geeft!'

Er klonk een lage grom van instemming, en tot Jacks lichte verbazing besefte hij dat die uit zijn eigen keel was gekomen.

'Rustig, chef,' zei Hunter zacht achter hem.

Raul keek naar hem, zag Jack, en de uitdrukking op de oudere man's gezicht was allesbehalve ontevreden. Na een moment knikte Jack hem toe, en kreeg een knik terug.

Ja, Jack zou alles doen wat nodig was om Ariana terug te krijgen.

Wat er ook voor nodig was.

HOOFDSTUK DERTIEN

De zon was inmiddels ruim boven de horizon, en Ariana had haar geduld inmiddels volledig verloren. De balkondeuren die open hadden gestaan toen ze de vorige middag wakker werd, waren op een gegeven moment op slot gedraaid toen zij de kamer uit was om *El Lobo* te ontmoeten, en de kamer werd veel te warm. Er hing wel een airco aan de muur, maar er was geen bediening in de kamer, en de plafondventilator reageerde op geen enkele schakelaar.

Ze had verwacht dat iemand de deur zou openen en haar ontbijt zou brengen. Er kwam echter niemand, en toen ze ongeduldig werd van het gerommel van haar maag en met een schoen tegen de deur tikte, luidkeels om aandacht vragend, kreeg ze geen antwoord.

Met haar oor tegen de deur luisterde Ariana. Ze wist dat hij niet geluiddicht was, afgaande op het gesprek dat ze de vorige nacht had gehoord, maar nu hoorde ze helemaal niets.

Ze liet de deur voor wat die was, liep naar de balkondeuren en gluurde naar buiten, met samengeknepen ogen tegen het felle zonlicht. Gisteren had ze wel bomen gezien, maar er verder weinig aandacht aan besteed. Nu keek ze echt, en zag niet alleen bomen, maar het hoge, driedubbele bladerdak van het diepe regenwoud. Er was een open plek rondom het huis, en door het raam heen, tussen de smeedijzeren spijlen van het balkon, zag ze weelderige, bloeiende tuinen. Met haar wang tegen het glas gedrukt om naar links en rechts te turen, zag ze voorbij één uiteinde van het huis nog een gebouw, maar ze kon niet goed bepalen wat de functie was. Een garage, misschien?

Er was geen levende ziel te zien. Tandenknarsend van frustratie overwoog ze haar schouder tegen de balkondeur te zetten om die open te beuken, maar en dan? Zelfs als ze een of ander touw van haar lakens wist te maken, zouden haar gewonde polsen voorkomen dat ze naar beneden kon klimmen. En *als* het haar op de een of andere manier zou lukken om beneden te komen, had ze geen idee waar ze was; het hoge bladerdak van het regenwoud alleen al vertelde haar dat ze niet in Guàlize City was, of in een andere stad. Dat betekende dat te voet ontsnappen niet aan de orde was. Ze zou binnen enkele minuten verdwalen in de jungle.

Ze had een of ander voertuig nodig om een ontsnappingspoging ook maar enige kans van slagen te geven, en dat betekende er eentje stelen. Weer turend naar het gebouw dat mogelijk een garage was, vroeg ze zich af of ze de sleutels in de contactsloten lieten zitten. Als ze zo afgelegen zaten, zouden ze weleens nonchalant met dat soort dingen kunnen omgaan; waarom je zorgen maken over diefstal als er niemand in de buurt is om te stelen?

Met een zucht van frustratie ging Ariana terug naar de badkamer en liet wat koel water over haar polsen stromen, plensde haar verhitte gezicht nat. Water om te drinken had ze in elk geval, en het had haar de vorige nacht niet ziek gemaakt, dus ze moest ervan uitgaan dat het veilig was.

Vervloek *El Lobo*. Hij had doorgekregen hoe gevaarlijk ze was, begrepen dat hij haar niet met zijn mannen kon laten praten. Misschien had ze haar hand overspeeld met Tomàs.

Aan de andere kant had het haar potentieel waardevolle informatie opgeleverd; *El Lobo* verloor snel zijn geduld, snoepte graag van zijn eigen waar en vertrouwde niemand.

Als ze nu maar kon bedenken hoe ze dat op de een of andere manier tegen hem kon gebruiken.

Terug in de slaapkamer liet Ariana zich op het bed vallen, haar hoofd tollend van de mogelijkheden en plannen. Want Ariana Monterro mocht dan voorbestemd lijken om hier in de jungle te sterven, ze zou in elk geval niet zonder slag of stoot ten onder gaan.

De dag leek eindeloos te duren. De President zelf kwam langs bij Raul op kantoor om te vragen of er nieuws was, een ernstig bezorgde uitdrukking op zijn gezicht, terwijl hij Raul alle middelen beloofde die hij nodig mocht hebben.

'Het nieuws wordt zeer strikt binnenskamers gehouden,' beloofde hij Raul. 'Niemand heeft me iets gevraagd; ik heb Ariana's naam nog niet eens gefluisterd gehoord.'

'Voorlopig,' zei Raul donker. Ze wisten allemaal dat het slechts een kwestie van tijd was; *El Lobo* zou waarschijnlijk zelf de tv-zenders bellen zodra hij concludeerde dat Alvarez niet uit de gevangenis werd vrijgelaten.

Raul had die ochtend meerdere vergaderingen met functionarissen van het ministerie op zijn kantoor gepland staan, en na wat vurige discussies besloot hij uiteindelijk dat hij de afspraken niet moest afzeggen, om de schijn van normaliteit zo lang mogelijk op te houden. De Rangers zouden naar de aangrenzende kamer gaan om te wachten tot de vergaderingen voorbij waren.

Gutierrez zorgde voor een spel kaarten en verzekerde hen dat de kamer geluiddicht was, en het team greep terug op de beproefde traditie van soldaten die op actie wachten: eindeloos kaartspelen. Jack kon zich echter niet concentreren, en schoot bij elke deurklink die bewoog in de stress.

Rond lunchtijd werd er weer eten bezorgd, maïs-meel-*arepa*'s gevuld met ham en kaas en *tajadas*, in olie gebakken plakjes rijpe bakbanaan. Hunter bekeek het kannetje donkerbruin vocht met ijsklontjes erin, dat bij het eten werd meegeleverd, met argwaan.

'Dat lijkt niet op ijsthee.'

'Tamarindesap,' zei Jack tegen hem. Hij herinnerde het zich nog goed van zijn vorige bezoek. Het was een favoriet drankje van Ariana geweest, en hoewel het een verworven smaak was, had hij er zelf ook van leren houden.

Waarom kan ik geen enkel detail over haar vergeten?

Hij wist het antwoord al terwijl hij zichzelf de vraag stelde. Ariana Monterro was onvergetelijk, zelfs op haar negentiende; het idee hoe ze zou zijn als vrouw van vijfentwintig maakte hem bijna bang.

Jack zag dat Raul in zijn eten zat te prikken, terwijl Gutierrez hem nauwlettend in de gaten hield met een bezorgde uitdrukking. Toen de telefoon op Rauls bureau rinkelde, was Raul als eerste op de been, bijna zijn kantoor in rennend.

Jack ving Gutierrez' blik. 'Hij staat op knappen,' waarschuwde hij bezorgd.

'Wat kan ik doen?' zei de agent zacht, met een berustende schouderophaal. 'Tot dit voorbij is, kan niets normaal zijn.'

'Ramón!' Raul smakte de hoorn op de haak, stormde terug de kamer in, zijn ogen gloeiend van vuur. 'Alvarez praat!'

Gutierrez sprong meteen overeind. 'Je wilt daarheen, om hem te ondervragen.' Het was een eenvoudige constatering.

'Natuurlijk.' Raul wendde zich tot Jack. 'We kunnen jullie niet meenemen. Amerikaanse soldaten in het Presidentieel Paleis is niet zo vreemd; maar mij zien met zelfs maar één van jullie in de Santa Luisa-gevangenis, dat is een heel ander verhaal.'

'Ik begrijp het,' zei Jack, en dat deed hij ook. Hij wilde er zelf bij zijn, de details van Ariana's verblijfplaats uit de drugsrunner persen, maar hij moest erop vertrouwen dat Rauls mannen het zouden klaren.

'Ik laat mijn man jullie terugbrengen naar jullie hotel. Rust wat uit; als we de details van Alvarez krijgen, kunnen jullie over een paar uur al moeten uitrukken,' adviseerde Gutierrez.

Gefrustreerd balde Jack zijn vuisten onder de tafel, maar hij knikte. Er was werkelijk niets anders dat hij kon doen.

Ariana schrok wakker, eerst niet zeker wat haar had gewekt, tot het dreunen van een dieselmotor haar oren bereikte. De kamer was iets koeler, maar ze voelde zich nog steeds heet en plakkerig. Ze duwde zichzelf van het bed af, haastte zich naar de balkondeuren en keek net op tijd naar buiten om een jeep te zien die uit de jungle kwam over een hobbelig pad dat achterlangs het gebouw achter het huis liep. Op deze afstand kon ze geen details onderscheiden, niet meer dan dat de jeep een bestuurder en één passagier had.

Misschien gaven ze haar nu eindelijk wat te eten. Haar kamer lag op het oosten, dus de zon stond nu achter het huis, maar aan de schaduwen kon ze zien dat het laat in de middag was, waarschijnlijk na vier uur.

Met de aankomst van de jeep leek het complex ineens tot leven te komen. Was *El Lobo* weg geweest, en hadden zijn mannen de kantjes ervan afgelopen, lui in zijn afwezigheid?

Misschien zou ze nooit zeker weten of haar vermoeden klopte, maar binnen tien minuten na de aankomst van de jeep klonken er voetstappen voor haar slaapkamerdeur. Op haar hoede keek Ariana vanaf de plek bij het raam naar de deur, en schrok toen die openging en geen *sicarios* onthulde, maar een gezette vrouw van middelbare leeftijd met een dienblad.

'Wie ben jij?' vroeg Ariana verbaasd.

'Ik ben Emilia, juffrouw,' antwoordde de vrouw kalm, terwijl ze een dienblad op het bijzettafeltje zette. Er stond een fles water op en een bord met wat stukjes gesneden fruit. Stervend van de honger kreeg Ariana het water in de mond bij het zien van het bord. '*El Patrón* dacht dat je liever had dat ik voor je zorgde, in plaats van mannen die je niet kent,' ging Emilia verder. 'Heb je ergens behoefte aan?'

Het was een domme vraag, vond Ariana. 'Een pistool en een vluchtauto?' stelde ze sarcastisch voor.

Emilia keek geen moment verbaasd. 'Je dineert om zeven uur met *El Patrón*,' zei ze zonder enige intonatie. 'Trek een mooie jurk aan.' Ze draaide zich om en verliet de kamer; de deur klikte dicht achter haar, onmiddellijk gevolgd door het geluid van de sleutel die in het slot werd gedraaid.

In elk geval was het water dat Emilia had gebracht koud, en het fruit ook. Ariana at alles op het bord en dronk al het water op. De airco was weer aangegaan en haar kamer koelde eindelijk af. Zittend op het voeteneinde van het bed, peinzend over haar opties terwijl ze het laatste van het koele water nipte, dacht ze somber dat ze Emilia om wat boeken had moeten vragen, want na nog maar één dag opgesloten te zitten met niets te doen, werd ze al stapelgek.

Toen ze naar de badkamer liep om de kleverige vruchtensappen van haar handen te wassen, realiseerde ze zich dat er in elk geval één ding was dat ze kon doen, al zou het haar maar een kortstondige voldoening geven. Ze kon de badkamer centimeter voor centimeter afzoeken en camera's vinden, en bedenken hoe ze die kon blokkeren zodat ze kon douchen zonder zich zorgen te maken dat een of andere pervert meekeek. Haar truc om de deur te blokkeren had gisteravond best goed gewerkt, dus ging ze terug de slaapkamer in om dat te herhalen: ze klemde een hak onder de deur en zette de sierlijke stoel weer onder de deurklink.

Het kostte haar niet lang om de eerste camera te vinden, boven op het spiegelende wandkastje, rechtstreeks gericht op de douche. Een stevige ruk en de draad kwam uit de muur, wat haar een tevreden glimlach ontlokte, ook al deed haar pols pijnlijk zeer. Ze stopte echter niet met zoeken, en vond al snel een tweede camera, deze wat beter verborgen in een natuurlijke noest in de houten wandbetimmering. Een minuut lang overwoog ze hoe ze die moest aanpakken, haar hoofd schuin, voordat ze opnieuw glimlachte. Een kneep tandpasta in de lens zou dat wel afhandelen, en in elk geval maakte *El Lobo* zich blijkbaar genoeg zorgen om haar gebit dat hij een tandenborstel en tandpasta had neergelegd.

Ariana zocht nog tien minuten verder, maar vond niets meer. Uiteindelijk haalde ze diep adem en haalde berustend haar schouders op. Als haar ontvoerders haar zagen douchen, zelfs als ze er een opname van maakten en die op internet zetten, was dat realistisch gezien op dit moment nog wel haar kleinste probleem.

Het afwikkelen van de verbanden om haar polsen deed pijn, maar ze moest ernaar kijken, en ze wist maar al te goed dat ze toch niet strak genoeg zaten. Als ze eenmaal gewassen was, zou ze proberen ze strakker om te doen. Toen er, tegen de tijd dat ze klaar was met het verwijderen van de verbanden, nog niemand was binnengevallen — of het had geprobeerd — besloot ze dat het tijd was het erop te wagen met de douche.

Het warme water voelde heerlijk op haar zweterige, vieze huid. Ariana hief haar gezicht op naar de stralen en liet ze haar zorgen even wegspoelen, al was het maar voor een paar seconden. De gestage, onderliggende bonk in haar pijnlijke armen trok haar sneller dan haar lief was terug naar de realiteit, en ze zuchtte en greep naar de zeep om zich snel te wassen en uit de douche te stappen voordat iemand haar kwam storen.

Haar haar wassen was een nachtmerrie geweest met beide armen die pijn deden, en drogen was al helemaal geen optie. Het zou gewoon een klittige, vochtige massa moeten blijven. Misschien, als Emilia terugkwam, kon Ariana haar vragen te helpen het uit te kammen en te vlechten, maar ze ging niet op de deur kloppen om de andere vrouw erbij te roepen.

Zuchtend bekeek ze de inhoud van de kledingkast. De enige half fatsoenlijke jurk die ze gisteravond had gedragen, was nu niets meer dan gescheurde vodden. Van de tien à twaalf jurken die overbleven, kon ze zich niet voorstellen dat ze er ooit een van zou dragen. De korte jurken waren zo kort dat haar kont amper bedekt zou zijn, en ongeacht de roklengte hadden ze allemaal diep uitgesneden, onzedige halslijnen. Haar bh zou voor meer dan de helft zichtbaar zijn onder elk van hen, en ze was absoluut niet van plan hem uit te laten.

Uiteindelijk haalde ze haar schouders op en pakte een jurk van een of een andere rekbare, zijdezachte stof. Hij was bedrukt met schreeuwerige kleuren die hopelijk de aandacht zouden trekken in plaats van haar half zichtbare bh, en in elk geval betekende de rekbare stof dat ze niet met ritsen hoefde te worstelen. Terwijl ze in de jurk wurmde, trok ze een gezicht naar haar spiegelbeeld.

'Het zal wel moeten,' mompelde ze, zich van haar spiegelbeeld afwendend. Ze was niet van plan met make-up te worstelen, en als *El Lobo* daar iets over zei, zou ze haar zere polsen als excuus gebruiken. Ze zou haar

gezicht nooit beschilderen en doen alsof ze zijn hoer was,
wat hij ook dreigde of haar aandeed.

HOOFDSTUK VEERTIEN

DE VROUWELIJKE AGENT MET de vaste blik was degene die de Rangers opving in de parkeergarage; er stond nog een zwarte SUV voor hen klaar. Ze gaf haar naam niet, en zij vroegen er niet naar terwijl ze hen terugreed naar hun hotel.

'Ik ga even douchen en kijken of ik een paar uurtjes slaap kan pakken,' zei Jack zacht terwijl de vier mannen kort in de hotellobby bleven staan. 'Als jullie even naar buiten willen om rond te kijken, prima, maar houd je telefoon bij de hand.' Gutierrez had ze allemaal goedkope prepaidmobieltjes gegeven, nog nooit eerder gebruikt, om contact te houden.

'Binnen vijf blokken blijven?' stelde Hunter voor, en Jack knikte. Het centrum van Guàlize City was niet veel groter dan dat, en als ze binnen dat gebied bleven, konden ze binnen tien minuten terug in het hotel zijn als ze snel weg moesten. Omdat ze met een lijndienst waren gekomen, had niemand van hen toch wapens om op te pikken.

'Blijf bij elkaar als jullie wel naar buiten gaan,' verzocht Jack. 'Met z'n drieën, of in elk geval met z'n tweeën. We kunnen niet weten of we in de gaten worden gehouden, en ik wil geen makkelijke doelwitten aanbieden.'

'Jawel, sir.' Alle drie bevestigden het bevel met een kordate knik. Ze zouden hebben gesalueerd als ze in uniform waren geweest, bedacht Jack, terwijl hij alleen naar de lift liep en de anderen weer door de deuren naar buiten gingen. Ze waren vermoedelijk knettergek geworden van de lange vlucht gisteren en het de hele dag binnen zitten vandaag, en moesten hun benen strekken. Hijzelf was tenminste gisteren nog de jungle in geweest, bij de crashsite. Daaraan denkend herinnerde hij zich dat hij Mara moest bellen. Dat deed hij zodra hij terug in zijn kamer was. Raul had geregeld dat Elliot's lichaam samen met de anderen teruggebracht werd naar Guàlize City; vanwege het criminele karakter van de crash was het wettelijk verplicht dat er autopsie werd verricht. Elliot's lichaam zou binnen een paar dagen worden vrijgegeven en Raul had beloofd de repatriëring van alle omgekomen beveiligers te regelen.

Het was geen gemakkelijk gesprek, zittend op de rand van zijn hotelbed in een verduisterde kamer, om Mara te vertellen dat Elliot definitief dood was. Dat Jack zijn lichaam had gezien.

'Er moet autopsie plaatsvinden, maar ik zou hem over een paar dagen naar huis moeten kunnen brengen,' zei Jack via de telefoon tegen een huilende Mara.

'Een autopsie, waarom?' hikte ze. 'Hij is omgekomen bij een vliegtuigcrash!'

Te laat besefte Jack dat hij zijn mond voorbij had gepraat. Hij had Mara beter kunnen zeggen dat er papierwerk was af te handelen voordat hij Elliot's lichaam kon repatriëren, dacht hij, met zichzelf in zijn maag. Hij ging alleen niet tegen Mara liegen, dus zei hij in plaats daarvan: 'Mara... er is meer aan de hand dan ik je nu kan vertellen. Geclassifiedeerde informatie.'

Ze was met een Ranger getrouwd geweest; ze wist dat er dingen waren waar niet over gesproken kon worden. Ongetwijfeld zou haar hoofd overuren maken met speculaties, maar ze zou geen woord tegen iemand zeggen totdat hij haar meer kon vertellen.

'Ariana?' Mara's ene woord zei genoeg.

'Geclassificeerd,' gaf Jack haar één woord terug.

'Ik begrijp het.' Mara was even stil voordat ze zei: 'Succes, Jack.'

'Dank je, Mara. Ik breng Elliot zo snel mogelijk naar huis.'

'Dank *jij*,' zei ze, voor ze afscheid nam en ophing.

Jack liet zich, nog volledig aangekleed, achterover op het bed vallen en staarde naar het plafond. In alle intensiteit van de jacht op Ariana en haar ontvoerders had hij nauwelijks tijd gehad om stil te staan bij Elliot's dood. Het was nog niet echt tot hem doorgedrongen dat zijn beste vriend echt weg was. Waarschijnlijk zou dat pas gebeuren als hij weer thuis in de States was, mijmerde hij, totdat Elliot het afscheid kreeg dat hij verdiende. Alleen al de gedachte dat hij Elliot nooit meer zou zien, nooit meer die diepe gromlach zou horen die een van Elliot's verschrikkelijke grappen aankondigde, was nu te moeilijk te bevatten.

Hij was moe genoeg na zijn slechte nachtrust dat, toen hij zijn ogen sloot, de slaap niet ver weg was. Hij sliep echter licht, geplaagd door dromen over een man zonder gezicht die Ariana's glanzende haar streng voor streng met een machete afkapte, steeds dichter bij haar hoofdhuid.

Jack schrok wakker uit zijn onrustige sluimeren door hard geklop op zijn deur. Tot zijn verbazing zag hij dat het buiten al begon te schemeren; hij had langer geslapen dan hij dacht.

'Wie is daar?' riep hij, terwijl hij overeind kwam en zijn benen uit bed zwaaide.

'Hunter.'

'Ik kom eraan.'

De kleinere man was alleen toen Jack de deur opendeed. 'Diaz en Mostyn zijn zich net aan het opfrissen,' zei Hunter zonder omhaal, 'en dan willen we naar beneden om wat te eten. Ga je mee?'

'Denk het wel.' Jack knikte. 'Hebben jullie rondgekeken?'

'Ja, dat hebben we. Dit is een prachtige stad, hè? Niet echt wat ik van Zuid-Amerika verwachtte.'

Terwijl hij Hunter naar binnen wenkte, pakte Jack een schoon shirt uit zijn rugzak en trok het aan. 'Wat *had* je dan verwacht?'

'Weet ik eigenlijk niet precies,' haalde Hunter zijn schouders op. 'Aangezien ik hier nog nooit ben geweest... Ik dacht, denk ik, dat het allemaal zou lijken op de sloppen van Rio die ik op tv heb gezien.'

Jack grinnikte, pakte zijn jasje en trok het aan. 'Niet in Guàlize, of in elk geval niet op grote schaal. Het land zit op een flinke olievoorraad aan de noordkant van het Meer van Maracaibo, en ze hebben al veertien jaar twee eerlijke en populaire presidenten op rij. Ze hebben een hoop oliegeld in infrastructuur en onderwijs gestoken, en de doorsneeburger hier doet het heel aardig, dank u vriendelijk. Daarom zijn Monterro en de rest van de regering er zo op gebrand om te voorkomen dat de drugskartels hier opnieuw voet aan de grond krijgen.'

'Dat snap ik,' knikte Hunter. 'Er is hier een klein marktje, een paar straten verder, met locals die verse producten en kruiden verkopen, dat soort dingen. We hebben met een paar kramers staan praten en jeetje, wat waren dat aardige mensen. Werden nog vriendelijker toen ze hoorden dat we Amerikanen waren.'

Dat was al zeldzaam genoeg om nieuwsgierig te maken, wist Jack. Hij knikte terwijl ze de kamer uit liepen en de gang door gingen om bij de anderen aan te kloppen. 'Zes jaar geleden, toen ik hier was, was het ook al zo. Ze zijn echt hartelijk.'

'Ja, goeie mensen.'

Mostyn en Diaz waren klaar om te gaan, dus met z'n vieren gingen ze weer naar het restaurant. Er zaten genoeg zakenmensen in kleine groepjes, zodat niemand de vier mannen een tweede blik gunde toen ze aan een rustig tafeltje aan de zijkant van de zaal plaatsnamen.

Dezelfde ober van de vorige avond kwam terug om hun bestelling op te nemen. Jack merkte dat hij zich nog steeds moeilijk op de kaart kon concentreren, dus wachtte hij tot Hunter zijn keuze had doorgegeven en zei toen: 'Voor mij hetzelfde, dank je.'

Ze waren halverwege hun maaltijd en praatten zachtjes over wat de mannen die dag hadden gezien, toen beweging bij de deur Jacks aandacht trok.

'Gutierrez is er.' En te zien aan de uitdrukking op de man zijn gezicht had hij nieuws. Jack liet zijn vork op het bord vallen en stond op toen Gutierrez de tafel naderde.

'McAuley. We hebben hen gevonden,' kwam Gutierrez direct ter zake.

'Laten we gaan. Oh, de maaltijd,' wendde Jack zich weer naar de tafel. 'We moeten de rekening nog—'

'Dat is geregeld,' wuifde Gutierrez zijn zorg weg. 'Kom. Meneer Monterro wacht op u.'

Ze gingen niet terug naar het presidentiële paleis, dat werd meteen duidelijk toen Gutierrez de SUV die hij bestuurde een andere kant op stuurde.

'Het vliegveld,' zei hij bondig toen Jack vroeg waarheen ze gingen, en daarmee moest Jack het doen.

'Is dit verstandig, sir?' zei Hunter onder zijn adem terwijl de vier Rangers Gutierrez uit de SUV volgden een vliegtuigloods in. 'Dit is niet militair...' Integendeel, het toestel in de loods was een executive privéjet, een glimmende nieuwe Gulfstream, het evenbeeld van die welke Jack in de jungle had zien neerstorten.

'We kunnen het risico niet nemen om het Guàlizeaanse leger erbij te betrekken,' zei Jack even zacht terug. 'Niet als we het voordeel van verrassing willen. *El Lobo Negro* heeft overal ogen en oren.' Hij deelde Hunters zorgen, maar hij vertrouwde erop dat Raul Monterro hun de best mogelijke kans wilde geven om Ariana levend terug te halen. Hij zou niets doen om dat te riskeren.

Ze leken helemaal alleen in de loods, op Gutierrez na, die de deur waar ze door naar binnen waren gekomen sloot, naar het vliegtuig liep en iets naar de cockpit riep. Een een moment later verscheen Raul Monterro in de deuropening, knikte toen hij hen zag en kwam de trap af.

'Ik was net de preflightcontroles aan het doen,' zei hij toen Jack hem vragend aankeek.

'Ik wist niet dat u piloot was, meneer,' zei Jack, een tikje verrast.

'Een hobby,' haalde Raul zijn schouders op. 'Gelukkig ben ik bevoegd om dit type jet te vliegen. Deze is van een vriend die bereid was hem me op korte termijn te lenen.'

'Waarheen?'

'Komt u,' wenkte Raul, en de Rangers volgden hem naar een groepje tafels aan de zijkant van de loods. Daar lagen kaarten en foto's uitgespreid, deels degene die Jack eerder had gezien en deels nieuwe voor hem.

'Wat drinkt uw kolonel Cullane het liefst?' vroeg Raul onverwacht.

'Uh... dat weet ik niet precies. Whisky, denk ik?' zei Jack, overrompeld.

'Dan zal ik hem een kist van het allerbeste sturen. Hij belde terug kort nadat u weg was; uw NSA heeft uiteindelijk de herkomst van de oorspronkelijke e-mail getraceerd en mijn mensen hebben de rest gedaan. Het originele signaal is vanaf dit terrein hier verstuurd.' Raul pakte een foto op en gaf die aan hem.

'Uit de kluiten gewassen,' merkte Jack op, terwijl hij de foto van het witte ranch-achtige huis bestudeerde. Drie verdiepingen hoog en twaalf volwaardige ramen aan de voorzijde; het was een enorm pand dat niet had misstaan in de Hamptons.

'En niet iets wat zomaar iedereen zich kan veroorloven in Guàlize, begrijpt u. Ogenschijnlijk is het terrein gebouwd als een ecolodge. Proberen te boeken via hun website — een site die überhaupt al extreem moeilijk te vinden is, en die, zodra het toch lukt, virussen op uw computer probeert te zetten — is zo goed als onmogelijk. De antinarcotica-afdeling houdt het terrein al een tijdje in de gaten.'

'Denkt u dat het eigendom is van *El Lobo Negro*?'

'Zeker.' Raul voegde enkele satellietfoto's toe aan de afbeelding die Jack vasthield. 'Niet zo goed als die van de NSA, maar Google is sneller. De bouw van het terrein is iets meer dan een jaar geleden voltooid en deze beelden zijn vier maanden oud.'

De beelden waren inderdaad niet zo hoogresoluut als de foto die de dag ervoor de geheime smokkelweg had onthuld, maar voor Jacks doel waren ze meer dan afdoende. Hij spreidde ze over de tafel uit en hij en de andere Rangers bogen zich erover, bekeken de gebouwen op het terrein — er waren verschillende kleine naast het enorme ranchhuis — en bespraken hun functie, en hoeveel tegenstanders ze er mogelijk zouden aantreffen.

'We moeten er goedbewapend in,' zei Hunter, terwijl hij met zijn vingertop over de gebouwen ging. 'En we kunnen niet pal bovenop het terrein droppen. We moeten naderen en verkennen.'

'Geen tijd voor heimelijke verkenning,' zei Jack strak. 'We moeten er heet in en mevrouw Monterro daar weghalen.'

Geen van hen vond het prettig, maar ze wisten ook dat hij gelijk had. Jack zag de schuine blik die de twee sergeanten uitwisselden en wist wat ze dachten.

'We gaan behoorlijk zwaar geschut nodig hebben,' was Mostyn degene die het uitsprak.

Raul glimlachte. 'Gelukkig heb ik daaraan gedacht.'

Hij gebaarde dat ze hem moesten volgen om het vliegtuig heen naar de andere kant van de loods, waar ze stokten bij het zien van de wapens die Gutierrez ijverig van munitie voorzag.

'Ik dacht dat u zei dat we geen legersteun kregen?' zei Hunter.

'Krijgen jullie ook niet.' Gutierrez wierp hem een blik toe en grijnsde. 'Ik heb maar vier parachutes.'

'En genoeg wapens voor een halve compagnie! Waar hebt u dit in vredesnaam allemaal vandaan?' Hunter stapte naar voren, pakte een gloednieuw aanvalsgeweer en bekeek het, onder de indruk.

'Niet vragen, niet vertellen.' Gutierrez' grijns werd een schalkse glimlach.

Er lag ook schone kleding voor ieder van hen: jungle-camouflagegevechtspakken, twee volledige sets per man, een rugzak die al was gevuld met noodmedische spullen, en meer munitie en explosieven dan ze ooit zouden kunnen dragen.

Ze namen een kwartier om hun keuze te maken en hun uitrusting te pakken, en keerden toen terug naar de plannings tafel. Ze zouden hun entree misschien over-haast maken, maar Jack wilde verdomd zeker weten dat ze meerdere alternatieve extractieplannen hadden als het misliep, want de kans was groot dat er *iets* zou gebeuren dat hun basisplan in de war schopte.

Raul stond te popelen om te vertrekken, maar Gutierrez was duidelijk ex-Special Forces en wist zijn baas ervan te overtuigen geduld te hebben terwijl de Rangers hun pro-ces doorliepen. En het was maar goed dat ze niet meteen vertrokken, want juist toen ze eindelijk afrondeden en het toestel wilden laden, liet het geluid van een auto die buiten stopte hen allemaal verstijven en elkaar aankijken.

Gutierrez bewoog als eerste, trok zijn dienstwapen en liep naar de toegangsdeur. Een minuut later keek hij Jack aan, met opgetrokken wenkbrauwen, voordat hij de nieuwkomer de loods binnenleidde.

'U hebt bezoek, kapitein McAuley.'

'Ken ik u?' vroeg Jack verbaasd; de man, die er lokaal uitzag, kwam hem totaal niet bekend voor.

'Nou, we hebben elkaar gisteren slechts kort gezien, en ik heb me niet echt voorgesteld,' zei de man met een grijns, en Jack besefte ineens dat het de Amerikaanse agent was die hem de dag ervoor in het park de satellietfoto's had gegeven. 'Ik weet niet wat u hier doet en dat wíl ik absoluut ook niet weten — geloofwaardige ontkenning en zo — maar ik heb dit voor u. Het kwam net binnen met de middagvlucht, in de diplomatieke post.'

Jacks wenkbrauwen schoten omhoog toen hij de tas opende die de agent hem overhandigde, en een glimlach spreidde zich over zijn gezicht. Binnenin zaten een half dozijn versleutelde persoonlijke radio's van de Rangers. Hij had er een hekel aan gehad om zonder comms naar binnen te gaan, maar ze konden niet garanderen dat wat ze in Guàlize zouden krijgen veilig was. Radio's hebben waarvan ze ervan overtuigd waren dat de vijand niet kon meeluisteren, vergrootte hun slaagkans zeker.

'Veel succes, kapitein McAuley,' zei de agent zacht, voordat hij zich respectvol tot Raul richtte. 'Ik wens u alle succes met de snelle redding van Miss Monterro, meneer.'

'Dank u,' boog Raul zijn hoofd, en ze keken toe hoe Gutierrez de agent weer naar buiten begeleidde.

'Hebben we ooit zijn naam gekregen?' zei Raul na een moment.

'Denkt u echt dat hij u zijn echte zou geven?' vroeg Hunter droogjes terug.

HOOFDSTUK VIJFTIEN

ARIANA HAD GEEN MANIER om te weten hoe laat het was, maar ze nam aan dat het zeven uur was, of net ervoor, toen haar deur opnieuw werd ontgrendeld. Ze had de stoel en schoenen weggezet zodat de deur vrij open kon en zat bij het raam, haar handen keurig gevouwen in haar schoot.

Het was niet Emilia die de deur opende; het was een van Gustavs *sicarios*, een magere man met een weelderige snor en de koude ogen van een slang. Achter hem stond nog een man, rond van gezicht en grijzend naar Ariana's decolleté met een vieze grijns. Ze negeerde ze allebei, stond op en liep met geheven hoofd kalm en zwijgend langs hen heen. Achter haar mompelde een van hen iets dat ze niet helemaal opving, maar de vunzige lach die erop volgde, deed de haartjes in haar nek overeind staan.

Vastbesloten haar pas gelijkmatig te houden, liep Ariana de trap af. Ze was niet van plan zich door een paar lomperiken te laten intimideren, niet nu het échte gevaar in de eetkamer op haar wachtte, warm glimlachend en haar een keuze uit alcoholvrije drankjes aanbiedend.

'Water is prima, dank je,' zei ze koel. 'Ik ben niet dol op zoete frisdrank, en de aspartaam in lightdrankjes is een vreselijke stof. Kankerverwekkend.'

Gustav knarste daadwerkelijk met zijn tanden, en Ariana vroeg zich af of hij speciaal was gaan rijden om frisdrank te halen. Deed hij werkelijk moeite om haar te behagen? Dacht hij heus dat ze voor zijn inspanningen zou zwichten?

Ze negeerde hem, ging aan tafel zitten en bekeek het eten dat voor haar stond. In elk geval was er vanavond geen maaltijd voor twintig man; er stonden slechts een half dozijn schotels op tafel, geen ervan grandioos of gecompliceerd.

Gustav schonk een glas water voor haar in, en uit pure goede manieren mompelde ze een zacht dank je. Hij nam zelf ook plaats.

'Vanavond zullen we weten hoeveel jouw vader jouw vel waard vindt,' zei hij venijnig.

'Niet meer dan ons land, verzeker ik je,' zei Ariana op verveelde toon terwijl ze overwoog waar ze trek in had. De fruitschaal van eerder had de ergste honger wel gestild, maar ze moest op krachten blijven, ook al kreeg ze geen beweging. Ze koos wat *quesadillas* en legde er twee op haar bord.

Gustav leek zich vanavond niet te hebben tegoedgedaan aan cocaïne, want hij at, schepte zijn bord vol en schrokte het eten naar binnen met forse teugen rode wijn uit zijn glas. Zijn tafelmanieren waren weerzinwekkend; Ariana deed haar best haar ogen op haar eigen bord te houden, zodat ze zijn kauwen met open mond en de vette vingers die hij aan zijn kleren afveegde niet hoefde te zien.

De drugsbaron leek niet te weten wat hij tegen haar moest zeggen als hij geen bedreigingen uitte. Hij maakte een paar opmerkingen die Ariana bijna als geflirt had kunnen opvatten, als de complimenten niet zo'n venijnig, kleinerend randje hadden gehad. Duidelijk vond *El Lobo* vrouwen het mindere geslacht, en ze behandelen alsof het intelligente wezens met eigen gedachten en meningen konden zijn, was hem een vreemd concept.

Ariana negeerde haar ongewenste disgenoot zoveel ze kon. Ze at haar *quesadillas* en dronk haar water, en toen ze klaar was, zat ze zwijgend met haar handen in haar schoot.

'Waarom praat je niet?' zei Gustav uiteindelijk, blijkbaar geïrriteerd door haar houding. 'Vrouwen houden normaal nooit hun mond.'

'Dan zou mijn keuze om te zwijgen een aangename verrassing moeten zijn,' kaatste Ariana terug.

Kennelijk niet in staat een weerwoord te vinden op haar logica, staarde hij haar hard aan. Ze voelde het gewicht van zijn blik, maar dwong zichzelf niet op te kijken en hield haar ogen op haar lege bord.

De stilte werd opnieuw doorbroken, ditmaal door het kenmerkende ratelen van automatisch geweervuur, en Gustav sprong overeind, riep om zijn mannen en trok zijn verguld pistool uit zijn colbert. Ariana bleef heel stil zitten, niet van plan hem te provoceren terwijl de loop van het wapen in haar richting zwaaide.

'We worden aangevallen, *patrón*!' kakelde een van de mannen die op Gustavs geroep de kamer binnenstormden, zijn ogen wijd en angstig. Het was de man met de koude ogen die Ariana's deur eerder had geopend, en hij keek nu een stuk minder zelfverzekerd, merkte ze met ingehouden genoegen op. 'Het zijn Amerikanen!'

'Doe niet belachelijk,' snauwde Gustav terug. 'Waarom zouden *Amerikanen* hier zijn? Nee, het zijn Monterro's mannen. Nou, we zullen wel zien hoe graag hij doorgaat wanneer het leven van zijn precious dochter op het spel staat. Breng haar naar boven en maak haar vast.'

'Wacht, wat?' Ariana schoot overeind en vloekte toen de man met de koude ogen haar bovenarm ruw vastgreep. 'Haal je verdomde poten van me af!' Ze keek naar Gustav, maar die negeerde haar en verliet gehaast de kamer, roepend om meer van zijn mannen.

De man met de koude ogen en zijn lompe maat van eerder sleurden Ariana half de trap op, dreigend mompelend terwijl ze schopte en tegenstribbelde.

'We nemen later met jou wel een loopje,' beet de man met de koude ogen haar toe met een vunzige grijns, terwijl hij haar haar kamer in sleurde. 'Het zal me een genoegen zijn je vader een video te sturen van zijn precious dochter die door iedere man die haar wil genomen wordt.' Op die woorden volgde een harde klap op haar kont, en ze gilde van woede en angst, worstelend om los te komen. Geen van beide mannen was van plan haar te laten gaan, en de situatie werd snel erger toen een van hen een dikke kabelbinder tevoorschijn haalde en haar strak aan de bedpaal vastzette, met haar handen voor haar.

Daarna kon ze niets anders dan haar woede uitschreeuwen tegen de lege kamer, al lieten de twee mannen haar gelukkig meteen alleen. Eén ruk aan de kabelbinder deed haar sterretjes zien; de pijn in haar polsen was meer dan ze verdragen kon. Stilstaand, proberend haar adem te vangen, leunde ze met haar voorhoofd tegen de houten paal en bad dat de volgende die door de deur kwam haar zou komen redden en haar niet zou doden of verkrachten.

Plots ging het licht uit, en Ariana hapte naar adem. Alleen in het donker, luisterend naar het schieten buiten, voelde ze zich ineens banger dan gedurende de hele beproeving. Hoe dan ook, haar lot stond op het punt bezegeld te worden, en zij had er geen enkele zeggenschap over.

HOOFDSTUK ZESTIEN

Zittend op de stoel van de copiloot staarde Jack zielloos naar de donkere jungle onder hen, terwijl Raul het vliegtuig vakkundig naar hun dropzone vloog. Ariana was daar beneden, ergens, in de macht van de man — het monster — over wie hij die ochtend veel te veel had gelezen in Raul's dossiers. De dingen die *El Lobo Negro* had gedaan, had laten doen, keerden zijn maag om. Alleen al de gedachte aan wat die klootzak Ari zou kunnen aandoen, maakte dat Jack op zijn knieën wilde vallen en bidden.

'Tien minuten,' zei Raul zacht, en Jack knikte, waarbij hij overeind kwam. Hij legde zijn hand licht op Raul's schouder.

'We halen haar terug.' *Of we gaan eraan in de poging,* hing onuitgesproken in de lucht.

'Ik weet het.' Raul liet zijn instrumenten even met rust en keek op naar Jack. Hun blikken kruisten elkaar en ze deelden een kort, stil moment van verbondenheid, in het besef dat dit heel goed de laatste keer kon zijn dat ze elkaar zouden zien. 'Voorzichtig, Jack,' zei Raul ten slotte, en Jack knikte.

'Jij ook, Raul,' zei hij zacht, hopend dat hij de oudere man gauw weer zou zien.

Terug in de cabine knikte hij naar de andere drie; Hunter knikte terug. Ze hadden hun parachutes en uitrusting al om, klaar om te springen. Jack schoof de zijne om, klikte de banden vast, liep naar de achterdeur en legde zijn hand op de hendel, wachtend op Raul's sein.

'Veel geluk daar beneden,' zei Gutierrez vanaf de stoel bij de deur. 'Breng Miss Monterro naar huis, kapitein.'

Het rode lampje boven de deur floepte aan. Jack greep de hendel en trok hem omhoog, waardoor de deur open-vloog; de luchtdrukval trok aan hem, probeerde hem naar buiten te sleuren, maar hij klemde zich stevig aan het frame vast. Hij zou als laatste gaan. Hunter was de voorste man; die schoot Jack voorbij en sprong de huilende duisternis in.

Het duurde nog geen twintig seconden of alle vier de Rangers waren verdwenen in de gierende, zwarte nacht. Gutierrez trok de deur dicht en borg hem, maakte zijn riemen los en liep naar voren om plaats te nemen op de stoel van de copiloot naast zijn baas.

'Denkt u dat ze het kunnen flikken, meneer?' moest hij vragen.

'Als ze het niet kunnen, moge God dan genade hebben met Ariana, want de Zwarte Wolf zal dat niet,' antwoordde

Raul. Zijn stem bleef vast en zijn gezicht had uit steen gehouwen kunnen zijn, zo weinig emotie toonde hij, maar Gutierrez zag hoeveel pijn hij leed.

Zwijgend keek de lijfwacht weer naar voren, de nacht in. Onder zijn adem fluisterde hij een gebed voor de vier mannen die uit eigen beweging de duisternis in waren gesprongen om Ariana Monterro te vinden, alleen maar omdat één van hen om haar gaf.

Terstond in vrije val de duisternis in stortend, leek de tijd voor Jack te vertragen; elke seconde rekte zich uit tot een eeuwigheid waarin hij terug kon kijken op de beslissingen die hem tot dit punt hadden gebracht.

Het begon allemaal, dacht hij, de nacht na de begrafenis van Luisa Monterro, toen Ari instortte en zich in haar verdriet tot hem wendde.

God vergeve hem, dacht Jack grimmig, *maar hij was zwak geweest.* Ari was mooi genoeg om elke man twee keer te laten kijken, en ze had niet beter aan zijn type kunnen voldoen als ze op bestelling was gemaakt. Ze had dikke, donkerbruine haren in zijdezachte golven tot op haar onderrug, lichtere, tawny-bruine ogen die vonken naar hem schoten, haar gezicht een perfecte ovaal van gouden huid en volle, zachte lippen. En haar lichaam was ronduit verrukkelijk: slanke rondingen en lange ledematen, dicht tegen hem aan geperst terwijl ze zich aan hem vastklampte en hem kuste, zichzelf aan hem aanbiedend.

Onvergeeflijk genoeg had hij zijn verstand verloren. Hij fantaseerde al in stilte over Ariana sinds hij haar voor het eerst had ontmoet; ook al bleef hij zichzelf vertellen dat het verkeerd was, hij kon er op de een of andere manier niet mee ophouden. Hij had het nooit laten doorwerken in hun omgang, had nooit de bedoeling gehad haar te laten merken hoe aantrekkelijk hij haar vond.

Tot nu, nu ze om hem heen gewikkeld zat, hem strak vasthield, aan zijn kleren trok en kleine geluidjes van frustratie maakte omdat ze ze niet snel genoeg uit kreeg naar haar zin.

Hij kuste haar fel terug, rukte ongeduldig zijn overhemd en stropdas uit, liet haar met haar vingers over zijn gespierde borst gaan. Haar zwarte jurk volgde zijn kleren naar de vloer; de zwarte zijden bh, slip, jarretelles en kousen eronder joegen hem tot waanzin op.

Hij had haar naam tegen haar gladde, gouden huid gefluisterd voordat hij elke centimeter van haar met zijn tong verkende, want als hij dit ging doen, dan zou Jack McAuley verdomme zorgen dat hij het goed deed. Geen ruw, gehaast vrijen voor Ariana. Zij verdiende meer, verdiende tederheid, en die gaf hij haar, al zat er tegen de tijd dat hij zich boven haar oprichtte nauwelijks tederheid meer in hem, terwijl zij haar nagels in zijn rug zette en hem om meer smeekte, *harder*.

Haar verzadigd en slapend instoppen en vertrekken was het moeilijkste wat hij ooit had moeten doen, maar hij wist dat hij de ene kardinale regel van bodyguardwerk al had overtreden.

Raak niet betrokken bij de principal.

Hij had Raul niet alles verteld — als hij dat had gedaan had hij Guàlize bij leven en welzijn niet verlaten — maar hij had toegegeven dat hij vond dat hij te close met Ari was geworden om de onpartijdige, heldere bodyguard te zijn die ze nodig had, en dat hij het gevoel had dat zij op haar beurt te afhankelijk van hem was geraakt, in haar rouw.

Raul, nog altijd met rode ogen van zijn eigen verdriet, bestudeerde Jack een pijnlijk lange tel voordat hij knikte. 'Klinkt redelijk, luitenant. Kapitein Cullane heeft me een lijst met namen gegeven om te benaderen, Rangers die recent uit dienst zijn gegaan of dat bijna doen. De uwe stond bovenaan, maar wilt u misschien naar de anderen kijken?'

Jack kon nauwelijks weigeren, dus ging hij zitten en bekeek de lijst.

Elliots naam was de tweede op de lijst, direct onder de zijne.

Jack sloot even met schuldgevoel zijn ogen. Als hij de baan had aangenomen, als hij op de een of andere manier had kunnen weigeren wat Ari hem smekend had gevraagd, zou Elliot dan nog leven? Zou Mara dan geen rouwende weduwe zijn? Zou Ari veilig aan Raul's zijde zijn? God, wat een *puinhoop*. En nu had hij Hunter, Diaz en Mostyn meegesleept in wat zeer waarschijnlijk een complete teringzooi van een situatie zou worden, eentje waar ze misschien geen van allen levend uit zouden komen.

Allemaal vanwege een rank meisje dat zijn hart al zes lange jaren in haar slanke hand hield, ook al had hij haar sinds die nacht niet meer gezien.

De klok in zijn hoofd tikte terug naar nul en hij keek op zijn hoogtemeter; het getal lichtte fel op, teken dat het tijd was zijn parachute te openen. Een snelle ruk van zijn pols stuurde de pilootparachute eruit, en de harde ruk tegen zijn borst een paar seconden later vertelde hem dat het hoofdscherm correct was geopend.

Door zijn nachtzichtkijker kon hij net de vage vormen van de andere parachutes voor hem onderscheiden, de mannen eronder een helderder groen. Ze hadden een heuveltop op zo'n anderhalve kilometer van het complex gekozen als dropzone; het was dichterbij dan Jack lief was, maar een mijl in de jungle stond gelijk aan tien mijl op open terrein. Het zou tijd kosten om die afstand af te leggen, zelfs voor mannen die zo ervaren waren met het doorkruisen van dergelijk terrein als de vier Rangers. Ze hadden geen inlichtingen over de situatie die hen wachtte, geen verkenning behalve een paar satellietfoto's, geen idee hoeveel mannen *El Lobo* op de grond kon hebben.

Ze mochten van geluk spreken als een van hen ooit nog een zonsopgang zou zien.

Jack's voeten raakten de grond met een doffe plof; hij ving de schok van de landing op met de routine van jaren en ging snel aan de slag om zijn parachute los te maken en op te bundelen. Diaz kwam aanlopen om die van hem over te nemen en bij de rest te verbergen; Jack knikte de sergeant toe en reikte op om zijn radio aan te zetten. Hoe kolonel Cullane het voor elkaar had gekregen om de versleutelde apparaten op zo'n korte termijn via de diplomatieke post geleverd te krijgen, wist Jack niet, maar hij was er eeuwig dankbaar voor, want er was geen enkele kans dat de Zwarte

Wolf of zijn mannen hun signalen konden onderschep-
pen.

'Alpha Lead,' zei hij kortaf.

'Alpha One,' reageerde Hunter meteen, en 'Alpha Two',
'Alpha Three' van Mostyn en Diaz volgden een paar seconden later.

'Alpha One, rapporteren.'

'LZ is schoon,' kwam het scherpe antwoord.

Binnen vijf minuten was de heuveltop alweer verlaten;
de vier mannen trokken samen door de jungle, wapens
in de aanslag. Ze wisselden de voorste positie onderling
af, gebruikten een machete om door de dichtste stukken
te kappen waar het moest, maar vertrouwden op hun
nachtzicht en vooral op Hunters vaardigheden om er
makkelijker doorheen te komen. Jack schudde vol ontzag
zijn hoofd toen Hunter opnieuw een doorgang vond door
wat op het oog een ondoordringbare haag leek. De luitenant was opgegroeid in de dichtbeboste bergen van Noord-Idaho en dat merkte je; zelfs onder de hoogopgeleide
en getrainde Rangers was Hunter de beste man 'in het bos'
die Jack ooit had gekend.

'Heb ik al gezegd hoe blij ik ben dat je erbij bent?' zei
Jack zacht, rechtstreeks in Hunters oor, toen ze halverwege
hun doel even pauzeerden.

'Nog niet, maar bedankt,' antwoordde Hunter, gea-
museerd.

'Ik meen het. Het feit dat jullie drieën je vrijwillig
hebben aangemeld om hierheen te komen...' hij stokte, tot
zijn eigen verbazing.

'Maak je niet dik, Cap,' tikte Hunter hem luchtig op de
schouder. 'Dit is wat we doen. De bad guys omleggen, het

meisje redden. Miss Monterro heeft niet toevallig een zus, toch?'

'Als ze die heeft, claim ik haar,' hurkte Diaz naast hen neer, tilde zijn veldfles voor een slok, grijnzend, tanden wit oplichtend in zijn met camouflagevet besmeurde gezicht.

'Ze valt heus niet op jouw lelijke kop,' sarde Hunter.

Jack betrapte zichzelf erop dat hij glimlachte om de gesiste pesterijen die ze, zij het kort, uitwisselden. Ondanks het feit dat Hunter een officier was en Diaz een onderofficier, had Jack hard gewerkt aan de kameraadschap en het onderlinge vertrouwen tussen zijn mannen.

Hij wenste alleen dat ze de rest van zijn compagnie hadden om hen vieren te dekken. Nog zo'n honderdveertig man zouden nu verdomd goed van pas komen. Desnoods een squad of twee.

Jack gunde zich nog een paar seconden voor die weemoedige dagdroom voordat hij Diaz zachtjes aanstootte. 'Kappen nou.'

De twee verstomden meteen. Jack tikte tegen zijn radio. 'Alpha Lead, Alpha Two, rapporteren.' Mostyn was een stukje vooruitgegaan om te verkennen.

Het bleef een paar seconden stil voordat 'Alpha Two. Contact gemaakt.' klonk.

Alle drie de Rangers stonden ogenblikkelijk overeind. 'Alpha Lead, Alpha Two, *rapporteer*!'

'Contact uitgeschakeld. Doorgaan.'

'Wat de fuck, Mostyn!' siste Jack terwijl ze tussen de bomen door naar hem toe bewogen en de enorme sergeant aantroffen, voorovergebogen over een lichaam.

'Die kerel piste verdomme bijna over me heen. Hij kwam de bomen in om te zeiken. Ik lag net het terrein te verkennen.'

Ze spraken fluisterend en vertrouwden op het achtergrondgeluid van de jungle om hun dekking te behouden. Mostyn gebaarde vooruit en Jack besefte dat ze de rand van een groot open terrein hadden bereikt. De lichten niet al te ver voor hen moesten van het huis zelf zijn.

'Kon je niet tegen wat pis, Mostyn?' sarde Diaz.

'Zag het nut er niet van in. Zijn levensverwachting was toch al minder dan vijf minuten.'

De voetsoldaat was morsdood, zijn hoofd bungelend aan zijn nek. Hij had geen tijd gehad om ook maar een piep te geven voordat Mostyn uit de duisternis was opgerezen en hem had afgemaakt.

'Had hij een radio bij zich? Een hond bij zich?'

'Niets. Ik denk niet eens dat hij aan het patrouilleren was, niet echt. Hij kwam hier gewoonheen om te zeiken.' Mostyn haalde zijn schouders op. 'Puur stom toeval dat hij net de plek koos waar ik lag.'

Ze wisten allemaal hoe een missie in een oogwenk FUBAR kon gaan door niets meer dan pech. Jack telde zijn zegeningen dat Mostyn snel genoeg was geweest om te voorkomen dat de voetsoldaat alarm sloeg.

'Geen tijd voor meer verkenning,' hakte hij de knoop door, 'voor het geval hij gemist wordt voordat wij op positie zijn. We gaan. Nu meteen.'

Hoofdstuk Zeventien

De Rangers hadden in de hangar een ruwe strategie opgesteld, die neerkwam op *iedereen die je ziet neermaaien en zo snel mogelijk het huis binnenkomen.* De dode bewaker betekende alleen dat ze het plan wat eerder moesten uitvoeren, zonder eerst tijd te nemen om te verkennen. Jack stond erop om voorop te gaan; alle drie de anderen vonden dat een beroerd idee, maar omdat hij hun meerdere was, kregen ze hem niet op andere gedachten.

Hunter besloot dat hij Jack geen seconde meer uit het oog zou verliezen om hem in leven te houden, en stuurde Mostyn en Diaz aan om een tweede team te vormen en het huis van de andere kant te benaderen. Ze renden snel door het donker en hielden het radiogeklets tot een minimum.

'Alpha Lead, Alpha Three; ik heb een bewakersbarak, tien vijandelijke doelen binnen.'

'Neem het uit, Alpha Three,' beval Jack zonder aarzelen, en tien seconden later klonk er een luide explosie aan de andere kant van het huis. Jack grijnsde en zag Hunters antwoordende grijns, zijn tanden flitsten wit in het donker. Diaz wist van wanten met explosieven en had zich met een brede grijns volgeladen dankzij de buit die Gutierrez hun had bezorgd. Niet dat het nodig was geweest; één of twee granaten door het raam hadden het ook prima gedaan.

Er klonk geschreeuw in het huis en de voordeur vloog open; drie mannen stormden naar buiten en keken wild om zich heen, met hun geweren omhoog richting de hemel.

'Godverdomme, wat een amateurs,' spuwde Hunter naast Jack. De luitenant droeg een Mk 46-mitrailleur. Jack had met zijn ogen gerold en iets gemompeld over overkill toen Hunter dat ding uitkoos, maar hij moest toegeven dat Hunter een punt had over de bruikbaarheid ervan toen één trek aan de trekker alle drie de *sicarios* uitschakelde.

Er werd nu weer geschreeuwd in het huis, er klonk een tweede explosie aan de achterkant, en plotseling viel overal het licht uit.

'Generator gevonden,' zei Diaz laconiek over de radio.

'We moeten naar binnen,' zei Jack, 'ze raken in paniek. Kijk,' hij wees naar de hoek van het huis. 'Ik klim daar omhoog en ga via een raam naar binnen. Dekking.'

'Jij gestórte maniak!' siste Hunter terug, maar Jack was al weg en rende op volle snelheid. Kogels uit de ramen van het huis ketsten vlak achter hem neer. Vloekend opende Hunter het vuur en sproeide kogels richting de vijand; het tegenvuur bedaarde.

'Godverdomme,' zei Hunter hardop, en toen in de radio: 'Alpha One, Alpha Lead is binnen.'

'*Fuck*,' zei Mostyn veelzeggend, voordat hij en Diaz zich keurig meldden.

'Alpha One, ik ga de voordeur bestormen,' zei Hunter, zelf bijna niet gelovend wat hij zei, maar hij moest een afleiding creëren voor Jack, zijn kapitein een kans geven de gijzelaar te vinden. 'Ik ga erin.'

'Alpha Two, ga naar binnen, er is een deur aan de westkant,' kwam een seconde later de respons.

'Alpha Three, fuck it, ik ga via de ramen.' Er volgde een *BOEM* toen Diaz nog iets opblies en Hunter vertrok met een pijnlijke grimas, zijn mitrailleur geheven en een veld van dekkingsvuur leggend terwijl hij op de voordeur afstormde.

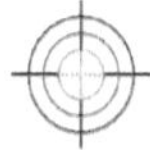

Het latwerk dat Jack had gezien was eigenlijk niet bedoeld om het gewicht van een man te dragen, en zéker niet iemand zo groot en zwaar als hij, bepakt en bezakt met wapens en uitrusting. Het kraakte onheilspellend terwijl hij razendsnel omhoog klauterde, proberen zijn gewicht nooit langer dan een fractie van een seconde op één punt te zetten. Ter hoogte van een raam op de tweede verdieping zwaaide hij uit en ging er laarzen-eerst doorheen, liet zich vallen en rolde bij de landing, zijn geweer schoot meteen omhoog, klaar om te vuren.

De kamer was leeg, concludeerde hij snel door zijn nachtkijker. Beneden klonk nu zwaar vuur terwijl de andere drie Rangers het huis bestormden; hij rende naar de deur en vond die op slot.

'Godverdomme!' Hij verspeelde geen munitie aan het slot; hij leunde achterover en trapte de deur met een reusachtige klap uit de scharnieren. Een man in de gang draaide zich met een geschrokken kreet om en Jack schoot hem recht tussen de ogen.

'Maak haar af, maak die trut af!' schreeuwde een ijle stem in het Spaans, en Jack trok een grimas toen hij de radio aan de gordel van de dode man zag. Hij bukte om die, en het pistool ernaast, te grijpen en begon de gang door te rennen in de richting waar de man heen was gegaan, terwijl hij onderweg deuren opentrapte om in elke kamer snel een blik te werpen.

'Is ze dood? Zeg me dat ze dood is, ik wil dat Monterro haar lijk vindt!' gilde de stem opnieuw, precies toen Jack de laatste deur opengooide en Ariana vond, haar gezicht bleek toen ze zich naar hem toe wrong, haar handen vast-gebonden aan de bedpaal.

Ariana gilde toen de deur openzwaaide en een man in de opening verscheen. Ze kon zijn gezicht niet zien in het donker; buiten sloegen vlammen op, maar in het huis brandde geen licht en ze kon net genoeg zien om te besef-fen dat hij enorm was, groter dan welke *sicario* ze hier tot nu toe had gezien, en dat hij een pistool op haar richtte.

Ze gilde zo hard als ze kon, er zeker van dat ze binnen enkele seconden haar eigen dood onder ogen zou zien en níet van plan om in stilte te gaan. Het pistool ging af met een oorverdovende *knal* en ze wachtte op de pijn, besefte dat hij haar niet geraakt had en stopte ongelovig met schreeuwen. Hij stond op nog geen anderhalve meter. *Hoe kon hij op die afstand missen?*

'Het is gebeurd, baas. Ze is dood,' zei Jack schor in het Spaans in de radio, liet die op de vloer vallen en stak in één lange pas naar Ari over, waarbij hij zijn hand op haar mond legde. 'Niet nog eens gillen,' zei hij, nu in het Engels, 'als ze denken dat u dood bent, kopen we misschien een minuut of twee.'

Met opengesperde ogen van de schok keek Ariana toe terwijl hij het pistool op het bed legde, een mes trok en de tie-wrap doorsneed waarmee ze aan de bedpaal vastzat. De reusachtige man was Amerikaan, en er was iets heel vertrouwds aan hem.

'Wie *bent* u?' vroeg ze.

'Kapitein McAuley, US Army Rangers, mevrouw, je herinnert je mij misschien...'

Terwijl hij haar handen losmaakte, tuurde ze omhoog naar zijn gezicht en zei vol verbijsterde verwondering: *'Jack?'*

Jack schrok toen ze zijn naam zei, keek naar haar gezicht. Hij kon haar veel beter zien dan zij hem, met zijn NVG's op; haar wijd opengesperde, verbaasde ogen en haar half-geopende lippen.

'Ja,' zei hij schor, 'ik ben hier om je hieruit te halen, hoor.'

Ariana kon het niet geloven. Jack, *hier*. Hij was voor haar gekomen. *Weer.* 'Waarom?' flapte ze eruit, zonder erbij na te denken.

'Voor je vader, Ari! En voor Elliot.' Hij zag de witte bandage om haar rechterpols en reikte ernaar. 'Ben je gewond?'

'Verzwikt. De andere is flink gekneusd, misschien gebroken; mijn handen zijn nu niet veel waard.'

'Hopelijk maakt het niet uit. Kom. Denk je dat je een wapen kunt gebruiken als het moet?' Hij pakte het pistool van het bed en bood het haar aan. Hoewel hij erop vertrouwde dat hij haar kon beschermen, zou Ariana ongewapend laten terwijl hij wist dat Elliot haar had getraind om voor zichzelf op te komen, dom zijn.

'Ik schiet die klootzak *El Lobo* neer als ik hem zie,' mompelde Ariana, terwijl ze het wapen aanpakte. Het gewicht trok aan haar pijnlijke polsen, maar het kon haar niets schelen; met beide handen hield ze het gericht, veilig omlaag, terwijl ze Jack naar de deur volgde.

Hij hoefde haar niet te zeggen dat ze dicht bij hem moest blijven. Ze was geen soldaat, maar ze wist wat ze moest doen; ze was duidelijk grondig gedrild in hoe dicht je bij de leider moest blijven tijdens een exfiltratie. In elk geval droeg ze verstandige platte schoenen, en hoewel de strakke, zijdezachte jurk die ze aanhad niet bepaald praktisch was, had hij geen tijd om te stoppen zodat ze zich kon omkleden. Hij vroeg zich af wat hier in hemelsnaam aan de hand was geweest voordat de Rangers arriveerden, maar er was geen tijd om daar nu over te praten.

'Alpha Lead, ik heb het pakket,' zei hij kort in zijn com. 'Ontmoeten bij exfilpunt.'

Het geweervuur elders in het huis nam af; de andere drie Rangers bevestigden snel en Jack stak een hand uit om Ari te stabiliseren toen laarzen de trap op kwamen kletteren richting hen en zij haar pistool hief.

'Hij is bij mij. Niet schieten.'

Het was Mostyn; de sergeant knikte naar Jack en wierp een snelle blik op Ariana. 'Medic?' vroeg hij kort aan Jack, kennelijk ook haar verbonden polsen opgemerkt hebbend.

'Niets levensbedreigends.'

Op dat moment klonk er boven hun hoofden een luid gerammel waardoor ze alledrie omhoog keken.

'Wat *is* dat?' vroeg Ariana.

Jack vloekte. 'De heli!'

Mostyn draaide zonder een woord om, rende terug naar de trap en sprintte door naar de bovenste verdieping.

'Gaan!' siste Jack, en Ariana haastte zich achter de andere soldaat aan, terwijl Jack de achterhoede vormde. Ze kwamen net op tijd op het dak om te zien hoe de helikopter opsteeg.

Jack verspilde geen tijd aan vloeken. Hij hoorde Hunter dat al doen op de radio, afgewisseld met korte salvo's. 'Alpha Lead, Alpha Three: alternatieve exfiltratie vereist,' zei hij in plaats daarvan.

'Alle Alphas, Alpha Three, zuidwesthoek,' klonk Diaz' stem een paar seconden later.

Ze renden met z'n drieën naar de hoek van het dak; Mostyn rukte zijn rugzak af en trok er een opgerolde touwlijn en een enterhaak uit. Aan de zuidwesthoek was nog niets te zien, maar Jack twijfelde niet aan Diaz.

'Gaan, gaan!' schreeuwde hij naar Mostyn, die knikte, de haak in het dak sloeg en eroverheen sprong, abseilend langs de gevel in een voorwaartse sprint die Ariana al duizelig maakte van het toekijken.

'Ik kan niet...' Ze hield haar handen omhoog naar Jack. Ze betwijfelde of ze nu een fatsoenlijke greep op het touw kon krijgen, en ze droeg geen handschoenen.

'Ik weet het,' zei hij, terwijl hij zijn geweer naar zijn rug slingerde, het pistool uit haar hand pakte en het in een zijvak van zijn rugzak liet glijden. 'Sla je armen om mijn nek.' Hij greep het touw, plantte zijn voeten op de rand van het dak. 'Kom op, Ari. U weet dat ik u niets zal laten overkomen.'

Er gingen twee explosies tegelijk af, niet ver weg, felo-ranje vlammen lichtten de nacht op, waardoor ze eindelijk zijn gezicht goed kon zien. Hij had zijn gezicht ingesmeerd met zwart-groene junglecamouflagecrème en droeg nog steeds die futuristische, buitenaards ogende bril die zijn ogen bedekte.

Hoe kun je daar zo zeker van zijn? wilde ze naar hem schreeuwen. Het was een heel eind naar de grond, en een zichtbare ontsnappingsroute hadden ze nog steeds niet.

Jack bleef gewoon staan wachten. Hij kon niet met één hand abseilen terwijl hij zijn rugzak en Ariana droeg. Hoe graag hij ook wilde, hij kon haar niet zomaar vastgrijpen en in veiligheid brengen. Ze moest hem vertrouwen.

Het duurde niet lang. Een paar seconden, en haar snelle verstand concludeerde dat ze geen keuze had. Twee snelle passen naar voren en ze sloeg haar armen om zijn nek.

'Ik weet niet hoeveel grip ik heb,' waarschuwde ze, ter-wijl hij achterover van de dakrand stapte.

'Benèn om me heen,' beval hij.

Hij zat vol spieren en door de rugzak en uitrusting was het lastig, maar zodra hij snel achteruit langs de gevel begon te lopen, voelde Ariana zich meteen behoorlijk veilig. Hij hield zo'n vaste pas aan, zijn ademhaling luid maar niet gejaagd in haar oor, terwijl ze zich als een aapje aan hem vastklemde.

Ongelooflijk snel stonden ze op de grond en sloeg Jack zijn arm om haar heen, hield haar vast, zette haar op haar voeten en bleef bij haar tot ze weer stabiel stond. Hij drukte haar voorzichtig tegen de muur van het huis en draaide zich om, zichzelf tussen haar en elk mogelijk gevaar in plaatsend.

Ariana voelde zich ineens ijskoud nu ze niet meer tegen zijn warmte aandrukte. Ze sloeg haar pijnlijke armen om zichzelf heen en vroeg zich af wat er nu ging gebeuren. De andere Ranger leek verdwenen, Jack blafte bevelen in zijn com, en ze hoorde nog steeds explosies en geweervuur op een angstaanjagend korte afstand. Elk instinct schreeuwde dat ze haar handen over haar oren moest slaan, haar ogen dichtknijpen en zich ineen moest vouwen.

Ariana merkte dat haar ademhaling versnelde, haar hart begon te bonzen. Haar huid tintelde. *Niet nu, niet nu, ik kan nu geen paniekaanval krijgen!* maande ze zichzelf wanhopig. *Doe alsof het een trainingsscenario is, één van de vele die Elliot me liet doorlopen...* maar de gedachte aan Elliot maakte het erger. Elliot was zo lang haar rots in de branding geweest; weten dat hij weg was en dat ze nooit meer bij hem terecht kon voor advies, joeg haar paniek alleen maar verder op.

Ze fixeerde haar ogen op Jacks brede rug voor haar en begon in stilte alle botten van het menselijk lichaam op te dreunen, beginnend bij de voeten en zo omhoog werkend. Ze was net tot *tibia, fibula, patella* toen er plotseling het gebrul van een motor klonk en een open jeep met een rotvaart de hoek van het huis om kwam, piepend tot stilstand recht voor hen.

Jack draaide zich bliksemsnel om, tilde Ariana van de grond en spróng letterlijk met haar in de achterbak van de jeep, drukte haar omlaag op de vloer en schermde haar af met zijn lichaam.

'We hebben Hunter niet!' riep hij naar Diaz, die reed. Mostyn naast hem stond op de passagiersstoel, geweer op de voorruitstijl gesteund.

'We pikken hem op bij de voordeur!' schreeuwde Diaz terug. De jeep was alweer in beweging, hobbelde toen Diaz dwars door keurig bijgehouden bloemperken ragde en gleed opnieuw naar een stop.

Hunter sprong lenig achterin, zette daarbij zijn voet op Jacks been voordat hij hem zag. 'Sorry, sir!' brulde hij, hurkte naast hem neer en draaide zich naar achter, zijn mitrailleur op de achterklep van de jeep steunend.

Jack vond het niet eens de moeite om te reageren. Door zijn NVG's kon hij zien dat Ari stokstijf onder hem lag. Haar lippen bewogen, al hoorde hij niets.

Is ze aan het bidden? vroeg hij zich af. *Nou, een paar woorden in het oor van de Almachtige kunnen nu zeker geen kwaad!*

De jeep stoof er weer vandoor, de motor gierde van protest toen Diaz het gaspedaal tot op de bodem trapte en het voertuig tot het uiterste dreef. Hunter en Mostyn vuurden herhaaldelijk, maar het vuurgevecht duurde slechts enkele seconden voordat ze ineens weg waren van het huis en over een donker junglepad raasden.

Hunter tikte op Jacks rug om te laten weten dat het veilig was. Jack duwde zich omhoog en draaide om, zodat hij op de vloer van de jeep kon zitten. Op een van de bankjes gaan zitten zou vragen om ellende bij de snelheid waarmee ze over de hobbelige paden vlogen, dus zette hij zijn rug tegen het tussenschot van de bestuurdersruimte en trok Ari naast zich omhoog. Ze schokte hard mee, onbeschermd, terwijl hij de demping van zijn rugzak had, dus tilde hij haar over zijn dijen, zette haar in de V van zijn benen met haar rug tegen zijn borst. Zo kon hij makkelijker met haar praten, zijn mond vlak bij haar oor.

Dat hield hij zichzelf tenminste voor, al zag hij Hunter omkijken en grijnzen. Jack negeerde ostentatief de blik van zijn tweede.

'Alpha Lead, alle Alphas, enig letsel?' checkte hij eerst.

Al zijn mannen meldden geen verwondingen. Jack was niet echt verrast, ondanks het aantal *sicarios* waar ze mee te maken hadden gehad. Zo bewapend, uitgerust en uitzonderlijk getraind als ze waren, moesten de Rangers pech hebben om slachtoffers te maken tegen zulke tegenstanders, niet met het voordeel van de verrassing. *El Lobo* en zijn mannen waren volkomen overklast.

Ariana was dus op dit moment zijn enige zorg. Het was lastig te beoordelen, met het hobbelige en grillige rijden van de jeep, maar hij was er vrij zeker van dat ze trilde. *Ze is in shock*, dacht hij, en probeerde zich om haar heen te vouwen om haar te verwarmen.

'Ari,' zei hij luid in haar oor. 'Ari, hoor je me?'

Ze knikte schokkerig tegen zijn borst.

'Ik haal je hieruit. Je vader wacht op je. We hoopten de helikopter te nemen, maar we hebben een alternatief plan.'

Natuurlijk had hij een back-upplan, dacht Ariana. Jacks vaste, zelfverzekerde houding hielp haar te kalmeren. Haar beven vertraagde en hield toen helemaal op. Onbewust kroop ze dichter tegen hem aan en draaide haar hoofd zodat haar wang tegen zijn borst rustte.

Hoofdstuk Achttien

Jack kon alleen maar stilletjes vloeken dat hij niet gewoon hier kon blijven, Ariana zo voor altijd vasthoudend, haar zachte adem tegen zijn hals. Heel even vervaagden het lawaai van de jeep, de ruwe, schokkende bewegingen, alles, en kromp zijn wereld samen tot de vrouw in zijn armen, die zich aan hem vastklampte als aan een reddingslijn.

Maar hun noodplan hield niet in dat ze dit pad zouden blijven volgen — de enige weg over land naar binnen of naar buiten van *El Lobo's* complex — voor lang. De kans was te groot dat ze tegenstand zouden ontmoeten of dat de mannen van *El Lobo* een hinderlaag zouden opzetten.

'We naderen het afstappunt,' riep Diaz boven het motorgeluid uit, 'hou je goed vast.'

Jack plantte zijn benen schrap en sloeg zijn armen strakker om Ari, terwijl hij haar iets van de vloer van de jeep tilde. Ze was veel beter beschermd door zijn lichaam dan door het harde metaal toen Diaz de jeep hard naar rechts gooide, van het pad af schoot en een stukje door de jungle ramde, tot het kreupelhout te dicht werd en ze niet verder konden.

'Wat gebeurt er?' vroeg Ari toen de motor van de jeep uitviel en ze plots omringd waren door een dikke, bijna tastbare stilte, de junglefauna tot een momentane rust geslagen door het schokkende lawaai van hun aankomst.

'We moeten het voertuig achterlaten,' zei Jack tegen haar, terwijl de andere drie uit de jeep sprongen. 'We kunnen niet op de weg blijven. Te groot risico op een hinderlaag.' Hij hielp haar overeind, sprong uit de jeep en stak zijn armen omhoog om haar naar beneden te tillen, terwijl hij fronste bij de aanblik van de onpraktische jurk die ze droeg. 'Hunter,' zei hij, zijn hoofd wendend.

'Ja, meneer?'

'Ik heb jouw set reserveskleren nodig. Jij komt qua maat het dichtst in de buurt van Miss Monterro.'

Hunter dook zijn rugzak in en overhandigde enkele seconden later een opgerolde broek met junglecamouflage, een paar sokken en een shirt.

'Draai je om,' beval Jack, en alle vier de mannen deden dat onmiddellijk, hun wapens schouderden en turend de jungle in alsof ze elk moment een aanval moesten afslaan.

Geroerd, maar zonder tijd te verliezen, rukte Ariana de gehate jurk uit en trok de broek en het shirt aan, waarbij ze de pijn in haar polsen negeerde omwille van de snelheid. Ze was dan wel geen soldaat, maar het was zonneklaar dat ze zich zo snel mogelijk moesten verplaatsen als ze *El Lobo* en zijn mannen wilden ontwijken.

Jack had helemaal gelijk dat Hunter het dichtst bij haar maat in de buurt zat, maar aangezien de soldaat nog altijd een stuk breder was en zeker tien centimeter langer, waren de kleren veel te groot. Ze deed haar best: ze rolde de pijpen en de mouwen op en deed haar schoenen weer aan.

'Ik heb een riem nodig,' zei ze. Anders zouden de broekspijpen nooit blijven hangen.

Jack trok opnieuw zijn mes, draaide zich om en pakte de weggegooide jurk op. 'We gaan er toch nog wat nut van hebben.'

Tot haar eigen verrassing vond Ariana het ronduit bevredigend om te zien hoe hij de stof aan repen sneed. Ze nam de strook stof aan die hij haar gaf, haalde die door de riemlussen en legde er een knoop in aan de voorkant. Ze besefte heel goed dat ze er volkomen belachelijk uitzag, maar ze was nu een stuk beter uitgerust voor een tocht door de jungle dan vijf minuten geleden. Zeker toen Jack haar een reserve nachtzichtbril gaf en hielp die op haar hoofd af te stellen.

'Heb je hier eerder mee gewerkt?' vroeg hij zacht.

'Nee.' De wereld zag er vreemd uit, groen en helder, maar ze kon nu veel beter zien. De nachtzichtbril was *zwaar*, dat had ze niet verwacht. Het was niks vergeleken met het gewicht dat de mannen zouden dragen, dus ze hield haar hoofd omhoog en klaagde niet.

'Waar gaan we heen?' vroeg ze. 'Eigenlijk, minstens zo belangrijk, waar *zijn* we? Is dit überhaupt Guàlize?'

Jack glimlachte; ze kon nu meer van de vorm van zijn gezicht zien. 'Ja, we zijn nog steeds in Guàlize; zo'n dertig mijl ten noordoosten van Tiaxana.'

'Oh.'

Dat was eigenlijk niet zo best. Tiaxana was een van de steden in Guàlize waar de overheid de minste grip had, en dertig mijl ten noordoosten van Tiaxana bracht hen gevaarlijk dicht bij de Venezolaanse grens. Ariana haalde de topografie in haar hoofd naar boven en trok een gezicht. Ze konden het risico niet lopen de grens over te steken. Dit was een zeer onveilig, wetteloos gebied aan beide kanten van de grens, ondanks krachtige pogingen van beide regeringen.

'Je hébt wel een plan, toch?'

'Natuurlijk. We splitsen op om iedereen die ons volgt in verwarring te brengen. We hebben alle vier verschillende secundaire extractiepunten; die hebben we van tevoren met onze commandant in de States afgesproken voor het geval het primaire ontsnappingsplan met de helikopter mislukte. Hij geeft die coördinaten door aan je vader om de extractie te regelen wanneer het zover is.'

'Om een mogelijk lek te voorkomen en te zorgen dat de mannen van *El Lobo* niet vóór jullie ter plekke zijn,' realiseerde Ariana zich.

'Precies. En om mogelijke compromittering te vermijden als een van ons gevangen wordt genomen, kent niemand van ons de geplande bestemmingen van de anderen.' Hij draaide zich naar de drie andere Rangers en zei zacht: 'Succes.'

'U ook, meneer,' klonken drie knikjes in woorden, voordat ze verdwenen, en snel in het donker opgingen.

'Bedankt!' riep Ariana hen na, zich realiserend dat ze hun namen niet eens wist, behalve die van Hunter. Hij was degene die zich nog even omdraaide om haar een snelle groet te brengen, voor hij achter de anderen verdween.

'Dus,' zei ze, terwijl ze Jack weer aankeek, 'ik ben dus bij jou.'

'Dat ben je. We moeten weg van het voertuig, maar we stoppen straks even, dan kijk ik naar je polsen.'

'Ik *ben* een arts, hoor,' zei ze, en ineens voelde ze een steek van ergernis.

'Ja, en ik neem aan dat jij je arm hebt verbonden, want hij zit niet strak genoeg. Arts of niet, je eigen polsen goed verbinden is onmogelijk om in je eentje te doen.' Een enorme hand sloot zich zacht om haar elleboog en ze merkte dat ze al liep, snel bij de jeep vandaan geleid.

Jack had zijn linkerhand op Ariana gelegd en gebruikte zijn rechter om de machete te hanteren die hij uit zijn rugzak had getrokken, alleen snijdend waar het moest om hun sporen tot een minimum te beperken. Na een paar minuten trok ze zich een beetje van hem los, vastbesloten geen last te zijn en hen niet nog meer te vertragen dan onvermijdelijk al het geval was.

'Het is makkelijker als ik jou volg.'

Ze had gelijk, maar Jack vond het helemaal niks om haar uit zijn zicht te hebben, ook al zou ze direct achter hem lopen. 'Blijf dichtbij,' zei hij na een korte aarzeling. 'Binnen armlengte. Als er iets is, roep meteen.'

Ariana knikte ter bevestiging en bleef zorgvuldig dicht bij hem, terwijl ze probeerde haar voeten neer te zetten waar Jack de zijne plaatste. De nachtzichtbril verknalde haar dieptezicht, merkte ze al snel; ze moest zich concentreren op waar ze haar voeten precies neerzette. De inspanning begon zijn tol te eisen en al gauw voelde ze een hoofdpijn achter haar ogen opkomen. Ze was niet van plan te klagen en sjokte koppig achter Jack aan. Pas toen een terugzwiepende tak haar zere linkerpols raakte, ontsnapte haar een protesterend geluid.

'Gaat het?' Jack draaide zich meteen om, net op tijd om te zien hoe ze haar arm koesterde.

'Prima,' zei ze, maar het klonk veel dichter bij een snik dan ze had gewild, en hij miste de pijn in haar stem niet.

'Het is toch tijd voor een pauze.'

'Ik kan nog wel door...'

'Ari, het is tijd voor een pauze. Ik ben nu je hoofdbeveiliger. Ik weet zeker dat Elliot je dit heeft geleerd.'

Nooit, maar dan ook nóóit in discussie gaan met je hoofdbeveiliger, had Elliot erin gehamerd. *Het is niet alleen jouw leven dat op het spel staat als je dat wel doet.*

'Oké,' gaf ze zachtjes toe.

Jack knikte en zocht naar een goede plek. Heel veel keus had hij niet, maar in elk geval stonden ze op redelijk droge grond, onder een dicht bladerdak. Een paar momenten met de machete en hij had een bed van dunne, veerkrachtige takken neergelegd. 'Hier, ga hier zitten.'

Ariana zakte dankbaar neer, trok haar knieën op en liet haar kin erop rusten. Jack hurkte naast haar neer en trok zijn rugzak van zijn schouders.

'Water met elektrolyten,' zei hij kort, terwijl hij een veldfles aan haar lippen hield. 'Drink alles op. Hoe lang is het geleden dat je iets gegeten of gedronken hebt?'

'Ik had een fles water en wat *quesadillas* vlak voordat jullie arriveerden,' verzekerde ze hem. 'Ik red me.'

'Drink dit toch maar helemaal op, en hier is een eiwitreep. Je zult je kracht nodig hebben.' Hij duwde de ingepakte reep in haar handen.

'Hoe ver moeten we?' vroeg ze, terwijl ze de reep voorzichtig uitpakte en een hap nam, en hij begon te rommelen in zijn rugzak.

'Ongeveer zes mijl.'

Ze trok een gezicht; ze wist net zo goed als hij dat zes mijl te voet door de jungle vele lange, zware uren zouden vergen. Hij had helemaal gelijk dat ze haar energie nodig had. Ze nam een hap van de eiwitreep, kauwde langzaam en nipte van het water met elektrolyten.

Jack vond het medische setje en ging naast Ariana zitten, zette de kit open op zijn schoot en haalde een zwachtel tevoorschijn. Hij trok zijn handschoenen uit. 'Mag ik je linkerhand, alsjeblieft?'

Ze gehoorzaamde, slikte haar hap eiwitreep door en zei: 'Ik probeerde *El Lobo* neer te steken. Hij sloeg me met zijn pistool op mijn pols; ik denk dat ik misschien een breuk heb. Het is een heel plaatselijke, maar stekende pijn.'

Jack vloekte binnensmonds en onderzocht met voorzichtige vingers. Ze siste toen hij de plek vond.

'Ik moet het goed voelen,' verontschuldigde hij zich.

'Ik weet het. Ga je gang.' Ze klemde haar tanden op elkaar.

'Geen duidelijke breuk en geen zwelling op het bot,' vertelde hij haar na een paar pijnlijke seconden. 'Als er een scheurtje is, is het haarscheur; daar heb je een röntgenfoto voor nodig.'

'Heb je zo'n apparaat in die reusachtige rugzak van je?'

Dat ontlokte hem een schaterlachje. 'Vrees van niet. Het beste wat we kunnen doen is immobiliseren.'

'Behalve dat ik hem misschien moet gebruiken, dus nee, dank je. Gewoon strak inzwachtelen.'

Hij aarzelde. 'Ik heb geen pijnstillers, behalve morfine...'

'Zeker niet. Gewoon inzwachtelen, Jack.'

Ze zou pijn hebben, en hij kon er niets aan doen. Met opeengeklemde kaken begon Jack haar pols stevig in te zwachtelen, vanaf haar hand helemaal tot haar elleboog en dan weer terug naar beneden. Ari keek zwijgend toe, kauwend op haar eiwitreep, dus hij moest aannemen dat hij zijn werk naar haar tevredenheid deed.

'De andere pols?' vroeg hij toen hij klaar was.

'Die is gekneusd, misschien licht verstuikt. Hij draaide mijn arm op mijn rug om me te dwingen stil te staan voor de foto.'

Een hete steek van woede joeg door Jacks buik, waardoor zijn lippen in een grauw krulden. Hij dwong zijn stem gelijkmatig te houden terwijl hij naar Ariana's andere zijde verschoof en haar rechterhand in de zijne nam om de zwachtel los te maken.

'Pijn in je elleboog of schouder?'

'Nee. Hij trok hem niet te hoog; het was alleen een kneuzende greep op mijn pols. Ik—ik voelde de botten over elkaar schuren.' Ariana begon plotseling te beven. 'Hij was zo sterk. Ik kon niet wegkomen.' Haar stem trilde.

Dat kon Jack onmogelijk laten passeren zonder haar te troosten. Voorzichtig legde hij haar hand in haar schoot zodat hij haar niet stootte, sloeg zijn arm om haar heen en trok haar zacht tegen zich aan, waarbij hij haar gezicht in de warme welving van zijn hals drukte.

'Je bent nu veilig, Ari, dat beloof ik. Niemand doet je nog pijn, en als ik die klootzak ooit tegenkom, maak ik hem af.'

Hij klonk zowel dodelijk serieus als fel beschermend. Rillend gunde Ariana zichzelf de luxe om een minuut of twee in die troostende omhelzing te blijven voor ze zich met tegenzin terugtrok.

'Maak het alsjeblieft af, Jack,' zei ze, terwijl ze haar arm weer naar hem ophield. 'We moeten verder.'

Ze was zo verdomd dapper; zijn hart zwol opnieuw van liefde voor haar.

'Ik haal je hieruit,' zei hij, zijn stem kalm en gelijkmatig geruststellend, terwijl hij haar pols strak begon in te zwachtelen. 'Ik breng je veilig terug naar je vader. Wat er ook gebeurt.'

Door de jungle lopen in het donker was uitputtend en heel beangstigend, zelfs met de nachtzichtbril. Al snel had Ariana bonkende hoofdpijn en deed elk lichaamsdeel pijn, niet alleen haar gewonde armen, maar ze bleef koppig op Jacks hielen, vastbesloten geen sta-in-de-weg te zijn.

Helaas waren de schoenen die ze droeg, hoewel ze beter waren dan de afschuwelijke stiletto's die De Zwarte Wolf wilde dat ze droeg, niet echt geschikt voor een jungletrek, in tegenstelling tot Jacks zware gevechtslaarzen. Zelfs proberen in zijn voetstappen te lopen hielp uiteindelijk niet meer, toen ze haar teen achter een dikke jungleliaan haakte en struikelde, en met een pijnkreet languit voorover smakte terwijl ze instinctief haar armen uitstak om haar val te breken.

'Ari!' Jack was in een oogwenk bij haar, tilde haar overeind. 'Rustig. Rustig maar. Heb je je armen bezeerd?'

Er klopte een constante, bonzende pijn door beide armen en haar hoofd bonsde. Ze was zo hard haar best aan het doen haar snikken weg te slikken dat ze geen woord uit haar keel kreeg.

'Goed. Tijd om te rusten.' Ze had haar grens bereikt, zag Jack, en hij vervloekte in stilte de felle onafhankelijkheid die haar ervan had weerhouden hem te vertellen dat hij haar te hard pushede. Ze stonden nu echter op een lastige plek, met dikke modder onder hun voeten terwijl ze door een moerassig, ondiep dal tussen lage heuvels trokken. 'Kun je even blijven staan?'

Dat deed ze, tegen hem aan leunend terwijl hij de machete die hij had laten vallen opraapte en in de schede schoof. 'Ik ga je dragen. We gaan hopelijk niet ver meer, maar ik moet je misschien nog een keer of wat vragen even te staan.'

Ari hield zichzelf amper bij elkaar. 'Mag de bril af, alsjeblieft?' vroeg ze zwak. 'Hij is zwaar...'

'Ik neem hem.' Zorgvuldig nam Jack de bril af—en vervloekte zichzelf opnieuw dat hij vergeten was hoe zwaar een nachtzichtbril kon zijn als je er niet aan gewend was—en stopte hem weg in zijn rugzak. 'Het is toch bijna dawn,' zei hij geruststellend, terwijl hij Ari in zijn armen tilde. 'Ik zoek een goede plek en dan kruipen we weg en rusten een paar uur voor we weer verder moeten.'

Het enige wat zij kon doen was zo stil mogelijk blijven om het hem makkelijk te maken, en een paar keer gaan staan als hij een grotere doorgang moest vrijmaken. De kloppende pijn in haar armen maakte zelfs vasthouden onmogelijk. Jack leek er echter geen moeite mee te hebben: hij hield haar stevig vast en ging onverstoorbaar verder.

Uiteindelijk zei hij: 'Dit moet het maar zijn. In elk geval is het droog.'

Ari was zo moe dat ze alleen maar tegen een boom leunde en toekeek hoe hij opnieuw takken sneed en ze snel ineen vlocht tot een dunne mat. Het duurde even voor ze besefte dat ze hem *kon* zien: een dun grijs licht begon door de bomen te sijpelen, de dageraad aankondigend en zijn krachtige gestalte verlichtend terwijl hij werkte.

'Het is daglicht,' zei ze verdwaasd.

Hij trok zijn nachtzichtbril af en keek op. 'Bijna. Het is goed zo. We kunnen een paar uur rusten voor we verder gaan.'

Terwijl ze hem zag rondlopen, efficiënt drie jonge boompjes bij elkaar binden en loof over de schuin opgestelde stammen leggen om een schuilplaats te maken, leek de tijd voor Ariana weg te vallen. Ze had hem nog nooit zo gezien; ze had hem maar één keer in velduniform gezien, toen hij haar redde van de ontvoerders die haar moeder hadden vermoord. Daarna droeg hij altijd een galatenue of een pak en stropdas, en hoewel die hem uitstekend stonden met zijn lengte en brede schouders, was hij nu helemaal in zijn element, zijn gezicht gestreept met camouflageschmink, terwijl hij in de jungle een schuilplaats bouwde zodat zij kon rusten.

Het enige waar Jack aan kon denken was dat ze het niet comfortabel ging hebben. Ze zag er uitgeput uit, gekneusd... bijna elke houding zou pijnlijk voor haar zijn, behalve plat op haar rug, en dat zag hij niet werken in de kleine ruimte die hij had gebouwd. Terwijl hij om zich heen keek, viel zijn blik op zijn rugzak. Hij kon haar daar een tijdje tegenaan laten zitten.

'Hier,' zei hij, terwijl hij zijn hand naar haar uitstak, en ze kwam langzaam naar hem toe, met overdreven voorzichtigheid lopend, alsof ze bij elke stap bang was te vallen. Voorzichtig liet hij haar tegen de rugzak zakken. 'Niet meteen in slaap vallen. Je moet eerst eten.'

Ze zuchtte, maar knikte, en hij pakte de rantsoenpakketten die hij apart had gelegd. 'Het gaat niet echt lekker smaken. Ik kan geen vuur riskeren om het op te warmen.'

'Kan me niet schelen.'

Haar oogleden hingen zwaar, dus hij schoot op en scheurde de MRE open. 'Werk dit naar binnen en daarna is er een klein stukje chocola,' lokte hij, terwijl hij het knijpzakje in haar handen legde en aangaf dat ze aan de plastic tuit moest zuigen.

Ariana glimlachte moe. 'Je weet dat ik zou moorden voor chocola,' ze proefde van de MRE en trok een gezicht.

'Ik weet het nog,' zei Jack zacht.

Tawnybruine ogen hieven zich naar de zijne.

'Eten,' zei hij uiteindelijk, terwijl hij zijn blik afwendde omdat hij haar blik niet kon verdragen, en greep naar zijn eigen rantsoenpakket.

Ze gehoorzaamde, haar vermoeide geest niet begrijpend waarom hij zoveel over haar onthouden had. Ze hadden zes jaar geleden een week samen doorgebracht, een week waarin zij zich in angst aan hem had vastgeklampt, zomaar een bang jong meisje dat zich inprente bij de man die haar uit een verschrikkelijke situatie had gedragen. Ja, ze hadden die ene hemelse nacht in elkaars armen doorgebracht, maar daarna was hij vertrokken, en had ze hem niet meer gezien.

'Hier,' zei Jack zacht, en ze keek op en merkte dat ze de MRE had weten leeg te krijgen, en hij twee kleine, verpakte vierkantjes chocola naar haar uitstak.

Hij heeft me het zijne gegeven, dacht ze vaag, maar ach, het was chocola, en ze was zeker niet te trots om die aan te nemen.

'Dank je,' mompelde ze terwijl ze ernaar reikte, maar haar armen deden helse pijn en haar vingers wilden het papiertje niet openen. Jack nam ze zwijgend van haar terug, pakte het eerste uit en hield het bij haar lippen.

Dat was een vergissing, besefte hij meteen, *ik had het terug in haar hand moeten leggen...* enorme ogen keken hem aan, haar zachte lippen streken langs zijn vingertoppen toen ze het snoepje aannam, en Jack was plotseling wild, pijnlijk hard voor haar, ondanks zijn eigen vermoeide lichaam.

Hij haalde diep adem, pakte het tweede stukje chocola uit en hield het opnieuw bij haar lippen, zich terdege bewust dat hij met vuur speelde, maar niet bij machte zichzelf tegen te houden.

Deze keer fluisterde ze zijn naam vlak voordat ze de chocola van zijn vingers nam, en zijn vrije hand ging omhoog om haar verwarde haar zacht aan te raken. Ariana leunde in die aanraking, haar ogen sloten, lange, roetkleurige wimpers veegden naar beneden en rustten op haar vuile wangen. Zelfs met vuil en wat van zijn vette camouflageverf over haar gezicht, van toen ze het eerder tegen zijn hals had gedrukt, vond Jack haar nog steeds de mooiste vrouw die hij ooit had gezien.

'We moeten rusten,' zei hij uiteindelijk, zijn stem hees terwijl hij de elektrische stilte tussen hen verbrak.

Ariana knikte, maar ze kreeg haar ogen niet eens meer open. Jack streelde nog steeds zacht haar haar en het voelde zo goed, ze voelde zich zo *veilig* zo dicht bij hem. Ze hoorde hem zuchten, en toen bewoog hij om haar heen, legde zijn geweer en machete binnen handbereik neer, ging vlak naast haar zitten, en sterke armen sloten zich om haar heen en tilden haar op zijn schoot.

'Leun tegen mij aan,' zei Jack ruw. 'De rugzak is te hard en hobbelig.'

Jack zelf was keihard van spieren en droeg omvangrijke bodyarmor, wat bepaald geen zacht bed was, maar hij was zalig warm; de hitte van zijn lichaam tegen haar rug werkte rustgevend terwijl zijn armen zich zacht om haar vouwden. Hij tilde haar zere polsen op en legde ze voorzichtig over haar lijf voordat hij zijn grote, warme handen over de hare legde.

Haar hoofd zakte bijna meteen zijwaarts tegen zijn borst, haar hele lichaam werd slap terwijl haar bewustzijn weg-dreef. Jack daarentegen staarde in de langzaam lichter wordende jungle, zo ongeveer zo ver van slaap als maar mogelijk was.

Niets is veranderd. Zes jaar, en niets is veranderd.

Eén blik op Ariana en hij was verloren. Negentien was ze geweest, nog een meisje, fris en mooi terwijl ze ontlook tot vrouw. Vijfentwintig was ze nu, een vrouw in volle bloei, zo verbluffend mooi dat elke man naar haar zou omkijken, maar het was nooit alleen haar schoonheid geweest die Jack aantrok. Haar moed, haar vastberadenheid en innerlijke kracht waren er al toen ze zichzelf bij elkaar probeerde te houden na de moord op haar moeder, maar vandaag had hij gezien hoe onbuigzaam ze werkelijk was. Jack had soldaten gekend die de tocht die Ariana vannacht had gemaakt niet hadden aangekund, niet met verwondingen en in ongeschikte schoenen en slecht passende kleren.

Hij had er half op gerekend dat Ariana hem misschien niet eens zou herkennen, maar haar geschokte gehijg van zijn naam had dat idee meteen de grond ingeboord. De manier waarop ze, in de jeep, zich vertrouwelijk tegen hem aan had genesteld, hoe ze zojuist in zijn aanraking had geleund, maakte het onmogelijk om deze keer gewoon weg te lopen.

Als hij haar tenminste levend terug in Guàlize City kon krijgen.

HOOFDSTUK NEGENTIEN

ARIANA KNIPPERDE ZICHZELF WAKKER bij het lage geluid van Jacks stem die haar naam riep. Haar oogleden voelden korsterig van de slaap; het kostte haar enorme moeite ze van elkaar te pellen. Langzaam kwam de jungle om haar heen in focus en tegelijk keerde de pijn in haar armen met volle kracht terug.

'Oh God, het was niet alleen maar de moeder van alle nare dromen,' kraakte ze. Iets streek licht langs haar slaap — had Jack daar net een kus laten vallen?

'Het spijt me,' zei hij zacht. 'Ik wou dat ik je kon vertellen dat het wel zo was.'

'Dat jij hier bent, is zo ongeveer het enige lichtpuntje erin,' zei ze eerlijk, al haar filters weg door uitputting en pijn. Jack verstijfde een beetje en zuchtte toen.

'Ik ben hier, Ari. Ik ben er altijd als je me nodig hebt.' Voorzichtig verschoof hij, tilde haar van zijn schoot. 'Ik waag het erop met een klein vuurtje, maak een warme drank.'

Ze liet zich slap terugzakken tegen zijn rugzak en keek toe hoe hij vlot een klein kuiltje maakte met stenen, daarna een piepklein vuurtje bouwde van droge takjes en het aanstak met een vuurstarter uit het tasje aan zijn riem.

'De koffie is verschrikkelijk,' zei Jack, duidelijk bewust van haar blik, 'maar de cafeïne trapt als een muildier.'

'Klinkt goed,' zei Ariana oprecht. Ze was niet van plan te klagen over hoe beroerd ze zich voelde; ze vermoedde dat hij het toch wel wist.

'Ik heb maar één mok...'

'Kan me echt gestolen worden. Geef.' De koffie rook zelfs vies, en Jack had gelijk, hij smaakte beroerd. Ze trok een vies gezicht terwijl ze nipte. 'Kon je dan niet eens redelijke oploskoffie kopen?'

'Het *is* eigenlijk redelijke oploskoffie. Het zijn de zuiveringsmiddelen die ik in het water heb moeten gooien die het zo vies laten smaken.' Jack hield zich bezig met eten klaarmaken terwijl zij dronk. 'In elk geval kunnen we nu warm eten.'

'Ben je niet bang dat de rook gezien wordt?' Ari keek omhoog, naar de dunne rookpluim die van het vuur omhoog kringelde richting het bladerdak hoog boven hen.

'Niet echt, nee. Het is een hete dag, de jungle geeft veel damp af. 's Nachts lopen we veel meer risico opgemerkt te worden.'

Ze knikte begrijpend en nam het zakje eten aan dat hij haar gaf. 'En dit is...?'

'Eerlijk, maak je niet druk om de smaak. Ze smaken allemaal slecht, maar warm is het net ietsje beter dan koud.' Jack flitste haar een onverwacht brede glimlach toe, witte tanden in zijn smerige gezicht. 'Ik heb meer chocolade voor daarna,' hij wuifde met de kleine pakjes in haar richting.

'Omkoperij brengt je overal, als je chocolade als stok achter de deur gebruikt,' Ariana moest lachen om zijn uitgelaten grijns. 'Ugh, zelfs om me over te halen dit te eten,' ze verslikte zich bijna in de eerste hap. 'Mijn God. Was ik gisteravond gewoon te uitgeput om door te hebben hoe afschuwelijk dit was?'

'Waarschijnlijk.' Jacks grijns was wrang. 'Toen was het ook nog koud.'

'Dat is erger, ja.' Toch dwong ze zichzelf alles door te slikken, spoelde het weg met slokjes van de bittere koffie, en ze had Jacks vingers bijna afgebeten toen ze naar de chocolade graaide die hij haar aanbood. Hij lachte zacht om haar gretigheid terwijl hij aarde over het vuur schopte en het verpakkingsmateriaal van hun eten verzamelde en zorgvuldig in zijn rugzak opborg.

'Ik ga even wat water halen. We zijn een klein stroompje overgestoken, ongeveer honderd yard die kant op.' Hij wees. 'Blijf je hier?'

'Natuurlijk.' Ze was niet gek genoeg om in haar eentje de jungle in te gaan dwalen. Hoewel ze, toen hij uit het zicht verdween, wel opstond en achter een boom ging om zich te verlichten.

Toen Jack terugkwam, vond hij Ariana zittend op zijn rugzak, haar verwarde haar met haar vingers uitkammend, kleine stukjes blad en twijgjes eruit plukkend met een zuurzoete uitdrukking terwijl ze zich langzaam door de bos werkte. Toen ze hem zag, vroeg ze:

'Ik neem niet aan dat je iets hebt om mijn haar mee vast te binden? Ik denk dat ik er gisteravond een paar plukken uit heb gerukt toen het aan boomtakken bleef haken.'

'Zeker,' hij dook in een zijvak van zijn rugzak, haalde wat paracord tevoorschijn en sneed er met zijn mes een stuk voor haar af.

'Thanks!' Ze trok haar haar over haar schouder en verzamelde het in een bos, terwijl haar zere polsen protesteerden tegen de beweging. Met opeengeklemde tanden negeerde ze de pijn, vlocht snel haar haar en bond het uiteinde vast met het stukje koord, dat ze in een knoop legde.

Jacks vingers raakten haar wang licht en ze keek nieuwsgierig naar hem op. 'Wat is er?'

'Dit stukje hier, waar hij het heeft geknipt,' hij tikte licht tegen kortere lokken die over haar oor hingen. 'Dat gaat niet mee in de vlecht.'

Er zat iets moorddadigs verborgen in zijn blik waardoor ze zei: 'Het is maar haar, Jack. Het groeit wel terug.'

'Ik ga hem hoe dan ook opsporen en hem vermoorden omdat hij een godverdomde vinger naar je heeft uitgestoken.' Zijn stem was heel kalm en vast, zijn uitdrukking onveranderd. De woorden, een simpele vaststelling. 'Maar eerst, weg hier. Je vader wacht.'

'Oké.' Ze kwam overeind en slikte de kreun weg die dreigde te ontsnappen toen haar pijnlijke spieren protesteerden. Ariana glimlachte Jack dapper toe. 'Dus waar gaan we heen?'

'Het meer. Lake Maracaibo,' toen ze hem fronsend aankeek in verwarring. 'We zitten niet ver van de zuidpunt. We blijven aan de goede kant van de grens, maar er zijn regelmatige kustwachtpatrouilles. Zelfs als we onze afgesproken oppikmoment missen, komt het goed.'

Ze wou dat ze zijn vertrouwen kon delen, maar toen hij zijn rugzak op zijn schouders hees en weer door de jungle trok, zette Ariana haar schouders eronder en volgde in zijn grote voetstappen. Jack zou haar hieruit krijgen, dat móést ze geloven. Hoe dan ook.

Ze waren bezig nog een ondiep stroompje door te steken — de grond werd lager en drassiger naarmate ze het meer naderden, wat het voortkomen nog moeilijker maakte — toen Jack scherp opkeek.

'Wat is er?' vroeg Ariana, en toen hoorde ze het geluid zelf. 'Is dat...'

'Een helikopter. Kom hier.' Hij trok haar dicht tegen de stam van een grote boom. 'Hurk neer, sla je armen om je knieën. Maak je zo klein mogelijk.' Hij deed het voor, vlakbij, en zij knikte en gehoorzaamde.

'Waarom?' vroeg ze, terwijl het geluid van de rotorbladen luider werd; dichterbij.

'Als ze infrarood hebben — en het heeft weinig zin ons in de jungle te zoeken als ze dat niet hebben — dan is de operator getraind om menselijke vormen eruit te pikken. Zo gehurkt lijken we niet menselijk, eerder op wilde zwijnen.'

Ze knikte begrijpend. 'Als ze infrarood gebruiken om ons te zoeken, betekent dat dat *El Lobo* de lokale politie in zijn zak heeft.'

Jack gunde haar een cynische blik voordat hij weer naar boven tuurde door de bomen. 'Had je werkelijk verwacht van niet?'

'Ik hoopte het,' zei ze een beetje verdrietig.

'Je vader en zijn vriend de president hebben zoveel gedaan, Ariana,' zei Jack zacht, toen hij haar neergeslagen uitdrukking zag. 'Maar je kunt het niet in één keer doen. Ze zijn nog maar een jaar of tien bezig met schoon schip maken; daarvoor vochten ze van onderaf tegen het systeem, dat was te lastig. Tien jaar is lang niet genoeg om elke corrupte bureaucraat eruit te wieden — en zelfs de fatsoenlijke zullen meewerken als hun geliefden bedreigd worden.'

'Dat is waar,' gaf ze toe.

Het geluid van de rotorbladen was overgegaan, al hoorde Jack ze nog in de verte. Hij was er vrij zeker van dat de jagers in een rasterpatroon zochten, wat betekende dat hij en Ariana elk moment een volgende zoekvierkant konden binnenstappen.

'Kom. We moeten door. Overdag, in de hitte, is het veel moeilijker details te onderscheiden,' legde hij uit terwijl hij en Ariana zich moeizaam een weg baanden door het dichte jungle-onderhout. ''s Nachts valt een menselijk silhouet veel meer op, makkelijk te spotten, zelfs als we in elkaar duiken zodra we ze horen aankomen.'

'Dus we moeten het meer bereiken voor zonsondergang?' vroeg Ariana.

'Onze pickup staat gepland ongeveer een uur voor zonsondergang, lokale tijd. Ze maken nog een tweede ronde ongeveer drie uur later. Daarna zijn we op onszelf aangewezen.'

Dat was een heel beangstigende gedachte, hoewel ze alle vertrouwen in Jack had; het idee dat ze een patrouilleboot moesten zien te seinen zonder idee of de mannen aan boord loyaal aan de regering waren of gekocht met het vuile geld van *El Lobo*. Ariana slikte en knikte.

'Hoe ver moeten we nog?'

'Iets meer dan drie kilometer.'

Ze vertrok haar gezicht. Drie kilometer door moerassige, zompige jungle was net zo goed dertig op vlak, open terrein. Het ging een lange, zware dag worden, en ze had nu al pijn in elke spier. 'Dan kunnen we maar beter in beweging komen,' zei ze dapper.

'Braaf zo,' zei Jack, en er zat geen spoor van neerbuigendheid in zijn blik toen hij naar haar omkeek, alleen bewondering voor haar moed. Ariana gaf hem een vastberaden knikje.

Ze hoorden de helikopter iets meer dan een uur later weer dichterbij komen; dit keer zei Jack tegen Ari dat ze moest hurken waar ze was, terwijl hij een stukje wegliep, zodat ze niet steeds pal naast elkaar zouden opduiken.

Het was een stuk angstaanjagender om in je eentje in de jungle te hurken, luisterend naar de rotors die dichter en dichterbij kwamen tot het bladerdak boven haar schudde van de neerwaartse luchtstroom. Ari boog haar hoofd tussen haar knieën en probeerde rustig te blijven ademen.

'Het is goed. Ze gaan zo weer weg,' zei ze tegen zichzelf. Ze voelde haar hart weer in haar borst beginnen te hameren. *Niet. Geen paniekaanval nu.*

'Phalanges. Metatarsalia. Wiggenbeen, scheepsbeen, teerlingbeen, sprongbeen, hielbeen, kuitbeen, scheenbeen...' de vertrouwde namen stelden haar gerust, kalmeerden haar. 'Knieschijf, dijbeen...'

'Ari,' een zachte hand raakte haar rug. 'Ari, het is veilig. Ze zijn weg.'

Jacks hart brak om Ariana toen ze langzaam haar hoofd hief. Hij had haar tegen zichzelf horen mompelen, maar kon niet verstaan wat ze zei totdat hij vlak naast haar neerhurkte. De vaste litanie was duidelijk een manier om een paniekaanval af te wenden; het beheerste ritme van haar stem vertelde hem dat het haar lukte, maar ze hadden geen tijd om haar ritueel te laten uitrazen.

'Zijn ze weg?' vroeg ze, terwijl ze naar hem opkeek, waar hij in de modder aan haar zijde knielde.

'Ja. Maar we moeten door. Ze voeren de zoekactie op. We moeten snel het meer bereiken, zodat ik kan verkennen en zeker weet dat ons extractiepunt niet al is gecompromitteerd nog voor onze pickup arriveert.'

'Oké.' Ze kwam overeind, haalde diep adem en volgde hem weer de jungle in. Na een paar minuten echter hoorde hij haar zachte stem, hij draaide zich om om te zien of ze tegen hem sprak.

Ariana verstomde halverwege *middenhandsbeentjes*. 'Sorry. Ik ben gewoon...'

'Het is goed,' zei Jack. 'Ik dacht dat je tegen mij praatte. Ga door.'

Hij wist natuurlijk wat ze aan het doen was. 'Ik begon ermee tijdens pre-med,' ratelde ze terwijl ze weer in beweging kwamen. 'Na — niet lang na de laatste keer dat ik jou zag. Ik kreeg regelmatig paniekaanvallen. Ik ging naar een psycholoog; hij leek te willen dat ik bad, maar dat kon ik niet; niet na mama. Ik heb te veel tijd biddend doorgebracht terwijl we gegijzeld waren, en God antwoordde me niet.'

Jack vertrok zijn gezicht, al zei hij niets. Ariana wilde het hem vertellen, en dus luisterde hij terwijl ze doorging.

'Dus ben ik de botten van het menselijk lichaam gaan gebruiken als concentratiemantra. Ik moest ze toch leren voor tentamens; niemand keek ervan op dat ik rondliep en ze onder mijn adem mompelde. Na een tijdje verdwenen de paniekaanvallen.'

'Ze gaan nooit echt weg,' zei Jack kort. 'Je leert ermee omgaan.'

'Jij?' Ariana klonk verbaasd.

'Ja,' hij wierp haar een blik toe, zag hoe ze geïnteresseerd naar hem keek. Hij streek met zijn vingers langs het dunne, witte litteken dat van zijn onderlip naar beneden boog, door zijn twee dagen baardgroei heen, zijn hals op. 'Ik heb je nooit verteld hoe ik dit heb gekregen, hè?'

Ze schudde haar hoofd, geboeid.

'Bomscherf aan de weg, in Afghanistan. Het voertuig waarin ik zat sloeg om. De kolonel, Captain Cullane zoals hij toen was, zat in het transport erachter, met Elliot. Ze verlieten allebei hun voertuig om ons eruit te trekken. Ze riskeerden hun leven, want iedereen wist dat bermbommen valstrikken waren. Er zaten altijd sluipschutters klaar om iedereen neer te schieten die bewoog.'

'Oh nee,' geschokt sloeg ze een hand naar haar mond. 'Ze schoten op jullie?'

'Ja. Ik was amper bij bewustzijn, leeg aan het bloeden, en ik was sowieso de enige nog in leven in mijn voertuig. Elliot en Captain Cullane trokken me eruit en droegen me naar hun transport. Een sniper raakte de kapitein toen ze me inlaadden. Kogel ging dwars door zijn been. Elliot nam het stuur en reed ons weg uit die hel.' Jack glimlachte een beetje toen hij zich herinnerde hoe hij wakker werd in het veldhospitaal en Elliot aantrof met zijn voeten op het einde van Jacks bed, lezend in een boek.

'Ik ga hem zo missen,' zei Ariana zacht.

'Ik ook,' antwoordde Jack, terwijl hij zijn ogen sloot in korte, herinnerde pijn.

'Is Mara in orde?'

'Nee.'

'Natuurlijk niet, wat een stomme, verdomde vraag,' berispte Ariana zichzelf. 'Hoe kan ik haar ooit onder ogen komen?'

'Niks hiervan was jouw schuld, Ari.' Terwijl hij over een massieve kluwen boomwortels klauterde, draaide Jack zich om om haar eroverheen te helpen, waarbij hij haar bij haar elleboog pakte in plaats van haar hand, altijd bedacht op haar zere polsen. 'De Zwarte Wolf heeft betaald voor Elliots moord, simpel en duidelijk, zijn dood gekocht met keiharde cash. Jij kunt jezelf daar niet de schuld van geven.'

'Betaald omdat hij *mij* bewaakte!'

'En als hij dat niet had gedaan, had Ell dit misschien niet eens zo lang overleefd. De officier die zijn compagnie overnam, is twee jaar geleden in Afghanistan gedood door een zelfmoordenaar.' Jack haalde zijn schouders op.

'Dat is...' Ariana kon zich niet voorstellen zo te leven. '*Waarom?* Waarom zou je dat doen? Jij had zes jaar geleden de kans om eruit te stappen, ik weet dat je die had, jij en Elliot hadden allebei kunnen stoppen...'

'Mijn vader was Ranger,' vertelde Jack. 'Onderofficier — sergeant. In zijn voetsporen treden was het enige wat ik als kind ooit wilde, maar hij liet me niet op mijn achttiende dienstnemen, hij dwong me eerst m'n kont door de universiteit te krijgen.'

Ze had altijd wel geweten dat hij een universitaire opleiding moest hebben, hij zou anders geen officier zijn, maar het was nooit bij haar opgekomen om te vragen wat hij had gestudeerd. Dat deed ze nu, nieuwsgierig.

'Ik heb eigenlijk criminologie gestudeerd,' antwoordde Jack met een zachte lach. 'Dacht dat, als de Rangers me niet wilden, ik het bij de militaire politie zou proberen.'

Ariana glimlachte daarbij. 'Je zou een uitstekende politieagent zijn, militair of niet. Criminelen zouden veel te bang voor je zijn om zich mis te gedragen,' grapte ze.

'Was het maar zo!'

Het geluid van de terugkerende helikopter liet Jack vloeken en Ari onder een grote boom duwen. Hij had geen tijd om weg te bewegen, dus hurkte hij pal tegen haar aan, drukte haar tegen de stam, probeerde van hen samen één grote, onbestemde warme vlek te maken.

Ari merkte dat ze snel ademhaalde toen Jack zich tegen haar aandrukte, een lange arm om haar heen sloeg en haar hoofd onder zijn kin duwde. Hij was warm, bezweet; waarschijnlijk minder dan zij, wat verrassend was, aangezien hij degene was die met een enorme rugzak zeulde, maar hij rook niet vies. Integendeel. Hij rook naar jungle en een dierlijke muskus die haar het hoofd deed tollen, die haar de zinderende nacht van zes jaar geleden deed herinneren, toen hij haar maagdelijkheid had genomen en haar in één klap voor elke andere man had verpest.

'Jack,' fluisterde ze, terwijl de rotorbladen in de verte wegstierven.

Hij voelde haar lippen tegen zijn hals bewegen, hield zichzelf streng voor dat dit absoluut niet het moment was om naar haar te kijken. Maar zijn wilskracht liet hem altijd in de steek zodra Ariana in de buurt was, dat wist hij al jaren. Dus keek hij neer op haar vieze, vermoeide gezicht dat naar hem opkeek, en verloor zich opnieuw in haar ogen.

'Ari,' zei Jack hees, en het was zo'n korte, korte afstand voor hun lippen om elkaar te vinden. Zijn arm lag al om haar heen; hij trok haar steviger tegen zich aan en schoof om naast haar te knielen. Ariana's armen gleden om zijn nek terwijl ze hem terugkuste, alle stress van de afgelopen dagen wegsmeltend totdat ze vergaten waar ze waren, vergaten hun vermoeide, pijnlijke lichamen en het heel reële gevaar waarin ze nog altijd verkeerden.

Pas toen Ariana's zere polsen protesteerden tegen haar krampachtige greep om Jack, haar handen die in zijn overhemdkraag klemden en pijnscheuten door haar armen joegen, trok ze met een wince terug. Jacks beide armen zaten inmiddels stevig om haar heen, hielden haar vast, en toen ze haar hoofd terugtrok, zag ze dat zijn ogen gesloten waren, met op zijn gezicht een uitdrukking van pure behoefte.

Langzaam opende Jack zijn ogen, half bang voor wat hij zou zien als hij naar Ariana keek. Ze bestudeerde hem zwijgend, haar uitdrukking onleesbaar.

'Het spij—' begon hij, maar haar vinger raakte lichtjes zijn lippen en smoorde zijn woorden.

'Waag het niet je te verontschuldigen. We hebben het hierover als we uit deze verdomde jungle zijn. En nu vooruit. Het licht verandert; zonsondergang kan niet ver weg zijn.'

Terechtgewezen, omdat Ariana hem aan zijn plicht moest herinneren, kwam Jack overeind en hielp haar op met een sterke hand onder haar elleboog. 'Je hebt gelijk.' Hij checkte zijn gps-horloge, haalde zijn kaart tevoorschijn en volgde de coördinaten erop. 'Kan niet ver meer zijn.'

'Laten we het hopen,' stemde Ari moeizaam toe, terwijl ze achter hem aan sjokte. De grond was de afgelopen twee uur afgrijselijk moerassig geweest; haar schoenen en kleren waren doornat en met modder bedekt. Het enige voordeel was dat ze niet dacht dat het water diep genoeg was voor kaaimannen, de lokale krokodillensoort. Nog niet, in elk geval.

'Hierheen,' Jack maakte een draai iets verder naar het oosten. 'De grond zou hier wat droger moeten zijn en we komen uit op een soort strandje. Niet ver meer, Ari. Kom op. Je kunt het,' moedigde hij haar aan, toen hij zag hoe ze worstelde om haar voet uit een modderkuil te trekken.

'Oh, shit!' Haar voet kwam met een dik slurpend geluid los, maar de schoen niet. Ariana wankelde, compleet uit balans; Jack was net op tijd bij haar, ving haar op en tilde haar overeind.

'Ik haal je schoen. Ga daar zitten,' hij plantte haar tamelijk onceremonieel op een grote omgevallen boomstam, en Ari was niet van plan te protesteren. Ze keek toe hoe hij terugging naar de plek waar ze gestruikeld was, zijn mouwen oprolde en beide handen in de modder stak.

Vijf minuten later zei ze: 'Jack, we verdoen tijd. Jack!'

Hij vloekte lang en luid, kwam overeind met zwarte modder die van zijn vingers droop. 'Je hebt je schoen nodig, Ari!'

'We hebben het strand harder nodig. Het kan niet ver meer zijn, Jack, kom op. Ik red het wel.' Ze stond op.

'Ari, je voeten...'

'Zijn toch al naar de knoppen.' Ze gaf hem een kleine glimlach. Het had haar alles gekost om de hele dag niet te hinken, toen blaren ter grootte van muntjes op haar hielen en tenen begonnen op te komen. Ze wilde niet eens nadenken over de ravage die ze zou aantreffen als ze eindelijk haar doorweekte, modderige sokken uittrok. 'We moeten gaan, Jack.'

Hij vloekte opnieuw, veegde het ergste van de smurrie van zijn handen aan zijn broekspijpen af, trok zijn machete en stapte voorwaarts met een moordlustige uitdrukking. Ari kon een kleine glimlach niet onderdrukken toen hij zijn woede en frustratie koelde op onschuldige junglelianen, die hij wegmaaide en -hakte.

'Kijk wel uit waar je je voeten neerzet,' zei Jack nors toen hij een pad had vrijgemaakt. 'Het laatste wat we nu kunnen gebruiken is dat jij op een scherpe tak of zoiets trapt.'

'Of gebeten wordt door een waterslang,' zei Ariana behulpzaam. Hij wierp haar een vernietigende blik toe.

'Niet doen, Ari, dit is niet grappig!'

'Dokters hebben nu eenmaal het meest ongepaste gevoel voor humor, ik ben het mijne aan het trainen,' zei ze tegen zijn terugtrekkende rug, voordat ze zuchtte en in zijn spoor volgde.

HOOFDSTUK TWINTIG

ZE WAREN MAAR EEN klein stukje verder gekomen toen Jack een triomfantelijke kreet slaakte. 'Ik zie het, er zit een open plek in de bomen! Dat moet het meer zijn!'

Uitgeput als ze was, wist Ari hem toch een glimlach te schenken toen hij zich naar haar omdraaide, stralend van geluk. 'Je hebt het gedaan, Jack. Je hebt ons hierheen gebracht.'

'Jíj bent hier op je eigen twee voeten gekomen, daar krijg ik geen eer voor. Kom op, lieverd. Het is niet ver meer.' Ze hinkte nu, haar blote voet deed duidelijk vreselijk pijn — eigenlijk strompelde ze meer. Jack vermoedde dat ze helse blaren had, wenste dat hij haar kon dragen; maar dat was simpelweg onmogelijk, niet met de machete die hij nodig had om hen door de jungle te krijgen, en de noodzaak om te allen tijde makkelijk bij zijn pistool te kunnen als ze het open terrein op gingen.

'Zitten we op de juiste coördinaten?' vroeg Ari, terwijl ze hem inhaalde. Jack keek op zijn horloge.

'Bijna. Minder dan een halve mijl hier vandaan, maar hier is best een groot stuk strand, volgens de kaart...'

'Valt wel mee,' waarschuwde ze, een tikkeltje minzaam. 'De stranden van Maracaibo liggen meer aan de oostelijke oever, de Venezolaanse kant, en rond de monding van het meer. Hier zal het kiezels zijn, als er al iets is.'

'Nog steeds makkelijker dan de jungle, want ik kan je dragen als ik de machete niet hoef te gebruiken.' Hij hakte nog een dikke gordijn van lianen weg, en nu zag Ari de open plek in de bomen ook, een heel duidelijke, met fel oranje licht vooruit.

'Dat lijkt verdacht veel op zonsondergang. Je kunt maar beter vooruit gaan, probeer de boot te seinen voor het geval ze zonder ons vertrekken,' waarschuwde ze.

'Absoluut niet.'

Ariana knipperde.

'Als je denkt dat ik je langer dan vijf seconden uit het oog laat, heb je het mooi mis,' Jack klonk kalm en beheerst. 'Nee, Ari. Ik zei je al, de pick-up was een uur *voor* zonsondergang; die hebben we waarschijnlijk al gemist. Ze maken nog een ronde zo'n twee uur na het invallen van de duisternis. We wachten.'

Ze zuchtte moe, maar knikte instemmend en ploeterde verder.

De zon hing precies op de horizon toen ze eindelijk uit de rand van de jungle tevoorschijn kwamen, op, zoals Ariana al had voorspeld, een rotsige oever. De stenen waren glad, door het water gepolijst, sommige dik bedekt met een glibberig groen wier — en het stonk er vreselijk, naar rottend plantenmateriaal en vis.

'Vanaf hier naar het westen,' zei Jack, terwijl hij de machete opborg. 'Kom hier, ik draag je...'

'Nee, ik red me wel,' hield Ariana vol. 'Dit is kroos; het bedekt grote delen van het meer. Het is spekglad als het bij eb zo op de oever aanspoelt. Als jij uitglijdt terwijl je mij draagt, gaan we allebei onderuit.'

Daar viel weinig tegenin te brengen; hij trok een grimas. 'Vooruit dan. Maar blijf dicht bij me, dan kan ik je pakken als je valt.'

Ze was niet van plan verder dan één stap van zijn zijde te wijken. Op dat moment voelde zelfs één stap alsof het haar fysieke kunnen te boven ging, maar ze hield zichzelf voor dat ze het kon. Eén voet voor de andere, stap voor stap.

Jacks sterke hand sloot zich om haar biceps terwijl ze vooruitging. 'Komt erop neer dat ik me gewoon aan jou vasthoud.'

'Daar heb ik geen bezwaar tegen,' zei Ariana met een vermoeide glimlach, terwijl ze naar hem opkeek. Het enige schoentje dat ze nog droeg, zou lang niet zo veel grip hebben als zijn zware gevechtslaarzen, en door haar lichte gewicht was de kans groter dat zij zou uitglijden. Zeker wanneer ze niet op haar voeten lette; haar benen gleden bijna meteen onder haar vandaan en alleen Jacks vaste greep om haar arm behoedde haar voor een harde landing op haar achterste.

'Whoa, dit is nog gladder dan ik had gedacht!'

'Rustig aan. Ik zei je toch, we moeten minstens een paar uur wachten, maar laten we proberen zo dicht mogelijk bij de plek te komen voordat het helemaal donker is. Dit wordt in het donker nog verraderlijker.'

Daar kon ze niets tegenin brengen, en hoewel ze langzaam moesten gaan en hun stappen zorgvuldig moesten plaatsen, ging het in elk geval een beetje sneller dan door de jungle.

'Hier ergens,' zei Jack uiteindelijk, en daar was ze hem erg dankbaar voor, want ze kon de stenen onder haar voeten amper nog zien. Hij tuurde over het meer, op zoek naar een boot, maar hij zag weinig meer dan de lichten van de Venezolaanse stad Ciudad Ojeda, meer dan dertig mijl verderop aan de noordoostelijke oever van het meer.

'Wachten we hier?' vroeg Ariana zacht.

'Nee,' besloot Jack. 'We gaan voorlopig van de oever af. We komen een kwartiertje voordat de pick-up moet komen terug.' Hij leidde haar terug naar de rand van de jungle. 'Ik wil even naar jouw voeten kijken.'

Ari kromp al ineen bij de gedachte, maar had weinig keus, niet met zijn stevige greep om haar arm. Ze gingen zitten op een dikke omgevallen boomstam, een paar meter terug in de beschuttende jungle, en Jack gaf haar een eiwitreep voordat hij uit een van zijn ogenschijnlijk eindeloze zakken een penlamp viste.

'Laat eens kijken.'

'Moet dat?' vroeg ze, maar ze zuchtte en draaide zich zijwaarts om één voet in de hand te leggen die hij onverbiddelijk had uitgestoken.

Jack was heel voorzichtig terwijl hij haar sok uittrok, maar hij hoorde Ariana's adem toch sissend tussen haar tanden ontsnappen en wist dat wat hij zou aantreffen niet fraai zou zijn.

'Och, Ari,' zei hij zacht toen hij het materiaal eindelijk had losgepeuterd en zijn penlamp op het kleine, fijngebouwde voetje eronder scheen.

'Zo erg is het niet,' loog ze flink.

'Het *is* zo erg, en je hebt ziekenhuiszorg nodig als we hier weg zijn.' Veel meer dan de lekkende blaren zachtjes schoonmaken met een alcoholdoekje en er weer zo goed en zo kwaad als het ging een verband om doen, kon hij nu niet. In elk geval had hij een paar schone, droge sokken in zijn rugzak en die kon hij voor haar pakken. 'Nu de andere.'

Dit was de voet met de schoen; de veters waren een verkleefde klomp opgedroogde modder die Jack een paar minuten kostte om los te peuteren.

Ariana klemde haar tanden op elkaar toen Jack de schoen begon uit te trekken, vechtend tegen de gil van pijn die eruit wilde. Ze vermoedde dat deze schoen alleen was blijven zitten omdat hij wat strakker had gezeten dan de verloren schoen, en daardoor waren de blaren hier eigenlijk erger.

Jack siste vol afgrijzen toen hij de sok eronder eindelijk had verwijderd. 'Waarom heb je eerder niets gezegd, Ari? We hadden kunnen stoppen om dit te behandelen...'

'En misschien de *tweede* pick-up missen? Nee, bedankt,' zei ze vastberaden. 'We waren er niet sneller door geweest.'

'Maar je moet vreselijke pijn hebben gehad!' Hij kon er bijna niet aan denken, Ariana die zich in absolute ellende door de jungle heen vocht zonder ook maar een woord te zeggen. 'Je bent geen soldaat, Ari, dit zou je niet hoeven dragen...'

'Sst,' zei ze, terwijl ze haar hand uitstak en zacht met haar vingertoppen over zijn stoppelige wang streek. 'Het is goed, Jack. De boot is zo hier en dan komt alles in orde.'

In het zwakke licht van de penlamp weerspiegeld op hun gezichten, zag ze de aarzeling bij hem. 'Wat is er?' vroeg ze scherpzinnig. 'Wat denk je?'

'Ik heb twee spuitjes morfine...'

'Nee.' Het was een heel beslist nee. 'Nee, Jack. Niet nu. Als we veilig op de boot zitten, wil ik erover nadenken, maar niet nu. Ik wil je niet tot last zijn.' De morfine zou de pijn misschien verlichten, maar ook haar hoofd vertroebelen en haar ongeschikt maken om Jack te helpen als dat nodig was.

'Je zou me nóóit tot last kunnen zijn.' Zijn grote vingers sloten zich zacht om de hare en hij kneep lichtjes. 'Nooit.'

Ze glimlachte naar hem, en ze keken elkaar een moment in de ogen in het wegstervende licht voordat Jack zichtbaar zijn schouders schudde.

'Laatste verband,' zei hij, terwijl hij het uit zijn EHBO-set haalde. 'Geen nieuwe blessures meer, afgesproken?'

'Ik zal m'n best doen,' beloofde ze, terwijl ze toekeek hoe hij haar voet voorzichtig schoonmaakte en vervolgens verbond. 'Geef me die sokken maar. Ik trek die schoen niet meer aan.'

'Ik draag je naar de boot, als die komt,' beloofde Jack, en daar had ze geen bezwaar tegen.

Toen Jack haar voeten zo goed mogelijk had verzorgd en zorgvuldig zijn eigen reservesokken over de verbanden had gerold, gaf hij Ariana zijn veldfles. 'Drink die maar leeg.'

Ze hadden de hele dag door gedronken; Jack vulde de fles regelmatig bij wanneer hij redelijk helder water vond en voegde er zuiveringstabletten aan toe. Ariana was inmiddels gewend aan het licht chemische smaakje, en dronk zonder klagen terwijl Jack de verpakkingen van de verbanden en doekjes opraapte.

'Hoe lang nog?' vroeg ze nadat hij weer naast haar op de stam was gaan zitten en de penlamp had uitgeklikt om de batterij te sparen.

'Ongeveer een uur voordat we in beweging moeten komen,' zei hij, terwijl hij op zijn horloge keek. 'Leun maar tegen mij aan, Ari. Probeer wat te rusten, als het lukt. Ik houd de wacht.'

Als hij had gedacht dat ze het aanbod zou afslaan, had hij het mis. Ariana kroop meteen tegen hem aan, greep zijn pols en trok zijn arm om haar heen, legde haar hoofd tegen zijn brede borst. Verrast verstijfde Jack een moment, voor hij zachtjes grinnikte en haar dichter tegen zich aan trok.

'Je neemt me wel heel letterlijk, hè.'

'Het is niet je schiethand,' merkte ze op, haar ogen sluitend.

Glimlachend boog Jack zich voorover en drukte een lichte kus op haar voorhoofd. 'Ik begrijp niet hoe je je gevoel voor humor in deze beproeving hebt weten te behouden, Ari.'

'Ik zei je toch, dokters staan bekend om een vreemd en macaber gevoel voor humor,' antwoordde ze zonder haar ogen te openen. 'Ik ben gewoon vast aan het oefenen.'

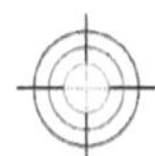

Er viel stilte tussen hen, een zachte, comfortabele stilte, terwijl ze luisterden naar de geluiden van de jungle om hen heen. Jack sloeg gedachteloos naar iets dat in zijn nek beet; hoewel hij hen allebei regelmatig had ingesmeerd met het militair-grade antimuggenspul uit zijn kit, leken sommige beesten zich er geen zier van aan te trekken. Ariana bewoog niet toen hij dat deed, en even dacht hij dat ze in slaap was gevallen.

Tot ze vroeg: 'Waarom ben je weggegaan, Jack?'

Hij verstijfde als een hert in de koplampen. 'Je wéét waarom,' antwoordde hij zacht, na een gespannen, bevende seconde waarin het voelde alsof de hele wereld haar adem inhield. 'Jij was mijn principal — en je was *negentien*, en rouwde; emotioneel niet in balans, en daar heb ik misbruik van gemaakt. Als ik was gebleven, had je vader het ontdekt en had hij me hoe dan ook op straat gezet.'

'Misschien,' gaf Ariana toe.

'Zeker. Je vader is een heel scherpzinnig man.' *Wat nog zacht uitgedrukt is*, dacht Jack wrang. 'Hij had ook gelijk gehad als hij me had ontslagen. Ik had je nooit moeten aanraken. Het was volkomen fout en de grootste vergissing die ik ooit heb begaan.'

Ariana verstijfde compleet tegen hem aan en hij besefte in dezelfde seconde wat hij had gezegd. Terwijl hij zichzelf inwendig een schop gaf, realiseerde hij zich dat zijn enige overgebleven optie nu complete eerlijkheid was.

'Maar daarbij gezegd: ik heb die nacht nooit uit mijn hoofd kunnen zetten,' zei hij, zijn stem laag en zacht. 'Ik heb *jou* nooit uit mijn hoofd kunnen zetten, en ik *wist* dat dat zou gebeuren, Ari. Als ik was gebleven, had ik jouw veiligheid in gevaar gebracht, omdat ik mijn werk niet meer goed had kunnen doen. En ik had niet met mezelf kunnen leven als jou iets was overkomen.'

Ze zei niets, waarschijnlijk nog steeds kookte ze van woede om zijn onhandige woorden, dus dwong Jack zichzelf door te praten. 'Toen Mara belde en ik hoorde dat Elliot waarschijnlijk dood was, kon ik het idee niet eens aan dat jij misschien ook weg was. Het was me gewoon te veel. Ik móést in beweging blijven, op een vliegtuig stappen en hierheen vliegen, maar de hele weg schreeuwde er een stemmetje achter in mijn hoofd dat ik mijn ergste nachtmerrie op die berghelling zou aantreffen.'

Ariana's hoofd bewoog; hij voelde dat ze in het donker naar hem opkeek. 'Natuurlijk dachten jullie allemaal dat ik dood was,' zei ze zacht.

'Tegen de tijd dat ik aankwam, hadden je vader en de onderzoekers vastgesteld dat jij en Fuentes vermist waren, en de onderzoekers hadden een leeg flesje ketamine gevonden. Het duurde niet lang voordat ze de juiste conclusie trokken. Uitvinden *waar* je naartoe was gebracht, en door wie, was het moeilijke deel.'

'Tomàs werkte voor *El Lobo*. Ik weet niet of dat al die tijd al zo was, maar hij zei alleen dat het om het *geld* ging. Hij *haatte* me, Jack,' Ari rilde, en Jack trok zijn arm steviger om haar heen. 'Hij haatte me echt. En het leek hem niets uit te maken dat hij Elliot en Emma en Jonie en Felipe en de piloten had gedood. Hij was een *sociopaat*, ik heb nog nooit iemand zoals hij ontmoet, het kon hem gewoon niets *schelen*.'

Haar stem brak, en Jack realiseerde zich dat ze huilde. 'Hé, hé,' zei hij zacht, terwijl hij met zijn vrije hand teder de tranen van haar wang wiste. 'Val me nu niet uit elkaar, Ari. We zijn zó dichtbij.'

'Ik ben zo blij dat je me bent komen halen,' snikte ze tegen zijn schouder. 'Ik dacht dat je me kwam doden toen je met een pistool binnenkwam, en toen ik besefte dat jij het was, was er gewoon een overweldigend gevoel van opluchting, ik *wist* dat je me zou redden...'

'Ik laat niet toe dat je iets overkomt, engel. Dat beloof ik, hoor,' zwoer Jack, wetend dat hij dit keer te diep zat. Dit keer zou hij niet zomaar weg kunnen lopen en doen alsof er niets was gebeurd.

Voorzichtig tilde hij Ariana's gezicht naar het zijne en kuste haar, lang en langzaam, en proefde het zout van haar tranen op haar lippen. Haar schokkende ademhaling kalmeerde terwijl ze elkaar kusten, kleine vingers die zich in de zware stof van zijn gevechtsbroek krulden terwijl ze zich aan hem vastklampte.

'Ik hou van je,' fluisterde Jack uiteindelijk, zijn voorhoofd tegen het hare rustend. 'Ik hield zes jaar geleden al van je en ik ben nooit opgehouden, Ari.'

'Waag het niet me dit keer te verlaten,' fluisterde ze terug, en hij knikte tegen haar voorhoofd.

'Dat doe ik niet.'

Ariana was degene die het volgende kusje inzette, haar mond zocht de zijne, haar lippen weken om de streek van zijn tong te verwelkomen. Ze deed hem schrikken door te bewegen, zich om te draaien en haar knie over zijn dijen te zwaaien, zodat ze ruiterzit op zijn benen kwam te zitten, hem aankijkend. Hij gromde laag in zijn borst toen ze haar heupen plagerig bewoog en haar bekken duwde tegen de bonkende hardheid in zijn gevechtsbroek.

'Stop, Ari,' kreunde Jack hees uiteindelijk, terwijl hij zijn hoofd terugtrok. 'Dit is niet het moment of de plek.'

'Wacht maar tot ik je alleen met een bed te pakken krijg, Jack McAuley, meer ga ik daar niet over zeggen,' antwoordde Ariana, en hij moest grijnzen.

'Jawel, mevrouwtje. Ik kijk ernaar uit. Ik hoop alleen dat je me de kans geeft om eerst het zweet en de stank van de jungle van me af te douchen.'

'Ik zal erover nadenken,' zei ze hooghartig, wat hem deed glimlachen ondanks zijn nog altijd heel reële zorgen.

Zijn horloge piepte plotseling, waardoor ze allebei opschrokken, en Jack zuchtte. 'Tijd om te gaan. Kom.'

Ariana weigerde zich te laten dragen, en Jack drong niet aan. In plaats daarvan hield hij haar arm stevig vast terwijl ze hun nachtkijkers weer opzette, zich behoedzaam terugwurmelden naar de bovenrand van het stenige strand en daar bleven staan wachten.

'Is dat een bootmotor?' vroeg Ariana na een paar minuten.

Jack spitste zijn oren. 'Ik denk het niet. Klinkt niet goed...' het geluid kwam sowieso te snel dichterbij. 'Godverdomme!' Hij liet zijn rugzak op het stenige strand vallen, slingerde zijn geweer naar voren en controleerde snel de patroonhouder. 'Ari, het is een helikopter, *rennen*!'

'Misschien zijn ze voor ons...'

Een knallend geluid op de strandkeien deed haar opschrikken.

'Ze *zijn* voor ons, ze *schieten* op ons! *Ren*, Ari!' brulde Jack. 'De bomen in!'

'Wat ga jij doen?' greep ze wanhopig naar zijn mouw toen hij een pas naar voren zette.

'Ik ga proberen ze neer te schieten,' schreeuwde hij over het helse lawaai van mitrailleurvuur dat tegen de stenen ratelde en gestaag dichterbij kwam. 'Nu *GAAN!*'

Ze probeerde hem vast te houden, maar hij rukte zich los uit haar zwakke greep en sprintte het strand op, schuin weg van het inkomende vuur, voordat hij op één knie neerplofte en zijn geweer hief om zich te stabiliseren.

'Jack!' gilde ze machteloos. '*NEE! JACK!*'

Hoofdstuk Eenentwintig

Kogels kletterden steeds dichter langs Ariana, vonkten van de stenen af, en ze schudde zichzelf uit haar tijdelijke verlamming. Ze zou niet ver komen door de bomen zonder Jack, en ze wilde het strand noch hem uit het oog verliezen, dus begon ze langs de rand van de jungle te rennen, zo goed en zo kwaad als dat ging op haar pijnlijke voeten, terwijl ze de hele tijd over haar schouder terugkeek. Ze kon de helikopter nu zien, een witte zoeklichtstraal onder zijn buik die de duisternis bijna tot daglicht ophief, haar verblindde zodat ze haar NVG's van haar gezicht moest rukken, lichtspoorkogels spuwend uit de mitrailleur die door de open zijdeur stak en witte, vlammende strepen in de nacht trok.

Ze kon het terugslaande geweervuur niet horen, kon Jack nauwelijks onderscheiden, knielend op de stenen, geweer tegen zijn schouder geheven. Hij had geen schijn van kans om de heli neer te halen, toch? Hij deed dit puur als afleiding zodat zij weg kon komen, zich verstoppen tot de boot kwam. *Áls* de boot kwam, met die heli die boven het strand hing.

Ariana's ogen vulden zich opnieuw met tranen, maar ze strompelde door, vocht om te blijven gaan, haar adem schokte in haar longen. Ze kon Jack's offer niet tevergeefs laten zijn; hij bood zijn leven aan zodat zij kon ontsnappen.

Knielend op de koude, natte stenen haalde Jack diep adem en probeerde zichzelf te kalmeren, maar zijn angst om Ari kroop omhoog in zijn keel en wurgde hem. Als *El Lobo* haar voor een tweede keer te pakken kreeg, zou er geen genade zijn. Hij zou haar voor elke ademteug laten lijden tot aan haar laatste.

Jack ademde langzaam uit en haalde de trekker over. De helikopter draaide van hem weg — ze waren hem uit het zicht verloren toen hij opzij was weggetrokken, en eerlijk gezegd kon het ze niets schelen. Hij was slechts een hinderlijk obstakel dat even weggemept moest worden zodat *El Lobo* Ariana terug kon nemen.

Focus. Hij loste nog een schot. Hij raakte de heli; op deze afstand kon hij amper missen, hij was een schutter van topklasse, maar hij moest iets vitaals raken. Het was geen militaire kist, dus de kwetsbare delen waren niet gepantserd; als hij een motor kon raken of een vrij schot op de piloot kreeg, kon hij hem neerhalen, maar die verdomde heli was nu van hem afgekeerd. Hij klemde zijn tanden op elkaar voordat hij zichzelf dwong zijn kaak te ontspannen en nog een schot loste.

'Kom op,' zei hij onder zijn adem. 'Kom *op*!' Hij wilde niet overschakelen op volautomatisch, dan waren zijn kogels te snel op. Nog een schot.

De helikopter *schokte* in de lucht, en Jack ontblote zijn tanden in een felle, triomfantelijke grijns. Hij had de staartrotor geraakt. Die draaide nog, maar zichtbaar trager, het toestel begon te autoroteren. Er zat een goede piloot aan de knuppel; hij ging hem veilig neerzetten.

Tenzij Jack er natuurlijk voor zorgde dat dat niet gebeurde.

De mitrailleur sproeide nog steeds vuur over het strand, de hulzen vonkten op stenen slechts een paar voet bij hem vandaan, gevaarlijk dichtbij. Jack richtte en wachtte zijn moment af, negeerde het kabaal, de scherven steen en metaal die om hem heen omhoogspatten, wachtte tot de heli terug naar hem toe draaide, totdat hij de silhouetlijn van het hoofd van de piloot kon zien, terwijl de man vocht om de falende machine onder controle te houden.

Inademen. Uitademen.
Vuur.

Ari gilde Jack's naam toen de heli zich weer naar hem toe leek te draaien, de mitrailleur een nijdige regen van dodelijk metaal naar hem uitspuwde. Dat overleefde hij niet, *niemand* overleefde dat!

Het ene moment kwam de helikopter recht op hem af, het volgende tolde hij plots in de lucht, ging omhoog en sloeg over de kop, om vervolgens in een doodsspiraal weer omlaag te komen, recht op *haar* af. Ze had nauwelijks tijd om te bukken en haar gezicht te bedekken voordat hij met de neus eerst op het strand sloeg, met een afgrijselijk, schurend gegil van gefolterd metaal over steen, stukken rotor die afbraken en in alle richtingen wegschoten.

Een geweldige BOEM spleet de nacht, de drukgolf sloeg Ari plat op haar rug. Ze krulde zich op tussen de stenen, armen beschermend om haar hoofd geslagen, minutenlang, zo leek het, terwijl een regen van vurige metaalfragmenten om haar heen neerviel. Hete tranen van verlies en angst prikten in haar wangen, totdat het geluid van iemand die haar naam riep tot haar doordrong en ze haar hoofd hief, met ongeloof knipperend.

'Jack?'

'Ari!' Hij was dichterbij, ze kon hem naar haar toe zien rennen, door nog brandende stukken helikopterwrak die over het strand verspreid lagen.

'Jack, ik ben hier!' Op de een of andere manier kwam ze overeind, strompelde naar hem toe, en een moment later werd ze in zijn armen opgevangen, zijn gezicht tegen haar keel gedrukt terwijl hij haar hoog optilde.

'Oh God, Ari, je leeft, je leeft...'

'Jij ook,' bracht ze schor uit, terwijl ze zich aan hem vastklampte, haar handen door zijn korte haar liet gaan, amper in staat te geloven dat hij het op de een of andere manier had overleefd, de helikopter had neergehaald, hen allebei had gered.

Een beweging achter hem op het strand deed haar ogen groot worden. 'Jack!' gilde ze, en de paniek in haar stem maakte dat hij haar liet vallen en greep naar het pistool in de holster op zijn dij.

El Lobo Negro had een verbrijzelde knie en meerdere gebroken ribben, maar niets zou hem ervan weerhouden de Monterro-teef en de Amerikaanse hond te doden die haar gestolen hadden en zijn complex hadden vernield. Zijn hand trilde terwijl hij zijn vergulde pistool op hen richtte. De teef zag hem en gilde; haar trouwe hond liet haar vallen en draaide zich om, zijn wapen kwam omhoog...

Twee geweren blaften op hetzelfde moment. Jack hoorde Ariana gillen, maar hij kon nu niet aan haar denken; hij moest zich richten op de man met het wapen die hen allebei zou doden als hij de kans kreeg. Hij bleef de trekker van zijn pistool overhalen tot de slagpin droog klikte en de man stil bleef liggen.

Pas toen draaide Jack zich weer om. 'Ari?'

Ze lag, doodstil, op de koude, natte stenen, helder bloed dat op de voorkant van haar shirt uitbloemde.

'ARI!' Jack's doodsbange, woedende brul vulde de nacht.

HOOFDSTUK TWEEËNTWINTIG

ARIANA WERD LANGZAAM WAKKER; ze knipperde haar moeë, zware oogleden open en zag een zalig vertrouwd gezicht naast haar bed.

'Papi?' fluisterde ze.

Raul Monterro liet de krant vallen die hij zat te lezen en schoot overeind. Terwijl hij over haar heen boog, drukte hij tegelijkertijd op een oproepknop naast het bed.

'Ariana! Je bent wakker! *Madre de Dios*, ik dacht—ik dacht dat we je kwijt waren!'

Ze lag in een ziekenhuisbed, registreerde ze vaag, terwijl een deur openzwaaide en een zwerm artsen binnenstormde. Haar ogen wilden niet openblijven; ze vocht tegen de allesoverheersende loomheid, lang genoeg om één belangrijke vraag te fluisteren.

'Waar is Jack?'

De grimmige uitdrukking op Raul's gezicht was antwoord genoeg. Ze sloot haar ogen en liet de duisternis haar weer meenemen.

Koortsige, verwarde dromen kwelden haar; ze droomde dat Jack er was, dat hij met haar vader sprak, en later bij haar zat met haar hand in de zijne, en zei dat het hem speet. *Waarvoor?* wilde ze hem vragen. *Je hebt me gered.*

Omdat ik je verlaat, vertelde zijn schim haar.

Ze huilde, zelfs in haar dromen.

Ze gaven haar morfine, constateerde haar medisch getrainde brein de volgende keer dat ze wakker werd. Deze keer nam ze de tijd om haar ogen te openen; ze bleef stil liggen en verwerkte eerst de geluiden om haar heen. Het gepiep van een hartmonitor was te verwachten. Twee zachte stemmen die op de achtergrond spraken, al niet veel minder.

'Ik houd niet van morfine,' zei ze, zonder haar ogen te openen. 'Het laat me dingen zien die er niet zijn.'

Een van de stemmen, zacht en vrouwelijk, kwam dichterbij. 'Ik begrijp het, mevrouw Monterro, maar het helpt je ook om de dingen die er wél zijn niet te voelen. Zoals de kogelwond die u bijna het leven heeft gekost.'

'Oh. Ben ik neergeschoten?' Een aantal dingen werd opeens een stuk duidelijker. Voorzichtig opende ze haar ogen en keek op in het glimlachende gezicht van een vrouwelijke arts, niet veel ouder dan Ari zelf.

'Ik ben bang van wel. Sorry, ik had je dokter Monterro moeten noemen. Ik ben dokter Cardones.'

'Ik ben nog maar net arts.' Ari probeerde te glimlachen. 'Ik kan nog niet echt patiënten behandelen.'

'Dat weet ik, maar toch ga ik—van professional tot professional—eerlijk met je zijn. Je hebt ontzettend veel geluk dat je nog leeft. De kogel heeft uw rechterlong geperforeerd en doen inklappen en is via uw rug weer naar buiten gegaan.'

Ari's mond zakte open. 'Hoe *bén* ik nog in leven?' stamelde ze.

'Gelukkig kwam de boot die je zou oppikken minder dan een minuut na de schietpartij aan; ze zagen de helikopter neerstorten en voeren meteen door. Het was een kustwachtschip met twee volledig getrainde paramedici aan boord. Zij hebben u, op de een of andere manier, op de been gehouden tot de helikopters van het leger arriveerden om u te evacueren.'

Voor Jack kwamen ze te laat. Ariana probeerde niet aan hem te denken. De tranen prikten hard in haar ogen; ze voelden heet en pijnlijk. 'Hebben ze *El Lobo Negro* te pakken gekregen?' vroeg ze, in een poging zichzelf af te leiden.

'Hij was al dood toen ze daar aankwamen,' verzekerde dr. Cardones haar. 'Kapitein McAuley,' ze struikelde over de onbekende naam, 'heeft dertien kogels in zijn hoofd en borst gelost.'

Dit keer kon Ari de tranen niet tegenhouden. 'Hij heeft me gered,' bracht ze schokkend uit.

'Sst, sst,' dr. Cardones reikte naar de infuusstandaard naast het bed en stelde iets bij. 'Je mag je niet opwinden, Ariana. Het duurt even voor uw long genezen is. Gewoon rustig ademhalen.'

De wazige duisternis kwam weer op Ariana afgedreven. 'Ik houd echt niet van morfine,' lispelde ze nog, voordat de zwartheid haar helemaal overnam. 'Ik blijf Jack zien.'

'Wat zei ze?' vroeg Raul, die net op tijd binnenkwam om de laatste paar gemompelde klanken op te vangen voordat Ariana weer wegzakte in slaap.

'Ze houdt niet van de morfine; zegt dat ze dingen ziet die er niet zijn,' zei dr. Cardones terwijl ze een aantekening maakte op Ariana's kaart. 'Helaas hebben we op dit moment niet veel keuze. Ze moet rustig gehouden worden.'

'Was ze deze keer wat langer wakker?' Raul nam zijn gebruikelijke plek naast het bed in. 'Het spijt me zo dat ik het gemist heb.'

'Ik heb u beloofd bij haar te blijven. U moet net als wij eten en slapen, meneer,' berispte de arts hem zachtjes. 'Ariana was een paar minuten wakker en leek behoorlijk helder. Ik heb haar verteld wat er met haar gebeurd is en ze vroeg naar *El Lobo Negro*; ik heb haar verteld dat kapitein McAuley hem gedood heeft.'

'Heeft ze om hem gevraagd?' vroeg Raul.

'Nee, ze raakte van streek toen ik hem noemde en begon te huilen. Dat risico kunnen we met haar longen niet nemen, dus heb ik haar weer in slaap moeten brengen.'

'Goed.' Raul pakte Ariana's hand en streek zachtjes over haar vingers. 'Jack komt gauw terug, liefje,' zei hij zacht, zich afvragend of ze hem misschien in haar slaap kon horen. 'Hij had een belofte na te komen.'

De gevouwen vlag voelde loodzwaar in Jacks handen terwijl hij neerknielde om hem aan Mara Savige te overhandigen. Elliot Savige was niet als Ranger gestorven, maar dat maakte voor zijn voormalige collega's geen verschil. Ze waren massaal op komen dagen om hun vriend een 'waardig afscheid' te geven, zoals luitenant Hunter het noemde. Bijna elke dienstdoende Ranger die momenteel in de VS was, vulde de begraafplaats van Arlington om hun voormalige strijdmakker uitgeleide te doen, somber en stil toekijkend in hun galatenue.

'Dank u,' zei Mara. Haar gezicht was bleek onder de zorgvuldig aangebrachte make-up terwijl ze naar Jack keek, maar haar ogen waren droog. Ze had de afgelopen week al genoeg tranen gehuild om een rivier te vullen, wist Jack. Selina Cullane zat direct naast haar, een stil teken van steun namens de Rangers, net zo goed als de strak gevouwen vlag die Jack, in vol ceremonieel tenue, zojuist in Mara's handen had gelegd. 'Dank u dat u hem naar huis hebt gebracht, Jack.'

'Het was me een eer,' zei hij zacht, voordat hij opstond, een stap terugdeed en haar een formele groet bracht. Ze knikte hem dankbaar toe en klemde de vlag tegen zich aan.

Luitenant-kolonel Cullane, die naast zijn vrouw stond, knikte Jack toe terwijl hij zich omdraaide om de andere dragers weg te leiden.

'Geweer presenteren!' blafte Hunter een stukje verderop, en vijf huidige Rangers, onder wie sergeanten Diaz en Mostyn, tilden hun geweren naar de schouder om het eerste schot van een saluut in drie salvo's te lossen.

'Het was een mooi afscheid,' zei Brody Cullane tegen Jack toen ze later in de officiersmess stonden en het glas hieven op Elliots nagedachtenis. 'Ell had het gewaardeerd.'

'Hij had het nog meer gewaardeerd dat we voor Mara zorgen,' zei Jack. 'Dank je dat mevrouw Cullane bij haar logeert. Ik weet dat ze de steun nodig heeft.'

'Die krijgt ze zolang als nodig is, desnoods levenslang.' Brody klopte Jack zachtjes op de schouder. 'Dus,' zei hij na een moment stilte, 'ik neem aan dat je die herinschrijvingspapieren die op mijn bureau liggen niet gaat tekenen, of wel?'

'Ik ben bang van niet, kolonel.'

'Dacht ik al. Je hebt nog zes maanden te gaan.'

'Ja, kolonel.'

'Ik kan je nu niet zomaar laten gaan, dat weet je.'

Jack had al zien aankomen dat dit kwam. Hij knikte onaangedaan. 'Ik begrijp het, kolonel.'

'We hebben echter een verzoek ontvangen van de Guàlizeaanse regering om een ervaren officier te leveren die assisteert bij de training van een nieuwe antiterrorisme-eenheid die ze opzetten. Ze zijn van plan om een einde te maken aan de drugskartels, eens en voor altijd. Toevallig komt het profiel waar ze naar zoeken bijna naadloos overeen met het jouwe.' Brody's toon was droog.

Jack kon een grijns niet onderdrukken. 'Echt waar, kolonel? Klinkt als een interessante uitdaging.'

'Zeker. Voor zover ik begrijp heeft minister van Justitie Monterro persoonlijk verzocht dat jij het aanbod beoordeelt voordat het aan iemand anders wordt voorgelegd. De beloning is bovendien vrij royaal.'

Dank je, Raul. 'Klinkt als iets waar ik zo snel mogelijk naar moet kijken, kolonel.'

'We zullen je missen, Jack,' zei Brody zacht, terwijl hij een verzegelde envelop uit de binnenzak van zijn jasje haalde en die overhandigde. 'De Rangers zijn er altijd voor je als je ons nodig hebt, onthoud dat.'

'Dank je, Brody,' zei Jack, terwijl hij de formaliteit liet varen toen hij de envelop aannam. Brody knikte met een glimlach en gaf hem nog een klop op de schouder.

'Veel succes.'

Hij kon natuurlijk niet gewoon in het vliegtuig naar Guàlize stappen. De molens van de militaire bureaucratie maalden bijzonder traag, zelfs met kolonel Cullane die zijn best deed om de overplaatsing te versnellen. De Guàlizeanen moesten aan hun kant het nodige inrichten, Buitenlandse Zaken moest Jacks status uitonderhandelen—hij kreeg uiteindelijk diplomatieke onschendbaarheid, tot zijn eigen vermaak—een salaris dat bij zijn nieuwe positie paste, en onderdak voor hem regelen. Zelf had hij met genoegen bij de bewaking van de ambassade ingewoond of in de kazerne bij de mannen die hij zou trainen, maar de diplomaten stonden erop dat dat allerminst gepast was.

'Hoe dan ook,' zei Jack ongeduldig tegen de zeer efficiënte dame van het Pentagon, die hem met veel geduld uitlegde waarom hij niet zomaar met alleen de kleren die hij aanhad naar Guàlize kon vertrekken. 'Kunt u gewoon zorgen dat het allemaal snel rondkomt?'

'We doen alles wat we kunnen om het te bespoedigen, kapitein,' zei ze, terwijl ze hem over haar bril aankeek en hem nóg een formulier aanreikte om te ondertekenen. 'Ik neem aan dat u hier ook nog uw eigen zaken te regelen hebt voordat u vertrekt. Een huis te verkopen?'

'Ik woon op de basis. Altijd al.' Hij was ook nooit iemand geweest die veel bezittingen verzamelde. Het merendeel van zijn persoonlijke eigendommen was al ingepakt en naar Guàlize gestuurd; Raul Monterro bewaarde ze tot Jack arriveerde. Raul had Jack uitgenodigd bij hem thuis te komen wonen, maar Buitenlandse Zaken had dat namens

Jack afgewezen. Hij wist niet goed of hij zich daar nu aan moest ergeren of niet. Hij wist niet eens zeker of Ari daar zou zijn; Raul had gezegd dat ze nog twijfelde of ze terug zou keren naar de VS om haar co-schappen aan Johns Hopkins te starten, of dat ze haar opleiding in Guàlize zou afronden.

'Heeft ze naar mij gevraagd?' vroeg Jack bijna wanhopig toen hij op een avond met Raul sprak. De andere man belde meestal elke avond om hem bij te praten over Ari's toestand en over hoe de overdracht aan de Guàlizeaanse kant vorderde.

'Ik noemde vandaag je naam en ze barstte in tranen uit,' zei Raul. 'Dokter Cardones heeft me de kamer uit gejaagd. Ari's long is nog aan het herstellen; ze willen niet dat ze van streek raakt. Ik denk dat je het beter zelf aan Ari kunt uitleggen waarom je weg moest, zodra je hier terug bent.'

'Ik hoop dat het niet al te lang meer duurt.'

'Dat is goed. Ariana wil naar huis; de artsen laten haar over een paar dagen gaan, zolang ze thuis maar rustig blijft. Ik zorg natuurlijk voor 24/7-verpleging voor haar…'

'Natuurlijk,' herhaalde Jack, wetend hoe vastbesloten Raul was om Ariana zo snel mogelijk te laten herstellen. Met de juiste medische zorg zou ze thuis inderdaad sneller opknappen. Toch deed het Jack pijn dat hij er niet bij kon zijn om zelf voor haar te zorgen. 'Als praten over mij haar van streek maakt, doe het dan niet, Raul. Laat haar in alle rust herstellen. Zodra ik er ben en we kunnen praten, kan zij zelf beslissen of ze wil blijven of terug wil naar de VS. Het enige wat ik nu kan doen is mezelf in een positie brengen waarin we samen kunnen zijn, als Ari dat wil, en deze overplaatsing is de enige manier waarop dat kan.'

'Ik begrijp het,' zei Raul tegen hem, 'en je hebt mijn volledige steun.'

'Ik weet niet precies wanneer ik er zal zijn, dus je kunt haar maar beter niet vertellen dat ik onderweg ben. Als ze het vraagt, zeg haar dan dat ik kom zodra ik kan.'

'Ik begin er zelf niet over,' beloofde Raul. '*Hasta más tarde*, Jack. *Ven aquí pronto.*'

'Zo snel als ik kan,' stemde hij toe, voordat hij afscheid nam en ophing.

'Ik denk dat dat alles is, kapitein,' zei de administrateur uiteindelijk, terwijl ze haar formulieren bij elkaar schikte. 'Voordat we u laten gaan is er echter nog iemand die met u wil spreken.'

Hij had niet bepaald veel keuze, dus hij haalde zijn schouders op en leunde achterover in zijn stoel. De administrateur knikte hem toe terwijl ze alle papieren in haar aktetas stopte en vertrok; hij hoefde maar een paar minuten te wachten voordat de deur opnieuw openging en er een man binnenkwam. Gekleed in een simpel zakenpak met een nietszeggende stropdas, zag de donkerharige, donkerogige man er vaag bekend uit. Jack bekeek hem terwijl de ander plaatsnam.

'Ik ken uw naam nog steeds niet, maar ik gok dat u van de CIA bent.'

Een spottende grijns was het antwoord. 'Noem me Juan.'

Op de een of andere manier betwijfelde hij dat dat de echte naam van de spion was. 'Het verbaast me u alweer in de VS te zien.'

'Tja, helaas moest ik mijn dekmantel opblazen. Minister Monterro en zijn hoofdbeveiliger hebben mijn gezicht gezien. Een spion die door de minister van Justitie bij gezicht bekend is, is te groot een risico, vrees ik.' Juan haalde veelbetekenend zijn schouders op. 'Geen probleem. Ik kan overal in Zuid- of Midden-Amerika aarden. Ik doe hier alleen wat debriefings voordat ik naar mijn volgende standplaats ga.'

'Debriefings, juist,' knikte Jack, terwijl er hem ineens een vermoeden bekroop. 'En... werving?'

'Tja, dat is aan u,' zei Juan terwijl hij zijn handen spreidde. 'We weten dat u een patriot bent.'

'En de Guàlizeanen zijn onze bondgenoten.' Jacks toon was koud.

'Dat zijn ze natuurlijk. Ze vertellen ons nog steeds niet alles, en de drugshandel is zeker niet gestopt met de dood van *El Lobo Negro*, waarvoor uw land u trouwens dankt. De macht heeft een hekel aan een vacuüm, zoals het gezegde luidt. Een Amerikaan die de training van een anti-*sicario*-eenheid leidt, kan van alles aan nuttige informatie opvangen.'

'En in ruil daarvoor?'

Juan trok zijn wenkbrauwen op. 'Nou, naast het vorstelijke salaris dat de Guàlizeanen u hebben aangeboden, zou er natuurlijk een toelage zijn...'

'Daar heb ik het niet over.' Jack schudde zijn hoofd. 'Ik wil geen geld—zoals u zegt, de Guàlizeanen zijn zeer genereus. Wat ik wil, is samenwerking.'

Juan leunde achterover in zijn stoel, met een geïnteresseerde uitdrukking. 'Ga verder.'

'Ik ga ook niet stiekem voor u spioneren. Als ik informatie hoor waarvan ik denk dat de VS die kan gebruiken in de strijd tegen de drugshandel, zal ik die delen, maar ik zal minister Monterro vertellen dát ik die ga delen. En in ruil daarvoor wil ik Amerikaanse ondersteuning voor antidrugsoperaties binnen Guàlize. Geen troepen of mankracht, maar inlichtingen. Satellietbeelden zoals die u mij gegeven hebt, of nog beter. NSA-assistentie, realtime, wanneer ik erom vraag.'

'Dat is een interessante propositie,' zei Juan langzaam, duidelijk wikkend en wegend.

'Het kost u niets en iedereen profiteert ervan,' drong Jack aan.

'Ik zal het met mijn superieuren moeten bespreken. Het is niet iets waar ik zomaar op eigen gezag mee kan instemmen, begrijpt u, zeker niet met andere diensten erbij betrokken. En als u een openlijke liaison wordt in plaats van een geheime agent, betekent dat dat we uw behandeling moeten herzien.'

'Geheimzinnig is niet echt mijn stijl.'

'Dat was ons opgevallen,' zei Juan kurkdroog. 'Als je ziet wat voor ravage u heeft aangericht in *El Lobo Negro's* complex.'

Jacks grijns was louter trots. 'Ik had hulp.'

'Als u dát al voor elkaar krijgt met maar drie man, dan ben ik heel benieuwd naar de chaos die u in de drugshandel gaat aanrichten.' Juan stak zijn hand uit. 'Heel veel succes, kapitein McAuley. We zullen elkaar niet meer ontmoeten, maar u hoort nog van mijn superieuren.'

'U ook succes, Juan, of wat uw echte naam dan ook is,' zei Jack.

Een grijns was het enige antwoord voordat Juan vertrok.

Hoofdstuk Drieëntwintig

'Hé, *m'hija*.' Ariana keek op en zag haar vader haar ziekenhuiskamer binnenkomen, een tas onder zijn arm geklemd.

'Papi,' een glimlach brak op haar gezicht door.

'Je bent wakker, en dit keer goed ook.' Hij bekeek nauwkeurig hoe ze tegen een stapel kussens omhoog zat, het bed verhoogd om haar rug te ondersteunen, voordat hij zich vooroverboog om beide wangen te kussen. 'En een beetje kleur op je wangen, dat verheugt mijn hart. Hoe voel je je?'

'Gepijnigd,' antwoordde ze eerlijk, 'maar ik voel me weer veel meer mezelf nu ik dokter Cardones heb weten te overtuigen de morfine wat af te bouwen.'

'Dat heb je?' Raul trok zijn wenkbrauwen samen.

'Ja. Vertrouw erop dat ik mijn eigen grenzen ken, Papi. Alsjeblieft.' Ze gaf hem een wrange blik. 'Ik neem pijnstillers, alleen geen morfine. Ik houd er niet van, ik bleef dingen zien die niet echt waren.' *Zoals Jack*, zei ze niet, wetend dat als ze zijn naam uitsprak de tranen weer zouden komen en dokter Cardones geen nee voor antwoord zou accepteren.

'Goed dan.' Raul zakte met een zucht neer in de bezoekersstoel naast het bed en schonk haar een glimlach. 'De goede dokter zegt dat je, nu je wakker bent, goed moet eten om je kracht terug te krijgen, en dat een paar lekkernijen geen kwaad kunnen.' Met de allure van een goochelaar die een toneeltruc opvoert, haalde hij uit de tas die hij meedroeg een grote doos van Ariana's favoriete lokale Guàlizeaanse chocolaatjes.

Haar ogen lichtten op en ze maakte grijpende handjes naar de doos, waardoor Raul toegeeflijk grinnikte. Hij trok het cellofaan eraf en gaf hem aan haar, terwijl hij toekeek hoe ze de eerste keuze maakte en het zoete hapje in haar mond stopte, met een zucht van genot terwijl de chocolade op haar tong smolt.

'Het is zo goed om je te zien glimlachen, *m'hija*.' Vooroverleunend nam hij haar hand in de zijne, kneep er zachtjes in, bedacht op de verbanden die beide polsen bedekten. 'Ik was zo bang dat ik je nooit meer zou zien.'

'Ik ook, Papi.' Tot het moment dat ze Jack herkende, was Ariana er heilig van overtuigd geweest dat ze het niet levend zou redden. Ze zag de schaduwen van diezelfde overtuiging in de ogen van haar vader, drukte terug op zijn hand. 'Ik wist dat je alles zou doen om me terug te krijgen. Ik geloofde in jou.'

Gesterkt door haar leugentje om bestwil, glimlachte Raul haar toe. 'Ik had je niet zo snel kunnen vinden zonder kapitein McAuley's hulp; hij en zijn Rangers waren erg dapper...'

'Ik wil er niet over praten,' viel Ari hem in de rede.

Bezorgd om haar plotselinge bleekheid, de trilling van haar lippen en de tranen die haar ogen glazig maakten, krabbelde Raul onmiddellijk terug. 'Natuurlijk. Het spijt me, *m'hija*. Laten we over iets anders praten. Moet je terug naar de Verenigde Staten om je coschap af te ronden? Zonder Elliot... tja, ik maak me zorgen dat je veiligheid daar lastig te garanderen zal zijn.'

Ariana begreep wat hij bedoelde; hier in Guàlize zou het veel minder eenvoudig zijn voor de vijanden van haar vader om haar te viseren. Raul was van plan volgend jaar kandidaat te zijn voor het presidentschap, en hij verdiende het zich op zijn campagne te kunnen concentreren zonder zich om haar te hoeven bekommeren. Hij verdiende ook haar steun terwijl hij campagne voerde, iets wat onmogelijk zou zijn als ze terugging naar Amerika.

'We kunnen het daarover hebben, Papi,' zei ze, hem een kleine glimlach schenkend terwijl ze nog een chocolaatje uit de doos koos. 'Ik moet zeggen, de Santa Maria ziet er de laatste tijd heel indrukwekkend uit.' Ze gebaarde om zich heen naar de goed ingerichte en uitgeruste ziekenhuiskamer. 'Ook al is dit een VIP-suite, dokter Cardones heeft de loftrompet gestoken over de deugden van de nieuwe zorgprogramma's van de overheid en wat die hebben gedaan voor de medische zorg in Guàlize.'

'Die hervormingen waren een duivel om door het Congres te loodsen,' Raul schudde zijn hoofd, en zoals Ariana had gehoopt, raakte hij afgeleid door zijn favoriete onderwerp: de politieke en economische hervormingen waarvoor hij zijn leven had toegewijd om ze in het geliefde vaderland werkelijkheid te zien worden. Achteroverleunend en van haar chocolade genietend, luisterde ze naar hem, gelukkig gewoon in zijn gezelschap te kunnen zijn.

Ongeveer een half uur later merkte Raul dat Ariana's ogen weer waren dichtgegleden. Zo geruisloos mogelijk stond hij op, nam de doos chocolaatjes van haar schoot en liet het bed langzaam weer zakken, legde haar verbonden armen voorzichtig naast haar lichaam en stopte het laken om haar heen.

'Slaap, *m'hija*,' zei hij zacht, terwijl hij zich vooroverboog om haar voorhoofd te kussen. 'Jack is hier zo.'

De hitte voelde als een verstikkende natte deken die hem pardoes in het gezicht werd gesmakt toen Jack uit het vliegtuig stapte. Dit keer had hij een lijnvlucht genomen, in burgerkleding. Hij had zelfs zijn eigen ticket geboekt, al bleek bij aankomst op de luchthaven van Atlanta dat iemand achter de schermen duidelijk aan touwtjes had getrokken, want zijn ticket was op mysterieuze wijze geüpgraded naar first class.

Onderaan de vliegtuigtrap wachtte een bekend gezicht op hem. Jack grijnsde en hees de kleine tas op zijn schouder die hij als handbagage had meegenomen.

'Hallo daar.'

'Kapitein McAuley,' Gutierrez gaf hem een snedig saluut. 'Goed je weer te zien.'

'Jij ook.' Jack voegde zich naast de Guàlizeaanse agent terwijl ze het asfalt overstaken. 'Waar gaan we heen?'

'*Casa* Monterro. Juffrouw Ariana is sinds vanmorgen thuis, en meneer Monterro ging ervan uit dat je haar meteen wilde zien.'

'Daar zit hij niet naast,' stemde Jack in terwijl ze koers zetten naar een zwarte SUV die naast de terminal geparkeerd stond. 'Eh... moet ik nog langs de Douane?'

Gutierrez wierp hem een sarcastische blik toe. 'De beambte staat bij de auto klaar om je paspoort te stempelen. Je bagage wordt gebracht door een van mijn andere mannen die erop wacht. We zijn niet bepaald bang dat *jij* iets illegaals het land binnensmokkelt, kapitein.'

Alleen al het idee deed Jack grijnzen. 'Zeg dan maar gewoon Jack,' stelde hij voor. 'Ik vermoed dat we elkaar nog vaak zullen zien.'

'Ramón,' zei Gutierrez op zijn beurt toen ze bij de auto aankwamen. Er stond inderdaad een douanebeambte klaar, die Jack's paspoort aannam, doorbladerde tot hij een lege pagina vond, er een stempel in zette en het met een vrolijk:

'Welkom in Guàlize, meneer!' teruggaf.

'Dat is een efficiënte manier om dingen te regelen,' mompelde Jack terwijl ze in de SUV stapten. 'Ik had er volledig op gerekend gewoon als een normale passagier door te gaan en opgepikt te worden zodra ik aan de andere kant stond.'

'Je bent geen normale passagier... Jack.'

'Blijkbaar niet.' Er werd een poort voor hen geopend om de luchthaven uit te rijden, en de bewakers die hem bedienden zwaaiden naar Ramón terwijl ze passeerden.

Ramón leek niet erg praatgraag, en Jack merkte dat hij steeds nerveuzer werd naarmate ze door de stad reden. Hij was nooit het type geweest om te wiebelen, en het militaire leven traint je sowieso in geduld, maar wetend dat hij Ariana zo zou zien, hield hem op het puntje van zijn stoel, zenuwachtig knabbelend op een velletje bij zijn nagel.

'Wil je eens stilzitten?' blafte Ramón uiteindelijk geërgerd. 'Je maakt me zenuwachtig.'

'Sorry,' zakte Jack in. 'Ik ben gewoon een beetje nerveus.'

'Dit is de man die midden in de nacht uit een vliegtuig sprong om het complex van een drugsbaron te bestormen?' Ramón wierp hem een geamuseerde blik toe.

'Dat was anders.'

'Ah ja, dat was gevecht. Dit is een zaak van het hart.'

'Waarom heb ik het akelige gevoel dat jullie allemaal elke beweging van me in de gaten houden en wachten tot ik plat op mijn gezicht ga?' vroeg Jack mistroostig.

'Waarom heb ik het akelige gevoel dat jij geen flauw benul hebt hoe je met een vrouw moet omgaan? Je bent tenslotte zes jaar geleden bij juffrouw Ariana weggelopen. Ik wilde je toen opsporen en afmaken, maar meneer Monterro zei nee,' kaatste Ramón terug.

Jack verstijfde volledig, zijn mond openhangend terwijl hij verwerkte dat Raul al zes jaar wist dat hij met Ariana naar bed was geweest. Hij had het geweten en niets gedaan. Had hem weer het land in laten komen, had hem vertrouwd om de zoek- en reddingsactie te leiden...

'Hij wist al die tijd al hoe ik over haar voelde.'

'Een blinde kon zien hoe jij over haar voelde.' Ramón snoof indrukwekkend. *'Idiota.* Het enige wat geen van ons kon begrijpen, is waarom je bent weggegaan.'

'Ze was te jong,' zei Jack zwakjes.

Ramón rolde alleen maar met zijn ogen naar Jack terwijl ze de oprit opdraaiden en bij het hek stopten. Raul's mensen waren een stuk gedisciplineerder in hun veiligheidsaanpak dan de luchthavenbewakers, merkte Jack op, toen de mannen de auto voorzichtig benaderden, van wie de een met een spiegel aan een lange steel onder de wagen controleerde op explosieven terwijl de ander met Ramón sprak. Jack was echter te druk bezig het nieuws te verwerken dat Ramón zo terloops had gedeeld, om meer te doen dan afwezig knikken toen de twee bewakers hem welkom heetten voordat ze het hek openden en hen de oprit op wuifden.

'Dus onthoud dit maar,' doorbrak Ramón de ongemakkelijke stilte toen de auto tot stilstand kwam, 'waag het niet haar hart nog eens te breken.'

'Ik zal mijn best doen,' was alles wat Jack kon beloven. Ramón knikte, duidelijk tevreden met zijn belofte, en stapte uit.

Jack's hart bonsde toen hij het huis binnenliep, zijn handen trilden. Hij kon zich niet herinneren wanneer hij voor het laatst zo nerveus was geweest. Hij wreef zijn klamme handpalmen aan zijn broekspijpen droog en schikte de knoop van zijn stropdas.

'Heel knap,' zei Ramón sarcastisch, en Jack fronste om zijn toon en stak zijn middelvinger op.

'Waar moet ik heen?'

'Ik breng je eerst naar meneer Monterro.' Raul gebaarde Jack hem te volgen. 'Hij kan je naar juffrouw Ari... brengen, als hij dat wil.'

'Je helpt niet bepaald tegen mijn zenuwen,' mompelde Jack binnensmonds, maar hij rechte zijn schouders en volgde Ramón. Hij had de dood vaak genoeg recht in de ogen gekeken in zijn carrière en nooit met zijn ogen geknipperd; waarom hij nu een angstaanval kreeg bij de gedachte Ariana en haar vader onder ogen te moeten komen, kon hij niet bevatten.

Raul leek niets van Ramóns antipathie te delen; hij stond met een brede glimlach op toen Jack zijn kantoor werd binnengeleid. 'Jack, het is echt goed je terug te hebben in Guàlize! Ik durfde niet te hopen dat we je zo snel weer hier konden krijgen!'

'Goed om terug te zijn,' mompelde Jack, terwijl hij de verrassend enthousiaste omhelzing onderging die Raul hem gaf.

'Maar wat is dit? We hebben bijna elke dag gesproken en nu kun je me niet aankijken?' Als scherp observator wierp Raul een blik op Ramón, die zijn lippen tuitte en met een onschuldig gefluit uit het raam keek. 'Wat heeft Ramón gezegd, hè?'

'Niets wat niet waar was.' Jack haalde diep adem en keek Raul recht aan. 'Zes jaar geleden deed ik iets stoms en ik bleef niet om er de verantwoordelijkheid voor te nemen.'

'Ah,' Raul schudde zijn hoofd naar Ramón. 'Zes jaar geleden was een moeilijke tijd voor ons allemaal, Jack.' Hij gebaarde Jack te gaan zitten en nam zelf plaats.

'U was net uw vrouw verloren, Raul, en Ariana had haar moeder verloren en een afschuwelijk traumatische ervaring doorgemaakt; ik heb misbruik gemaakt!'

'Waarom heb ik het gevoel dat je jezelf hier de afgelopen zes jaar mee hebt afgeranseld?' Raul boog voorover en zette zijn vingertoppen tegen elkaar. 'Weet je wat je die nacht hebt gedaan, zoals *ik* het zie?'

Jack knipperde. Schudde langzaam zijn hoofd.

'Je gaf haar iets om aan te denken behalve haar eigen verdriet, en het was precies wat ze op dat moment nodig had, troost die alleen jij haar kon geven. Ja, als je was gebleven had het anders kunnen lopen... maar ik heb al lang geleerd te accepteren dat je het verleden niet kunt veranderen, alleen de toekomst.' Raul's donkere ogen waren zeer indringend toen hij vervolgde: 'Zonder jouw daden zou Ariana *geen* toekomst hebben.'

'Dat betekent niet dat ze me iets verschuldigd is,' zei Jack snel.

'Natuurlijk niet, en Ari zou mijn hoofd eraf rukken als ik zo'n onzinnig iets zou durven beweren. De schuld is de mijne.'

Jack schudde zijn hoofd ontkennend; Raul schudde hem waarschuwend een vinger toe.

'Het is geen schuld die ik kan aflossen. Het beste wat ik kan doen is je weg naar geluk met de vrouw van wie je houdt vergemakkelijken; mijn dochter.'

'Ik houd van haar,' zei Jack vurig. 'Maar dat wist u al.'

'Dat wist ik, en ik weet ook hoe zij over jou denkt.'

Jack wilde het vragen, maar beet op zijn lip en zei niets. Ariana kon het hem zelf vertellen. Net zoals hij haar van plan was te vertellen hoeveel hij haar aanbad. 'Mag ik haar nu zien?' vroeg hij nadat de stilte ongemakkelijk lang was uitgerekt.

'Ik breng je naar boven,' zei Raul meteen, terwijl hij opstond. 'Ze heeft lang genoeg op je gewacht. Ze barstte in tranen uit als iemand nog maar je naam noemde, weet je.'

Jack drukte een hand tegen zijn borst terwijl ze samen het studeervertrek verlieten en de trap op liepen. 'Zeg dat alsjeblieft niet. Ik had zo'n verdomd schuldgevoel dat ik wegging, zelfs nadat de chirurgen zeiden dat ze er goed doorheen zou komen. Maar ik had Mara beloofd dat ik Elliot naar huis zou brengen.'

'Je hoeft je niet te verantwoorden, Jack. Niet bij mij, niet bij Ariana, niet over deze zaak. Elliot naar huis brengen was van het hoogste belang. Ik had veel minder van je gedacht als je het niet had gedaan.'

'Ik ben blij dat u het begrijpt, maar het scheurde nog steeds mijn hart om haar achter te laten, zeker omdat ik niet eens goed afscheid kon nemen.'

Ze waren bij een gesloten deur gekomen; Raul bleef staan en schudde zijn hoofd naar Jack. 'Als je niet uit eigen beweging was gegaan, had ik je op het vliegtuig laten zetten. Zeg dat tegen jezelf als het moet, als het je geweten verlicht.' Hij deed toen een stap terug, met een kleine glimlach op zijn lippen. 'Ik hoef jullie hereniging niet te aanschouwen, denk ik. Ik laat jullie met rust. Probeer haar alleen niet te veel op te jutten. Ze moet rusten.' Hij vertrok, liep de trap weer af zonder om te kijken en liet Jack alleen achter voor Ariana's slaapkamerdeur, terwijl die zijn best deed niet te beven op zijn benen.

Hij was zonder aarzelen vuurgevechten ingestormd, maar die deurklink omdraaien ging hem bijna te ver. Het kostte hem een paar minuten voordat zijn hand de gladde metalen knop vastpakte, hem zachtjes draaide en de deur opende.

Jack was al halverwege de kamer toen het tot hem doordrong dat hij waarschijnlijk had moeten kloppen. Onzeker verstijfd vroeg hij zich af of hij weer weg moest gaan, maar hij zag Ari nu, liggend en blijkbaar slapend, lijkend op een soort sprookjesprinses met haar zijdezwarte haar uitgespreid over het kussen om haar heen, haar zachte lippen half geopend.

Hij kon zijn ogen niet van haar afhouden. Ze was afgevallen, wat ook wel te verwachten was. Haar jukbeenderen staken duidelijker uit, haar sleutelbeenderen tekenden scherp af boven de ronde hals van het hemdje dat ze droeg. Zachtjes dichterbij lopend bleef hij naar haar staan kijken, gefascineerd door de langzame rijzing en daling van haar borstkas, de manier waarop haar hand slap op het laken lag. Langzaam zakte hij op zijn knieën, legde zijn hand naast de hare, raakte haar net niet aan, en verwonderde zich over hoe delicaat haar slanke gouden vingers leken naast zijn grote, ruwe hand.

Hij moest een geluid hebben gemaakt dat haar stoorde, vermoedelijk zijn schoenen op de gepolijste houten vloer terwijl hij het bed naderde, al had hij geprobeerd stil te zijn. Ariana's wimpers fladderden langzaam voordat haar ogen opengingen, en ze draaide haar hoofd om naar hem te kijken.

Jack was totaal onvoorbereid op de gebroken, gepijnigde uitdrukking die over haar gezicht trok, noch op de tranen die in haar grote bruine ogen welden.

'Nee,' zei ze, 'niet weer, alsjeblíéft...'

'Ari!' Geschokt klemde hij zijn vingers om de hare.

'Je bent dood,' ze riep het bijna. 'Je bent dood, blijf uit mijn dromen!' Ze probeerde haar hand uit de zijne te trekken, maar hij hield stevig vast.

'Waar heb je het in hemelsnaam over?' Jack staarde haar aan, terwijl hij probeerde haar te kalmeren toen ze zich overeind duwde. 'Ari, met mij is alles goed. Jij was degene die is neergeschoten, niet ik! Ari! Je moet kalm blijven, je doet jezelf pijn zo!' Ze worstelde tegen hem; bang om haar, trok hij beide polsen in één van zijn handen, drukte zijn andere hand tegen haar schouder en duwde haar met zachte dwang terug op het bed.

De heel echte druk van Jacks kracht die haar neerhield, rukte Ari uit haar paniek. Ze knipperde naar hem, haar kreten verstomden.

'Ari, ik ben het.' Hij wist niet goed hoe ze de indruk had gekregen dat hij dood was, maar alleen al de gedachte aan hoe híj zich zou voelen als de rollen omgekeerd waren, deed hem wanhopig verlangen haar te troosten. 'Ik ben het, en ik ben niet dood, dat beloof ik je. Ik heb nooit veel meer gehad dan een paar schrammen en schaafwonden. Ik was niet bij je in het ziekenhuis omdat... nou ja, ik moest Elliott naar huis brengen. Ik heb elke dag gebeld en met je vader gesproken, dat beloof ik. Ik denk dat ik hem gek maakte door om updates over je toestand te smeken.'

Ze was eindelijk ontspannen, keek grootogig naar hem op, alsof ze het zicht op zijn gezicht opdronk. Jack liet zijn gewicht van zijn arm zakken, liet haar polsen los met een pijnlijke rilling van spijt, hopend dat hij haar niet te veel pijn had gedaan. Ze greep naar zijn hand en hield die stevig vast.

'Jack.' Haar stem was zo zacht dat hij haar nauwelijks kon horen. 'Jack, je bent naar me teruggekomen...'

'Ik laat je nooit meer alleen,' beloofde hij. 'Ik ben hier en ik blijf, voor altijd.'

'In Guàlize?' ze keek verbluft.

'Precies. Je vader heeft, God weet hoeveel, touwtjes getrokken en ervoor gezorgd dat ik een baan kreeg om paramilitaire troepen te trainen voor Guàlize' oorlog tegen de drugshandel. Ik blijf, en ik weet bijna zeker dat je vader hoopt dat dat genoeg prikkel voor jou is om ook te beslissen te blijven, om je opleiding hier af te maken in plaats van terug te gaan naar de States.'

Dat deed Ariana lachen, waarbij de tranen haar weer in de ogen sprongen, maar dit keer waren het tranen van pure vreugde. 'Als de twee mannen van wie ik hou de handen ineenslaan om mij te overtuigen, hoe zou ik ze dan ooit kunnen weigeren?'

Jack's ruige gezicht verzachtte. 'Houd je van me?'

'Twijfel daar nooit aan.' Ze hief haar hand op om zijn wang teder te strelen. 'Je bent nu van mij, Jack McAuley. Je bevindt je nu op mijn terrein.'

Hij knipperde, lachte. 'Wat ga je doen, mijn paspoort in beslag laten nemen als ik probeer te vertrekken?'

'Reken maar.' Ariana's glimlach straalde van geluk terwijl Jack haar in zijn armen nam, haar dicht tegen zich aantrok en haar lippen in een tedere kus opeiste.

Hoofdstuk Vierentwintig

Ariana was niet van plan Jack zomaar uit die kus te laten ontsnappen, en aan het kleine geluid dat hij in zijn keel maakte en de manier waarop hij haar in zijn armen trok en dicht tegen zich aan hield, merkte ze dat hij net zo enthousiast was over hun omhelzing.

Een gil bij de deuropening deed hen echter uit elkaar schieten. Jack draaide zich bliksemsnel om en plaatste zich tussen Ariana en elk mogelijk gevaar. Zelfs toen hij de kleine, tengere Guàlizeaanse vrouw van middelbare leeftijd met een dienblad in haar handen zag, ontspande hij nauwelijks.

'Manuela,' zei Ariana met een glimlach, maar het kleine vrouwtje glimlachte niet terug. In plaats daarvan zette ze het dienblad met een hoorbare klap op het bijzettafeltje, waarna ze een vingertje onder Jacks neus zwaaide en een stortvloed aan Spaans over hem uitstortte, zo snel dat Ariana er vrij zeker van was dat hij hooguit één op de drie woorden oppikte.

Wat waarschijnlijk maar goed was ook, gezien de scheldnamen die Manuela hem gaf omdat hij 'de eer van haar meesteres had bezoedeld'!

Ariana kon een giechel niet onderdrukken. Manuela was half zo groot als Jack; ze leek op een terriër die een pitbull probeert weg te jagen. De mondhoeken van Jack trilden en ze begreep dat hij meer verstond dan ze dacht. Hij deed ook zijn best om niet in lachen uit te barsten.

'Manuela,' wist ze door haar gelach heen nog eens de naam van de huishoudster uit te brengen. 'Dit is kapitein McAuley. Hij heeft mijn leven gered.'

Manuela's uitdrukking verzachtte geen spat toen ze haar afkeurende blik op Ariana richtte. 'Het kan me niets schelen wie hij is of wat hij gedaan heeft, het gaat me om wat ik net zag! Wat denkt je vader wel, dat hij hem hier binnenlaat?'

'Papi weet dat ik veilig ben bij Jack,' zei Ariana beslist.

'Je leven misschien, maar je eer blijkbaar niet!' Manuela zette haar handen in haar zij en fronste. 'Zoiets komt er in dit huis niet in, jongedame.'

'Eh, Ari?' zei Jack, toen de stilte een tikje ongemakkelijk werd en Manuela hem bleef aanstaren. 'Ik heb het idee dat ze niet zo dol op me is.'

'Manuela werkt al bij ons sinds vóór ik geboren ben,' zei Ariana met een scheve glimlach, 'en ik ben er vrij zeker van dat ik voor haar nog steeds zo'n jaar of negen ben.'

'Als ze denkt dat ik deze kamer uitga, kan ze het mooi vergeten,' zei Jack donker, terwijl Manuela hem onverminderd bleef aankijken.

Ariana schoot weer in de lach, en beiden fronsten naar haar toen ze buiten adem raakte en begon te hoesten.

'Ari, je moet rusten,' zeiden Jack en Manuela tegelijk, in twee verschillende talen, om elkaar daarna weer een norse blik toe te werpen. Hulpeloos lachend en hoestend liet Ariana zich terug in het bed zakken en liet ze zich door hen betuttelen. Tegen de tijd dat ze met hoesten ophield, waren ze gestopt met elkaar schuin aan te kijken en verenigd in hun bezorgdheid om haar; Jack klopte de kussens op om haar te ondersteunen terwijl Manuela haar een glas water bracht.

Uiteindelijk voelde ze zich beter en wist ze Manuela over te halen om haar even alleen te laten met Jack, al was het maar voor een poosje. 'Ik ben niet in de toestand voor al die dingen waar jij je druk over maakt,' zei ze tegen de huishoudster. 'Jammer genoeg.'

Dat leverde haar zowaar een gegiechel van Manuela op, en de huishoudster keek Jack van top tot teen na. 'Ik geef je geen ongelijk, juffrouw Ari,' wierp ze als afscheid nog over haar schouder, terwijl ze de kamer uit liep. 'Als ik dertig jaar jonger was, pikte ik hem mooi voor mezelf!'

Ariana moest haar lachen opnieuw bedwingen, vooral toen Jack fronste en ongelovig zei: 'Zei ze nou wat ik denk dat ze zei?'

Ariana's ogen fonkelden van pret; trillende vingers drukte ze tegen haar lippen terwijl ze naar hem opkeek. Ze had er nog nooit mooier uitgezien, vond Jack. Hij schudde zijn hoofd naar haar en ging weer op de rand van het bed zitten, waarna hij naar haar hand reikte.

'Oké, ik zie wel dat je je kostelijk aan mij zit te verkneukelen. Ik kan me niet herinneren dat Manuela er de vorige keer was?'

Met een enorme krachtsinspanning wist ze haar lachen te bedwingen en knikte ze. 'Ze was weg. Haar dochter had een baby gekregen en ze logeerde bij haar, terwijl wij... op familievakantie gingen.'

De vakantie die eindigde met de dood van haar moeder en Ari zelf getraumatiseerd. Jack knikte ernstig.

'En Manuela werkt al lang bij je familie?'

'Vóór ik geboren was... zelfs vóór Papi en Mama trouwden. Manuela kookte en maakte schoon in verschillende appartementen in het gebouw waar Papi woonde, en toen hij trouwde en een huis kocht, nam hij haar aan als huishoudster.'

Het was een andere wereld voor Jack. Raul Monterro kwam uit een oude, rijke familie die ooit veehouders waren geweest en enorme stukken van het Guàlizeaanse platteland bezat. Tegen de tijd dat Raul geboren werd, was het imperium van de familie nog maar een fractie van wat het ooit was geweest, maar nog steeds ruim welvarend genoeg om Raul naar Engeland te sturen om te studeren op Eton en Cambridge. Jack had sterk het idee dat Raul's familie verwacht had dat hij de commerciële advocatuur in zou gaan of de bankwereld, maar de jonge man doorbrak alle verwachtingen door bij het parket te gaan. Raul's opmars door de rangen was ronduit meteoorachtig geweest, misschien deels dankzij zijn invloedrijke familieconnecties, maar zeker ook door zijn pure talent, daarvan was Jack overtuigd.

Als hij dacht aan de manier waarop Ariana was opgegroeid, in dit grote huis met bedienden die haar op haar wenken bedienden, begon Jack aan zichzelf te twijfelen. Wat kon hij haar bieden? Hij had in het leger slechts de rang van kapitein bereikt, en hoewel hij wist dat hij verdomd goed was in zijn werk en uitstekend geschikt voor de taak waarvoor de Guàlizeanen hem hadden ingehuurd, was *militair adviseur* nou niet bepaald een carrière die passend werd geacht voor de partner van de Eerste Dochter. Want alles wat Jack had gehoord wees erop dat Raul bij de volgende verkiezingen, over iets meer dan een jaar, President zou worden.

'Jack!'

Ariana zwaaide met haar hand voor zijn gezicht en trok hem zo uit zijn sombere gepeins. Hij knipperde en schonk haar een zwakke glimlach.

'Waar was je?' Ze legde haar hoofd een tikje scheef en schonk hem een verleidelijke glimlach. 'Houd ik je niet meer bezig?'

'Jij hebt altijd mijn volle aandacht. Kijk, het lijkt erop dat Manuela je lunch kwam brengen.' Hij stond op en pakte het dienblad dat Manuela had achtergelaten. 'Er is een soort soep, die moet je waarschijnlijk nemen zolang hij nog warm is. Lijkt maïs?'

'Het zal *ajiaco* zijn, aardappel- en maïssoep. Zijn er *arepas* bij?'

Ariana had haar eetlust terug, zo te zien, en Jack voelde zich gerustgesteld dat ze duidelijk aan de beterende hand was terwijl hij haar gadesloeg, knabbelend aan een paar *arepa*-maïscakejes die ze erop stond met hem te delen. Er stond veel meer eten op het dienblad dan ze ooit op kon, en uiteindelijk verklaarde ze dat ze meer dan voldaan was en vroeg ze hem het dienblad weg te zetten.

'En kom dan hier.' Ze schoof een beetje opzij en strekte haar armen naar hem uit.

'Ari,' hij schudde zijn hoofd naar haar. 'Je bent niet in staat voor... nou ja, iets ook maar.'

'Jack, ik wil dat je me vasthoudt.' Haar zachte, oprechte woorden smoorden zijn protest meteen. 'Ik wil je armen om me heen voelen. Ik dacht dat je *dood* was, en dat heeft me *gebroken*. *El Lobo* kreeg me niet klein, met al zijn dreigementen en wapens; zelfs toen ik ontdekte dat Tomàs ons had verraden en Elliot had vermoord, brak ik niet, maar de gedachte dat jij dood was...' ze schudde haar hoofd, terwijl er weer tranen over haar wangen stroomden, en Jack ging zonder nadenken naar haar toe, ging naast haar liggen en trok haar in zijn armen, kuste haar voorhoofd en streek door haar glanzende haar.

'Sst,' fluisterde hij. 'Sst, engel. Ik ben hier.'

Hij hield haar dicht tegen zich aan tot haar schuddende schouders tot rust kwamen, en toen sprak hij.

'Jij was degene die bijna stierf, Ari. Ik dacht dat ik je kwijt was toen ik je daar op de stenen zag liggen, zo stil, overal bloed.' Jack kreeg een brok in zijn keel en kon nauwelijks spreken. 'Ik zat op mijn knieën, ik hield je vast en smeekte je om me niet te verlaten, toen de boot opdook.'

'Ik heb de schipper ontmoet, en de ambulancemedewerkers die mijn leven hebben gered,' zei Ariana zacht tegen zijn shirt. 'De kapitein krijgt een medaille voor moed... hij zette koers naar het strand toen de helikopter binnenkwam. De ambulancemedewerkers vertelden me dat ik doodbloedde voordat hij er was geweest als jij niet met je blote handen de wonden in mijn borst en rug had dichtgedrukt.'

Alleen al eraan denken maakte Jack misselijk. Hij hief zijn hand om die onder haar sleutelbeen te leggen en herinnerde zich met misselijkmakende helderheid het gevoel van haar bloed, glibberig op zijn handen.

'Ik heb je toen verteld hoeveel ik van je hield, zelfs terwijl je weggleed,' fluisterde hij tegen haar voorhoofd, waarbij hij zijn gezicht in de zachtheid van haar haar nestelde en de zoete geur inademde die uniek was voor zijn Ari. 'Ik laat je nooit meer gaan.'

Glimlachend kroop Ari nog dichter tegen hem aan, legde haar hand op de zijne en hield die stevig vast. 'Verdomd goed ook,' zei ze.

EPILOOG

Nu Jack in Guàlize werkte en haar vader eindelijk zijn kandidatuur voor het presidentschap had aangekondigd — met de volledige steun van de vertrekkende ambtsdrager — was Ariana's beslissing om in Guàlize te blijven geen moeilijke. Het Santa Maria-ziekenhuis was maar wat blij haar in dienst te nemen, al moest ze een paar gevechten leveren met haar nieuwe beveiligingsteam, door Jack en Ramón Gutierrez persoonlijk uitgekozen, om daadwerkelijk patiënten te mogen behandelen. Raul dreigde haar minister van Volksgezondheid te maken als hij de verkiezingen won.

'Alleen als je wilt dat ik Jack meeneem en terug de jungle in verdwijn,' waarschuwde Ariana.

Raul grinnikte. Hij had haar zover gekregen dat ze hem bij een paar evenementen in Guàlize City vergezelde tijdens de campagne; zonder vrouw begreep ze dat hij haar nodig zou hebben om ten minste een deel van de taken van een First Lady op zich te nemen, mocht hij verkozen worden. Ze trok een beetje een gezicht. Haar ontvoering en de dood van *El Lobo Negro* hadden de populariteit van haar vader alleen maar verder verstevigd. Zijn dichtste tegenstander lag twintig punten achter in de peilingen en zakte snel weg. Raul Monterro zou de drieëndertigste president van Guàlize worden en zijn dochter zou ermee moeten leren omgaan, met alles wat bij dat ambt kwam kijken.

Natuurlijk was alles een stuk beter verteerbaar met Jack in de buurt. Ariana's blik werd zachter toen ze naar de overkant van de ruimte keek, waar hij een bord volschepte bij het ontbijtbuffet. De kleinere man aan zijn schouder lachte om iets wat Jack zei en draaide zich om om naar Ariana te grijnzen. Luitenant Hunter — ex-luitenant, stond hij nu op met zijn kenmerkend brutale grijns — was minder dan drie weken na Jack in Guàlize aangekomen. 'Ik kan de kapitein hier beneden niet in z'n eentje achterlaten,' had hij gezegd, 'de vorige keer dat ik dat deed, zorgde hij ervoor dat u werd neergeschoten, dokter Monterro.'

'Terechte opmerking,' zei Raul, en op de een of andere manier werd Hunter tijdelijk aan Ariana's beveiligingsteam toegewezen, in elk geval totdat Jack en Ramón Gutierrez het gevuld hadden met mannen die ze vertrouwden.

Hunter zette nu een bord vol eten voor Ariana neer. Ze wierp hem een berispende blik toe, die hij negeerde.

'Je hebt gisteravond het avondeten gemist, omdat je bij die operatie met dokter Cardones assisteerde. Eet op.'

Ze zuchtte en pakte haar vork, een kleine glimlach om haar lippen. Tussen Hunter, Jack en haar vader werd ze grondig in de watten gelegd. Gelukkig ontdekte ze dat ze dat eigenlijk best prettig vond.

Jack nam plaats naast haar, zijn ogen warm terwijl hij naar haar glimlachte, het litteken op zijn kin dat zijn grijns scheef trok. In haar ogen was hij nog steeds prachtig, de man van wie ze hield.

'We zouden moeten trouwen,' zei Ariana impulsief.

Jack proestte de slok koffie die hij net had genomen door zijn neus terug; Raul en Hunter schoten allebei in de lach.

'Je weet dat het gebruikelijk is dat de man het aanzoek doet, liefje?' vroeg Raul uiteindelijk, nog nahikkend.

Ariana rolde met haar ogen naar hem. 'Dan kan ik lang wachten. Jack vecht nog steeds met de overtuiging dat hij op de een of andere manier niet goed genoeg voor me is omdat hij soldaat is.'

'Laten we ze even de ruimte geven,' Hunter stond op, knikte naar Raul, die hem nog steeds grinnikend volgde en zijn hoofd schudde om de brutaliteit van zijn dochter.

'Nou, als jij je zo voelt,' Jack had de koffie inmiddels van zijn gezicht geveegd, 'dan heb ik al een tijdje iets voor je achtergehouden.'

Ariana keek verbaasd toe hoe hij van zijn stoel gleed, op één knie naast haar ging zitten en naar beneden reikte om een zak van zijn gevechtsbroek los te knopen. Er verscheen een fluwelen buideltje, en uit het buideltje haalde hij een ring, een slanke gouden band met in een centrale groef een rij piepkleine diamanten.

'Ik dacht dat je niets te zwaars of te opzichtigs zou willen.' De woorden waar hij al weken mee worstelde, vloeiden nu makkelijk nu Ariana de eerste grote stap voor hem had gezet. Terwijl hij naar haar linkerhand reikte, schoof hij de ring voorzichtig om haar vinger. 'Ik was net begonnen met rondkijken toen je vader me bij zich op kantoor riep. Hij zei dat hij precies had wat ik nodig had.'

'Het was van mama.' Er welde een traan in haar oog, die loskwam en over haar wang rolde. Jack legde zijn hand op om hem met zijn duim zacht weg te vegen, haar wang streelend.

'Ik wou dat ik haar had gekend. Ze moet een bijzondere vrouw zijn geweest, want haar dochter is de meest ongelooflijke vrouw die ik ooit heb ontmoet.'

Ariana lachte door haar tranen heen en legde beide handen om Jack's gezicht. 'Ik denk dat je niet helemaal objectief bent,' zei ze tegen hem.

'Natuurlijk ben ik dat, ik ben verliefd op je.'

'Ik ben al verliefd op je sinds ik negentien was, Jack. Geen denken aan dat ik je nu nog laat ontsnappen!' Ze bewonderde de ring aan haar vinger.

'Leg me die bal en ketting maar om, engel. Ik ben er meer dan klaar voor.'

Lachend van vreugde sloeg ze haar armen om zijn nek en hield hem stevig vast terwijl hij haar tot haar volle tevredenheid buiten adem kuste.

EINDE

De Reddingsrangers keren terug in , wanneer Jason Hunter wordt teruggeroepen naar het kleine stadje waar hij is opgegroeid — om te ontdekken dat er iets grondig mis is in de afgelegen bossen van Noord-Idaho.

Lees verder voor een proefhoofdstuk uit *De thuiskomst van de ranger!*

PROEFHOOFDSTUK - DE THUISKOMST VAN DE RANGER

DE EERSTE REGENDRUPPEL SPATTE dik uiteen op de voorruit, en Jason Hunter vloekte zachtjes in zichzelf. Hij had gehoopt Woodvale te bereiken vóór de storm losbarstte, maar hij had nog een eind te gaan. Waarschijnlijk had hij niet moeten stoppen voor koffie, maar het was een lange rit van Spokane naar het uiterste noorden van Idaho en de verveling had hem te pakken gekregen. Dat, en dat afschuwelijke countryzendertje dat het enige was wat het goedkope radiotje in zijn huurauto kon ontvangen.

Zuchtend zette hij de ruitenwissers aan en hoopte dat de regen niet te hevig zou worden. Hij bevond zich nu in de dichte bossen ten westen en zuiden van de stad, en hij wist dat slecht weer gemakkelijk een van de enorme dennen langs de weg om kon trekken en zo zijn pad kon blokkeren. In elk geval was de kans laat in het jaar klein dat het zou gaan sneeuwen; hij had hier in april vaak genoeg sneeuw gezien toen hij opgroeide, maar de weersvoorspellingen die hij op de radio had gehoord, voorspelden alleen regen.

Het werd snel donker, verergerd door de dreigende onweerswolken en de hoge, donkere bomen. De regendruppels, die in steeds groter aantal begonnen te vallen, maakten het absoluut noodzakelijk de koplampen aan te zetten. Met een tikje tegen de schakelaar drukte Jason iets harder op het gas, net boven de snelheidslimiet. Hij had het afgelopen halfuur nauwelijks een andere auto gezien en betwijfelde of hier überhaupt agenten in de buurt waren die hem voor snelheid zouden aanhouden.

Het bord voor Woodvale doemde in zijn lichtbundels op als een welkomstbaken. Glimlachend liet Jason het gas los en verliet met hoorbare opluchting de I-95, wetend dat er nog geen tien mijl te gaan waren. Nog een paar minuten, en hij zou in het knusse huisje van tante Rose zijn, de enige plek die hij ooit echt als thuis had beschouwd.

Een flits van beweging links trok zijn aandacht. Hij draaide zijn hoofd, nam zijn voet van het gas en liet die boven het rempedaal hangen. Als op dit moment een hert of eland de weg over zou schieten, kon dat zijn hele dag verzieken; het goedkope huurautootje zou bij een zware botsing total loss zijn.

Het was geen hert. Het was een mens, met wit haar dat het licht ving, terwijl diegene wankelend uit het bos de weg op strompelde, pal voor zijn auto. Jason trapte keihard op de rem en stuurde weg, miste de voetganger op het nippertje terwijl de auto over het natte asfalt slippend uitbrak. Hij vloekte luid, stuurde tegen en kreeg de controle terug, om uiteindelijk met piepende banden tot stilstand te komen.

'Wat in *hemelsnaam*?' zei Jason hardop, waarna hij uitstapte en terug langs de weg keek. Alles wat hij kon zien, was wat leek op een bundel vodden, ineengestort precies op de doorgetrokken streep tussen de twee rijbanen. Had hij die persoon tóch geraakt? Hij rende naar de bundel toe en viel op zijn knieën.

'Gaat het met u?' vroeg hij, zich onnozel voelend; hij stak zijn hand uit en legde die op wat plots een heel broos lichaam leek, zocht met zijn vingers naar een pols in de hals. 'Heb ik u geraakt?'

In de doffe, rode gloed van de achterlichten zag hij niet veel; hij kon haar toestand niet inschatten. Pas toen de persoon naar hem toe rolde en een oud, vrouwelijk gezicht naar hem opkeek, fluisterde een gebarsten stem:

'Help me. Alsjeblíéft, help me!'

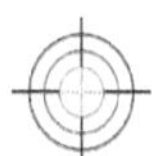

'Wat de *werkelijke* fuck,' zei Jason toen de ogen van de oude dame dichtvielen, maar het klonk meer als een constatering dan als een vraag. Terwijl hij om zich heen keek, vroeg hij zich af waar ze in vredesnaam vandaan was gekomen; voor zover hij wist stonden er in deze omgeving geen huizen, of in elk geval niet toen hij hier nog woonde. Deze bossen maakten deel uit van de enorme houtopstanden die Woodvale zijn naam gaven en de lokale houtindustrie van een constante aanvoer van kwaliteitshout voorzagen.

Hij zag niet dat hij veel keus had. De vrouw was amper bij bewustzijn en jammerde zacht, terwijl hij vlug met zijn handen langs haar ledematen ging om te voelen of er iets gebroken was.

'Kunt u me uw naam zeggen?' vroeg Jason dringend, terwijl hij haar voorzichtig optilde. Hij zou haar op de achterbank moeten leggen. Ze was een kleine, fragiele vrouw; hij schatte dat ze niet meer dan dertig kilo woog, niets voor een soldaat die gewend was dagen achtereen een gevechtsuitrusting te dragen die een stuk zwaarder was dan dat.

'Julia,' kraakte ze, voordat ze plots begon te spartelen. 'De honden! Ik hoor de honden!'

Geschrokken spitste Jason zijn oren, maar hij hoorde niets. 'Ik hoor geen honden, oké? Ik ga u in mijn auto zetten en u naar het ziekenhuis brengen.' Hij opende het portier en legde haar voorzichtig op de achterbank. In het schamele licht van het lampje in het interieur zag hij voor het eerst hoe vreemd ze eruitzag.

Julia droeg een camouflagebroek in woodlandpatroon, duidelijk legerkleding, enkele maten te groot voor haar, en een al even grote olijfgroene T-shirt. Zware laarzen aan haar voeten zaten dik onder de modder.

Ze moest minstens tachtig jaar oud zijn.

'Wat is hier in hemelsnaam aan de hand? Wie bent u?' vroeg Jason volkomen verbluft, maar ze leek te zijn flauwgevallen zodra haar hoofd de zitting raakte. Hij controleerde haar pols — traag, maar krachtig — en trok zijn jack uit om het over haar heen te leggen. Ze was doorweekt en ijskoud.

In de kofferbak vond hij een reisdeken en die legde hij ook nog over Julia heen. Het beste wat hij voor haar kon doen, was haar zo snel mogelijk naar de stad rijden, naar de kleine medische kliniek waar Woodvale het mee moest doen. Daar kon Julia in elk geval medische zorg krijgen, en als het ernstig was, kon ze misschien per helikopter naar een groter ziekenhuis worden overgebracht.

Vooruitdenkend besefte hij dat hij het moest melden, zodat het medisch personeel van de kliniek hem kon opwachten. Terug op de bestuurdersstoel graaide hij in de sporttas die hij op de bijrijdersvoetruimte had gegooid, op zoek naar zijn mobiel.

'Geen bereik. Shit!' Hij wierp een blik op Julia, trok een gezicht en besloot dat hij door moest rijden tot hij wél bereik had en dan zou stoppen om te bellen. Het zou nog steeds tijd schelen als hij het medische team kon laten wachten bij de kliniek. Hij startte de auto en reed weer verder, de steeds heviger wordende regen in.

'Bent u nog bij me, Julia?' riep Jason naar achteren toen hij beweging achter zich meende. 'Kunt u met me praten?'

'De honden,' kwam er een zwakke, doodsbange kerm uit de achterbank.

'Er zijn geen honden. Ik breng u naar het ziekenhuis. Kunt u me uw achternaam zeggen, Julia?'

Ze antwoordde niet; hij stelde de spiegel bij om haar in de gaten te houden en zag dat haar ogen gesloten waren. Ze rilde, hevige schokken die haar tengere lichaam dooreenschudden.

'Niet lang meer,' beloofde hij, keek omlaag naar zijn telefoon op de passagiersstoel en zag tot zijn opluchting dat hij één streepje bereik had. 'Ik ga even stoppen en van tevoren bellen dat we eraan komen. Over een minuutje rijden we weer.'

Ze reageerde niet, maar dat had hij ook niet echt verwacht. Als hij al ooit de nummers van de medische kliniek of het politiebureau van Woodvale had gekend, waren die allang uit zijn hoofd verdwenen, dus belde hij gewoon 911.

'Woodvale hulpdiensten, wat is de aard van uw noodgeval?' antwoordde na een paar keer overgaan een vrouw met een verveelde klank in haar stem.

'Ik heb een gewonde vrouw opgepikt die buiten de stad in het bos ronddwaalde. Ik breng haar naar de medische kliniek en hoop dat u het personeel kunt laten klaarstaan.'

De stem van de telefoniste werd alerter. 'Dat kan ik regelen. Wat voor soort verwondingen heeft ze?'

'Dat weet ik niet precies,' gaf Jason toe, 'maar ze is op leeftijd, doorweekt en uitgeput. Ze is vreemd gekleed en lijkt ondervoed.'

Er viel een korte stilte; hij gokte dat hij in de wacht werd gezet terwijl de telefoniste de informatie doorgaf. Een paar seconden later kwam ze weer aan de lijn.

'Dank u. Is ze bij bewustzijn?'

'Op dit moment niet, maar ze is heel even bij geweest. Ze zei dat ze Julia heette.'

'Julia?' Dat klonk beslist als een uitroep. 'Julia *Bulridge*?'

'Haar achternaam heb ik niet, sorry. Ze is niet coherent.'

'En wie bent u precies?' Er klonk nu een duidelijke argwaan in haar stem, maar Jason vond dat hij niets te verbergen had.

'Jason Hunter.'

Er viel weer een korte stilte, en daarna kwam er een andere stem aan de lijn, dit keer een mannenstem. Jason moest zijn best doen om hem te verstaan; de regen kletterde nu werkelijk hard op het dak van de auto. Hij bedekte zijn andere oor met zijn hand.

'Kunt u dat herhalen?'

'Bent u er een van DE familie Hunter?'

'Ik zie niet in hoe dat op dit moment relevant is,' snauwde Jason. 'Zorg er gewoon voor dat het medische team me bij de kliniek opwacht.' Hij hing op en startte de motor weer. 'Hou vol, Julia. We zijn er bijna.' Instinctief keek hij nog eens in de spiegel... en verstijfde.

De achterbank was leeg.

'Julia?' Geschrokken draaide hij zich om. Het achterportier aan passagierszijde stond open; ze moest zijn uitgestapt terwijl hij met bedekt oor met de telefoniste sprak. 'Wat de godganse *fuck*...' Het hele voorval werd met de minuut vreemder. Toch kon hij haar hier, midden in niemandsland, niet achterlaten, niet met dit noodweer en in de toestand waarin ze verkeerde. Hij zette de motor weer uit, pakte zijn telefoon en schakelde de ingebouwde zaklamp in. Het was verdomd donker daarbuiten.

'Julia!' riep Jason terwijl hij het licht in het rond liet schijnen, turend in de duisternis. 'Julia, het is oké! Ik wil u alleen maar helpen!'

Er klonk geen ander geluid dan de regen, die nu met bakken naar beneden kwam en hem binnen enkele seconden tot op het bot nat maakte. Hij riep nog een paar keer, maar als ze het bos in was gegaan en niet gevonden wilde worden, had hij geen schijn van kans, niet in zijn eentje en met het magere licht van zijn telefoon. Een blik op de achterbank leerde hem dat ze de deken had laten liggen, maar zijn jack had meegenomen.

Een moment besluiteloos sloot hij het achterportier en stapte weer in, startte nóg eens. De telefoniste leek te weten wie Julia was; het was mogelijk dat ze dit soort fratsen vaker uithaalde. Hoe dan ook, naar het politiebureau rijden om persoonlijk verslag te doen en goed uitgerust hulp te regelen, leek nu het beste plan, en hij was nog maar een paar minuten van de stad verwijderd.

Het politiebureau en de medische kliniek lagen pal naast elkaar recht tegenover het stadhuis, precies zoals Jason zich herinnerde. De medische kliniek was donker, maar uitnodigende lampen en een open deur wenkten hem het politiebureau binnen.

De storm was overgetrokken en de regen minderde; Jason parkeerde de auto, greep zijn sporttas en liep het bureau binnen. Een norse, oudere man in sergeantsuniform keek moe op van achter de balie.

'Kan ik u helpen?'

'Ik ben Jason Hunter, ik heb een paar minuten geleden gebeld over een oude dame die ik gewond in het bos heb gevonden.'

'Julia Bulridge?' De man ging staan en leek ineens een stuk minder moe. 'Waar is ze?'

'Ik weet niet of ze Julia Bulridge is, alleen dat ze Julia heet. En ik weet ook niet waar ze nu is, vrees ik. Ze is weer het bos in gevlucht.'

De sergeant priemde met een knoestige vinger. 'Is dat haar?'

Jason draaide zich om en zag een grote kleurenposter aan de muur tegenover de balie.

HEEFT U DEZE VROUW GEZIEN?

Het was zonder twijfel een foto van Julia, al zag ze er op het plaatje gezond en lachend uit, en de informatie eronder meldde dat ze al iets meer dan een week vermist was.

'Ja, dat is zij!' Verbaasd draaide Jason zich weer naar de sergeant. 'Ik had net de I-95 verlaten toen ze uit het bos kwam aanstrompelen. Ik reed haar bijna aan. Ze was er slecht aan toe.'

'Maar ze is weer ervandoor gegaan, en u kon haar niet te pakken krijgen?' De ogen van de sergeant gleden ongelovig over Jason heen. Met zijn zwarte T-shirt, doorweekt en vastplakkend aan zijn bovenlijf, was zijn krachtige lichaamsbouw nogal evident, besefte hij.

'Ze moet zijn weggegleden terwijl ik met de telefoniste aan de lijn was,' gaf Jason toe, zich ervan bewust dat het nogal slap klonk. 'Luister, ik heb geen reden om tegen u te liegen. Ik ben uitgestapt en heb haar geroepen, gezocht, maar ze was het bos in. Het was net begonnen te regenen en het is daar behoorlijk donker. Ik had geen zaklamp en kon niet effectief zoeken, zeker niet als ze zich om de een of andere reden verstopte. Ik dacht dat het verstandiger was om terug naar de stad te gaan en een goed uitgeruste zoekploeg te organiseren.'

'Heel verstandig, meneer Hunter,' zei een andere stem, en Jason keek op en zag dat de deur aan het einde van de balie geruisloos was opengegaan en er een man stond te kijken. De ster op zijn borstzak verraadde zijn identiteit.

'Sheriff,' knikte Jason beleefd.

'Kom maar mee, dan vertelt u me alles. De verdwijning van Julia Bulridge wordt als een strafzaak behandeld.'

'Dat kan, geen probleem, maar kunt u eerst de zoekploeg op gang brengen? Ik kan u precies laten zien waar ik was toen zij uit de auto stapte...'

De baliesergeant legde een kaart op het bureau en gaf Jason een potlood; het kostte hem maar een paar seconden om zich te oriënteren voordat hij een kruisje op de kaart zette.

'Daar. Minder dan een mijl van de afslag van de I-95, binnen ruim honderd yard van de bocht om Copper Mountain.'

'Weet u dat wel zeker?' vroeg de sheriff, cynisch van toon.

'Ik ben hier in Woodvale opgegroeid, sheriff. Ik weet het zeker.'

'Goed. Ga ervoor zorgen, Barker.' De sheriff knikte naar de sergeant en gebaarde Jason hem te volgen.

Jason stond even later in het kantoor van de sheriff en las de naam van de man op het gegraveerde messing naamplaatje op het bureau. Sheriff Thomas McCarthy. Jason pijnigde zijn geheugen maar kon zich geen McCarthys in Woodvale herinneren; de man was naar schatting een jaar of veertig, vrij jong voor een sheriff hier. Hij droeg zichzelf met een air van rustige competentie die Jason zeker herkende; hij had die elke dag gezien, jarenlang.

'Bent u oud-militair, sheriff McCarthy?' vroeg hij beleefd, terwijl hij de kamer rondkeek. Er hingen geen foto's aan de muur, alleen opgezette koppen van dieren en een lelijk schilderij van een dode hertenkop met wolven die zijn keel aan het verscheuren waren. Niet bepaald een geruststellend beeld, en Jason hoopte dat de sheriff hier niet standaard getuigen ondervroeg.

'Waarom vraagt u dat?'

'U hebt de houding, dat is alles,' haalde Jason zijn schouders op, zich afvragend waarom de man misschien prikkelbaar was over zijn diensttijd. 'Gewoon een beetje buurten.'

'Marine,' zei McCarthy uiteindelijk. Hij nam plaats achter het bureau en gebaarde Jason te gaan zitten.

'U bent ver van de oceaan.'

'En u bent ver van Atlanta, luitenant Hunter. Wat brengt u naar Woodvale?'

Jason verstarde licht. 'Als u mijn *voormalige* rang kent,' legde hij nadruk op het woord, 'dan weet u dat ik hier ben geboren en getogen. Mijn tante Rose is ziek. Ik ben hier om haar te zien.'

'Voormalig? Zit u niet meer bij de Rangers?' sprong McCarthy op de informatie in.

'Dat klopt. Mijn termijn liep vier maanden geleden af en mijn voormalige kapitein, die zelf onlangs uit dienst is, bood me een zeer lucratieve functie aan. Die heb ik aangenomen.'

'In Atlanta?' De sheriff keek naar zijn computerscherm, van Jason af gedraaid. Jason durfde erom te wedden dat er ten minste het gedeclassificeerde deel van zijn dienststaat op stond, en vroeg zich af aan welke touwtjes de man zo snel had getrokken. Het was hooguit twintig minuten geleden dat hij de telefoniste zijn naam had genoemd.

'In Guàlize, eigenlijk.'

McCarthy knipperde, staarde hem aan. 'Guàlize?'

Jason haalde zijn schouders op. 'Mijn voormalige kapitein bij de Rangers is getrouwd met de dochter van de aanstaande president. Hij werkt voor de Guàlizeaanse regering, traint een eenheid elitesoldaten voor anti-narcoticaoperaties. Hij vroeg me daarheen te komen om met hen te werken, en ik heb het aanbod aangenomen. Zoals gezegd: het betaalt goed.'

'Dus u woont in Guàlize... hoelang al?'

'Vier maanden.'

'Ik begrijp het.' McCarthy pakte een pen, sloeg een notitieboek open en krabbelde iets neer. Jason klemde zijn kaken op elkaar.

'Zijn we klaar hier? Want als dat zo is, ga ik graag weer naar buiten om mee te zoeken naar Julia.'

'Dat lijkt me niet, meneer Hunter.' McCarthy wierp hem een ijzige blik toe. 'U bent lang weg geweest. Laat het zoeken over aan mensen die het gebied kennen zoals het nu is. We vinden mevrouw Bulridge wel, als ze daar buiten is.'

Een moment lang staarden de mannen elkaar zwijgend aan, een krachtmeting, en toen zuchtte Jason en stond op.

'Ik ben hier alleen om mijn tante te bezoeken, sheriff. Ik hoop dat u mevrouw Bulridge vindt.' Het had geen zin de man tegen zich in het harnas te jagen, hoe boos hij ook werd van McCarthy's overduidelijke tegenwerking.

'Hoelang bent u van plan in Woodvale te blijven?' vroeg de sheriff, terwijl hij opstond en Jason volgde toen die het kantoor verliet.

'Dat weet ik nog niet,' antwoordde Jason eerlijk. 'Mijn tante is erg ziek. Stervende. Ik heb toestemming van mijn werkgevers om te blijven zolang als nodig is.'

'Ik begrijp het.' De sheriff leek allerminst blij met dat nieuws. 'Goed. Verlaat de stad niet zonder het ons te laten weten, meneer Hunter. U bent tenslotte een getuige.'

Jason zette zijn kaken op elkaar en knikte zwijgend. McCarthy stond hem gewoon tegen, hield hij zichzelf voor. Het politiebureau, dat eerder nog stil was geweest, krioelde nu van de activiteit; kaarten werden over bureaus uitgespreid en mannen in degelijke buitenkleding met grote zaklampen liepen af en aan. De sheriff stapte naar voren om het commando over de operatie op zich te nemen, maar zijn ogen lieten Jason niet los terwijl de voormalige soldaat het pand verliet.

Terug in zijn huurauto haalde Jason diep adem en probeerde zijn boosheid te laten varen. Hij wilde dolgraag meedoen aan de zoektocht, maar de sheriff had hem zojuist ronduit opgedragen weg te blijven, en in zijn eentje naar buiten gaan zou zinloos zijn en hoogstwaarschijnlijk tot een arrestatie leiden. Met de handen om het stuur geklemd schudde hij gefrustreerd zijn hoofd. McCarthy had in elk geval in één ding gelijk: het was lang geleden dat Jason in deze bossen had rondgelopen. Er waren genoeg capabele mannen in dat politiebureau, en in haar verzwakte toestand kon Julia niet ver zijn gekomen. Ze zouden haar vinden — als ze tenminste nog leefde.

Hij startte de auto en nam zich voor de volgende ochtend terug te keren naar het politiebureau. Nu wachtte tante Rose op hem.

Wil je weten hoe het verder gaat? Lees *De thuiskomst van de ranger* nu!

ANDERE BOEKEN VAN CAITLYN LYNCH

De Verloren Australiërs

Het Meisje in de beek
Het Meisje op het jacht
Het Meisje in het herenhuis

De Reddingsrangers — Eliteromantic-suspense vol actie en Special Forces-helden

Gered door de ranger
De thuiskomst van de ranger
De missie van de ranger
Het bloed van de ranger
Ranger Vuur (exclusief voor nieuwsbriefabonnees)

De Amazones van Ridgewater – In het hart van Australië: moedige vrouwen en onvergetelijke paarden

Vertrouw op je pad
    Barrières doorbreken
    Balans vinden
    Geschreven in de sterren
    Kerstmis op Ridgewater

Tropische ontsnapping – 7 vrolijke, flirterige tropische romans!

Een bieuw begin op het Rif
    De onverwachte miljardair
    Foute bruiloft, echte liefde
    Op laag luur
    Hartstocht in de ring
    Liefde in beeld
    Liefde in de praktijk

Op zichzelf staande romans

Liefde in de scrum – Een liefdesroman over een rugbyspeler en een rockzangeres
    Als wensen paarden waren - Een Ierse romance

Ontdek alle publicaties van Shenanigans Press op onze websitehttps://www.shenaniganspres s.com/nl!

Of volg ons op sociale media; we zijn te vinden op Facebook en Instagram.

En vergeet je niet in te schrijven voor onze nieuwsbrief om op de hoogte te blijven van nieuwe uitgaven, acties, winacties en meer!